我 如

如 鲸

SOUNDINGS

Doreen Cunningham

〔英〕多琳·坎宁安

著

涂艾米

译

南海出版公司

新经典文化股份有限公司
www.readinglife.com
出　品

献给我的孩子们，全世界的孩子们，人类和非人类。

目录

序　幕

　　海风卷起的水雾扑面而来，海水拍打在船舷上。我们的小渔船正摇摇晃晃地驶出港口，驶向黎明。晨曦里火一般的曙光，在地平线处喷薄而出。我两岁的儿子麦克斯正在船头"帮忙"开船。就在十二个小时前，我才遇到了船长克里斯。我们要借用这位曾在海上生活过的父亲，他或许能够开启通往这片神秘海洋的大门。今天还有最后一次机会让事情走上正轨。我别无他法，唯有相信眼前这位慷慨的陌生人，将自己托付给风与水，目光不离海面，检视着海浪里每一处弯曲、每一次起伏、每一个漩涡、每一点涟漪。

　　"看那个生锈的旧铁桶！"麦克斯在船舱里指着外头大喊。我们正缓缓驶过一艘蓝白相间、锈迹斑斑的商业渔船残骸。他在模仿动画片《小猪佩奇》里猪爷爷和狗爷爷争论的场景。船名"信念"用刺眼的白色大写字母写在船头。我不得已看向别处。对于跟随灰鲸迁徙的想法，对于灰鲸本身，尤其是对于我自己，我都不再抱有信念。我曾经想让麦克斯看看母鲸和幼鲸是如何跋涉数千英里①，一路从墨西哥下加利福尼亚州的潟湖来到北冰洋的，以此向他证明，只有我们母子二人也能够做成任何事情，战胜任何困难。只不过我才是需要被说服的那个人，并且事与愿违。

我们的终点站是科迪亚克岛，灰鲸之行的关键一站，也是离开之前看见灰鲸的最后机会。从地图上看，这个小岛仿佛是从阿拉斯加大陆被随意抛出去的，正如为使这次旅行成行，我随意抛出了上万英镑的银行贷款一样。现在签证也失效了。这趟旅行原本是为了帮我重新开始，它也确实让我放空了一阵子，但现在临近结束，我又要面对我逃避的一切——那一连串的失败。我没能为我和麦克斯建立起我能够忍受的生活，没能赚到足够的钱来养活我们，没能像其他所有人那样索性继续承受。我在感情上屡屡受挫，当然，还没能在一开始就认清这次旅行是个多么愚蠢的想法。这些失败让我心烦意乱，双腿颤抖，只好牢牢抓住船舷，双手紧紧抵住木头。我的手指没有留下任何印记。我们与最后一排停泊的"北极猎人号""决心号""供养人号""科迪亚克夫人号"擦肩而过。船全速前进，搅起海水，从陆地一处岬角后方驶出。锯齿状的海浪是冰冷的工业灰色，拒斥任何评价，而我却做不到。大海可以不带任何个人情绪地将我吞噬，它的冷漠让我心安。刺骨的寒气麻醉了我胸中的苦痛。水流涌动后退，撞向远处

---

① 1 英里约合 1.61 公里。——编者注

的悬崖，发出雷鸣般的巨响，淹没了我疲惫不堪的神经。

麦克斯正坐在克里斯的膝盖上，一双小手和一双大手一同掌舵，导引着我们的航向。乐在其中的麦克斯甚至一次也没有叫过我。我看见他笑容灿烂，饱满的脸庞被金色乱发和兜帽褶皱包裹起来。他转过身，目不转睛地看着我。他的眼睛大大的，略长，通常是湛蓝色，而此时因为沐浴在云层间透过的光束中而柔化成了灰色。

小岛在我们身后的海洋里摇曳。这里是阿拉斯加湾，与白令海之间隔着阿留申群岛，群岛向西朝俄罗斯的方向延伸。乌南甘人，也就是阿留申人，把群岛中一个小岛称作风诞生之地。克里斯曾是渔夫，现在是一名内陆电工，他用这次海钓之旅来庆祝父亲节。我们乘坐的小船从涌浪上飞掠而过时，他的妻子和两个年幼的女儿就在船舱里的长凳上欢乐地颠来颠去。我和麦克斯寸步不离地跟着克里斯，因为他说他知道灰鲸在哪里觅食。

除了是不祥的幽灵科迪亚克棕熊和这个奇迹般慷慨的家庭共同的家乡之外，这座小岛的海底泥也很特别。到目前为止，这个地方一直被浓雾笼罩，什么海洋生物都休想看见。在我心情十分沮丧的当口，海底冰冷的淤泥让我陷入了冥想。我抓住船缘合上眼睛，想象自己一层层地沉入水底。

我化身为潜入海底的鲸鱼。阳光逐渐在头顶萎缩成一个闪闪发亮的小孔。我的血流减缓，肺部压缩，身体关闭。色彩褪去后，我迷失在一片"浓雾"之中。我听见了海底深处的声音，旋转着，流动着。海水嘶嘶作响，充满生机，小虾窸窸窣窣。我在一片漆黑中探寻声音，大声呼喊，试图召唤出灰鲸。

我又化身为科学家，仔细观察这淤泥。这是一个滋养着众多生物、一派生机盎然的城市。蛤蜊或随洋流冲浪，或用它们的斧足挖掘。带状蠕虫扭动着向前滑行。一只尾巴分叉的"逗号虾"——隶属于涟虫目下针尾涟虫科的小动物——一边爬动一边产卵。吸引灰鲸不远万里前来大快朵颐的正是这些小虾，这是对它们的奖赏。很难相信灰鲸这样的庞然大物竟要依靠毫米长的猎物维持生命。当它们吮吸海床并将泥沙从鲸须板间挤压出去时，羽状的泥如同熔岩流一般喷涌而出。气候变化给海洋带来的改变让灰鲸无法再对食物挑三拣四。它们在这里觅食的涟虫目动物比鲸鱼更喜爱的那种小虾提供的热量更低，而且口感更加粗糙[1]。所幸灰鲸的吸食能力堪比吸尘器。

在这次旅行中，我了解了许多关于灰鲸的事情，麦克斯睡着的时候，我都在阅读。

你是独特且伟大的生命，海洋的哨兵，生态系统的工程师，能预言影响全人类的气候变化。但是你现在去哪里了？你怎么可以让我失望？

在我的儿子麦克斯出生之前，我曾在伦敦拥有一个家，拥有忙碌的社交生活，是一名事业成功的记者。而当我成为一名母亲后，情况却急转直下。2012年，麦克斯一岁时，我住在靠近法国海岸线的泽西岛上——那是我长大的地方,我寄居在妇女收容所——这是为单亲妈妈们提供的合租房。为了和我的前任帕维尔在法庭上争夺麦克斯的抚养权,我把所有积蓄都花在了律师费上。

在妇女收容所,我保持低调,就像披上了一层铠甲,尽量不引人注意,也不惹事。那么多东西瞬间化为乌有:固定工作、睡眠、已经没有钱去维系关系的朋友,还有属于我自己的家。我本来在东伦敦拥有一套公寓,但是鉴于这套公寓是负资产,我既不能卖掉它,也不能住进去,因为我已经无力还贷。更何况我还有其他不留在伦敦的理由。

这种感觉就好像我在重新学习走路和说话。这个世界似乎也不再承认我了,所以我把注意力放在了照顾一岁大的儿子上,现在他占据了这个世界的中心。

一个冬日,我从泽西首府圣赫利尔的主要商业区顺着一条岔道步行前往位于救世军慈善商店楼上的食物银行。一名面带微笑的男子领着我们走过服装区的货架,上楼来到二层的一排步入式食品储藏间。

"需要什么尽管拿,"他说,"只要你拿得动。"我拿走的食物多到都快拎不动了。其中一个袋子已经裂开了口。我一只手拖着三大兜罐头,另一只手拉着麦克斯的小手,正走出商店到人行道上时,商店门铃发出了刺耳的响声。

那是一个熟悉的声音:"多琳!你回来啦。"一个老同学正站在路上,脸上轻松的微笑将我拉回了二十年前的时光。我们少年时期关系很亲近。

"嘿！是啊我回来了。"我放下了手里的袋子。

"我没听说你已经有小宝宝了。你好呀，小帅哥。"她冲麦克斯点了点头，然后又看向我，"你先生，他是英格兰人吗？"麦克斯拽着我的手上蹿下跳。

"没有先生，就我和麦克斯两个人。你怎么样？这么多年没见了。"

她的下一个问题已经像连珠炮一样袭来："那你是和父母一起回老家的吗？"

我的下颌一紧。"没有，我妈妈病得厉害。"我把袋子又从人行道上提了起来。

"那你住在哪里？"她眉头一蹙，"你怎么安排的？有人给你帮忙吗？"

我开始头疼了。塑料袋已经勒进了我的手掌。我任由麦克斯用力拖着我向后沿着这条街离开。"我们挺好的。见到你真好呀。抱歉我得赶紧走了，我们要迟了。"

在回妇女收容所的路上，我们经过了一家面包房，橱窗里摆着一盘盘软面包卷。玻璃中映出一个拎着全部家当的流浪女人，她穿着我的衣服，抓着一个可爱小孩的手。

几周后，一场邂逅把我引向了一条截然不同的道路。像我一样目前在妇女收容所里逗留或长住的母亲有额外的福利。有一个教会社团为我们特别组织了一个专享日。我早到了几分钟，推开沉重的木门，欣赏着里面灯火通明的大厅。

"亲爱的主，帮助这些可怜的女人……正确的道路……远离撒旦……"聚在一起的那群女人并没有注意到我走进来。我正考虑直接掉头离开，但是她们已经散开了，并且对我微笑问好。我沉着脸以作回应。我是需要被拯救的人吗？一个女人注意到了麦克斯，领着我们来到儿童天地，向我保证那里配有专业的儿童保育志愿者。麦克斯牵住她的手，摇摇晃晃地走过去探索玩具。另外一个身穿海军条纹衫，脚蹬帆船鞋的女人把我引到一排按摩、美甲和足浴设施前。我不愿意成为她们的慈善救助对象，我得把麦克斯从这里弄出去。我环顾四周，看到儿子正坐在一个女人的膝盖上拆礼物，那是一个玩具水泥罐车，还配有驱动器和旋转的搅拌筒。他兴奋极了。我又四下扫视，其他家庭也开始陆续到达。既然这个下午我被认定是撒旦的女人，那我或许也可以充分利用它。

我对水手打扮的女人说："我想做一个头部按摩，谢谢。"然后就坐下来合上了眼睛。她的手指向下按压我的头皮，那感觉就像水一样。一开始我假装是在水疗馆。但是接着水疗馆幻化成了大海，我已经不再置身于教堂大厅了。我又回到童年，在泽西岛和爱尔兰的海滩上疯跑。紧接着，我的脑海里浮现出另外一个海岸，那是北极地带的一个海岸，我瞭望着眼前一片广阔的海冰，它向北延伸直至北极。我回到了阿拉斯加，这个七年前我曾来过的地方，回到了乌特恰维克这座城市，那时它还被叫作巴罗，我同一户因纽皮雅特人①一起生活。这座城市地处美国最北端，在北冰洋的边缘摇摇欲坠。这里周期性地被冰雪和黑夜包围，数千年以来，因纽皮雅特人就在这里繁荣壮大，他们的古老文化，以及他们与猎物之间的关系，将他们紧紧团结在一起，而其中最引人注目的猎物当属体形巨大又神秘的弓头鲸。在那里，我不仅看见了鲸鱼，还加入了一支家族捕鲸队，与他们一同在景色绝美又异常危险的极地景观中历险。同他们在一起时，我感觉到自己充满活力，与他人乃至整个自然界都如此紧密相连。要是我能重拾那种感觉，并将它传递给麦克斯就好了。

"妈咪。"

我又从北极回到当下，睁开眼就看见站在我面前的麦克斯。给我按摩的女人把手从我的头皮上提起来，我的脑袋感觉轻松不少。

"出去。"麦克斯指向门口。我谢过按摩师，拉起麦克斯的手离开了。

那天晚上，在麦克斯睡觉的时候，我没有理会我的兼职研究工作，而是在网上浏览了弓头鲸的相关内容，继而又看到了蓝鲸。我观看了我最喜欢的大卫·爱登堡的纪录片视频，视频中那巨大的生灵在他的小船旁边浮出水面。我继续漫无目的地浏览，看到了一篇关于灰鲸的文章，对于这个物种我一无所知。我得知它们

---

① 因纽特人的一支，居住于阿拉斯加地区。——译者注

有两个族群，分别在西太平洋和东太平洋。就在此时我发现东太平洋的灰鲸族群每年会从北极迁徙到墨西哥的繁殖地潟湖，之后会带着幼崽再次北上。这条迁徙之路往返可达上万英里，相当于环绕月球两圈。途中，灰鲸通常在靠近海岸的较浅的海藻床上游过，人们也能看着它们沿着北美西海岸一路北上。在穿越半个地球的迁徙路途中，母亲们与掠食者搏斗，同时照顾、喂养幼崽，堪称耐力的化身。

读到它们时，我又感受到了新的力量。文章中提到，12月到来年4月之间，可以在墨西哥的下加利福尼亚州看见灰鲸母亲和新生幼崽。或许我可以带着麦克斯去看看它们。这个想法的确荒唐可笑，但是它一直在我脑海里挥之不去。我可以将灰鲸母子烙进麦克斯的潜意识里，教他体会自由的感受，把他在妇女收容所里可能染上的幽闭恐惧或是灰心丧气统统抹去。我可以和他分享我从海底生命的奇迹中获得的灵感与力量。就像是我从小看到大的大卫·爱登堡的自然纪录片，不过这甚至会比纪录片更好，因为它将真实发生在我们身上。此时是1月，母亲和幼崽必定已经身处下加利福尼亚了。

我趴在麦克斯旁边床垫边缘的电脑上，近处一个深沉的声音响起，那是比利的声音，他仿佛正坐在我的旁边，就像七年前在阿拉斯加的海冰上寻找鲸鱼时那样。

"有时，"他慢条斯理地说，"我们会看见灰鲸。"比利仿佛跨越了关山万重与我对话。

从那时起，一切发生得飞快。仿佛有根线正拉扯着我，飞出窗外，冲上天空，越过大海。第二天，我离开了妇女收容所，搬进了一个朋友家的阁楼。我得到了一笔贷款，办理了签证。我告诉麦克斯，我们将从墨西哥一路追随灰鲸母亲和幼崽直到世界之巅。灰鲸母子游泳，而我们会乘坐巴士、火车和船跟在它们身旁。

　　"火车？"麦克斯对鲸鱼倒是没有很在意，但是他绝对喜欢各式各样的交通工具。"我要带上闪闪，妈咪。"他捡起了他毛茸茸的玩具狗站到门口，准备出发。

　　我告诉自己，我将从鲸鱼身上重新学习如何成为一个母亲，如何忍耐，如何生活。

　　在表面冠冕堂皇的理由之下，我偷偷期盼回到阿拉斯加的最北端，回到那个在北极严酷的美景下护我周全的集体之中，回到那个爱我的捕鲸猎人比利身边。

洛杉矶

北纬 33° 59′ 40″

西经 118° 28′ 57″

　　洛杉矶的移民局官员犀利地扫了我一眼，然后低头看看麦克斯，对他温柔一笑。麦克斯背着迷你帆布背包，走起路来摇摇晃晃像只企鹅，被问到名字时就大声喊出来，就像一个让人开怀的魔法咒语。我紧紧攥着我的文件，但是这位官员并没有查看，而是摆了摆手让我们直接通过。

　　我的朋友玛丽在到达大厅等候，一看到我们就张开双臂热情迎接。她有一个六个月大的宝宝正在婴儿车里睡觉。外面的空气温暖干燥，玛丽开着车带我们穿过洛杉矶时，我和麦克斯挣扎着脱掉了外套。瘦长的棕榈树俯视着我们，蓬乱的叶子在风中摇曳。我们到达玛丽在威尼斯海滩的公寓时已经很晚了。除了那个小宝宝，她还有一个和麦克斯年纪相仿的儿子。两个学步期的小朋友一起在一块黑板上用粉笔涂鸦，我和玛丽一边喝茶一边讨论我预订的行程。我们会在圣迭戈和旅行团会合，然后乘车前往下加利福尼亚州待上两周观鲸。

"然后去北极？"玛丽说，"这路途挺远的。"她熟悉北方的情况。我和她是在飞往乌特恰维克的航班上相识的。飞机降落时，挤在相邻座位上的我们互相"吹捧"了对方的滑雪服。那里的景色不论从哪个方向看过去都是白茫茫的一片，走下飞机不出十米，我带着的那瓶水就已经开始结成冰晶了。在行程即将结束的时候，那里的寒冷已经彻底改造了我。有些地方就是这样，等你从那里回来的时候整个人都脱胎换骨了，或者可以说曾经的你根本就回不来了。玛丽曾经到过乌特恰维克，这对我有很大帮助。我猜测宇航员们登月归来后一定也想时不时见见对方。

"我们把旅行拆成了两部分。"我告诉她。我和麦克斯必须越过重重法律限制才能有超过一个月的旅行时间。"两段行程各一个月。先去墨西哥，然后回英国，然后我们再回来一路向北追随鲸鱼。"

"那我就能见你两次了！"玛丽问起我如何承担这次旅行的费用，我就对她讲起我给银行打的那通电话。当时我俩正在沙滩上，麦克斯光着脚在沙子上奔跑，看着身后一长串脚印兴奋地大声尖叫。我正在打电话，一只手扣住手机来抵御海风。

我在咨询是否有可能贷款时语气竟然如此轻松自然。客服中心的接线员问："您还在工作吗？还是正式员工吗？"

"是的。"说完我就屏息以待。他面前就有我的账户，上面必定清楚明白地显示我已经不再是正式员工了，几乎没有工作收入。电话那头停顿了一下，我告诉自己，如果我能够屏住呼吸坚持到他开口，这事就成了。

"好的。"他说，"为您办理成功。一万英镑将在五日内打入您的账户。"

玛丽说我胆子很大。"你们两个小伙子画了一场风暴出来。"她边说边欣赏两个孩子乱七八糟的粉笔画。那晚，我和麦克斯蜷缩在她家客厅的沙发床上过了一夜，体味着住在一个真正的家里的快乐。

我们搬入妇女收容所时，那里几乎已经住满了。我们的房间在三楼，有向外开的四扇防火门和八扇楼梯安全门，与外界隔绝开来。住在隔壁的阿什莉是一名法律秘书，来自南非，带着一个五岁的儿子。玛格达住在隔壁的隔壁，波兰人，有三个孩子。住在楼下的安吉丽娜来自马德拉。收容所有一个供儿童玩耍的院子，里面有几辆三轮车和一个塑料滑梯。我们在公共厨房做饭的时候会交换法庭上的经验。当谈及促使我们来到这里的事件时，我们仿佛拿着相同的人生剧本，安吉丽娜和我没有得到救济金，她是因为移民身份，我则是因为拥有一所公寓。不过我还有一个笔记本电脑和一份收入还说得过去的兼职工作，而安吉丽娜唯一的选择是拿着最低工资在音像商店里连班工作。相比之下，我的情况算是优越了。如果安吉丽娜的前任爽约不帮她带孩子，我们这些人便会帮她照看女儿，好让她可以继续工作。在我心生厌倦，不想在大晚上工作的那些日子里，我小心翼翼地压制住满腹牢骚。

后来，我的新朋友们陆续搬进当地政府的公寓或是合租房里的单间。圣诞节期间，整个妇女收容所空空荡荡，只有我和麦克斯还在。

然后，那里又重新住满了，妮古拉搬了进来。

有一天晚上坐在妮古拉的床上，我对她说："你的发型真漂亮。"她和她四岁的儿子威尔是这一层除了我们之外仅有的一家人。我们两家的房间门都敞开着，当时已经十八个月大的麦克斯如果醒了，我从走廊那头就可以听到。

"你应该试一下摩丝，可以让你的头发更有型。"妮古拉说着，从梳妆台上拿起一个金属瓶子。我对头发并不感兴趣，但是妮古拉曾经做过美发师，我为了表示友好，就故意找些可以谈论的话题。她在妇女收容所里的走廊上走动的时候，秀发飘动，如同闪光的栗色帷幔。她让我想起了学校里的大姐大，上学的时候我会避开她们，这些人在我经过的时候会放声大笑并扯着嗓门唱"丑八怪"。妮古拉一边说话，一边查看自己涂抹得一丝不苟的红色指甲。

"我得赶紧走了，"我说，"我有个稿子马上要到截稿日期了。"我打了个哈欠，光是想到这个就让我感到精疲力竭。妮古拉抬起下巴，斜着眼睛看着我，满是不屑。

"我对工作不感兴趣。"她说她和男朋友分手后，就从曼彻斯特回到了泽西，希望可以尽快由泽西州政府分配到一所公寓。"友善待人在生活中不能给你带来任何实惠。"她说，"我读过这本书，《风暴女孩走四方》①。我读的时候，就想这就是我，我就是风暴。"

"风暴？你说的是不是坏——"

窗户乒乓作响，我们不约而同地抬头看。今天晚上风很大。我的脑海里浮现出妮古拉被风吹来吹去的画面，她在屋里像风一样游走，身后飘扬的头发如同超级英雄的披风。

"《风暴女孩走四方，好女孩寸步难行》，书名就是这个。"她说完后，顿了顿，"你应该读一下。"

我点头附和："该去工作一会儿了。谢谢你的摩丝。"

穿着条纹连体睡衣的麦克斯四仰八叉地躺在床垫上。开始工作之前，我要先去楼下接一杯水。

凯莉在厨房里。在所有的新住户中，我最喜欢她。她和我一样会爆粗口，但是她极具市井智慧，这一点我望尘莫及。她跟我说了她和男朋友以及家人之间的争吵。

"我就是想让所有的控制狂都从我的生活中滚出去。"她说。我很有共鸣。我给过她一双有真丝内衬的黑色皮手套，这是帕维

---

① 书名应为《坏女孩走四方》（*Why Good Girls Don't Get Ahead... But Gutsy Girls Do*），妮古拉将"gutsy girl"（坏女孩）认作"gusty girl"（风暴女孩）。——译者注

尔送我的礼物，我无法说服自己把它捐给慈善商店。凯莉戴上手套，在空中舞动着手指，把她浅亚麻金色的头发撩到身后。"我看上去就像玛丽莲·梦露！"

凯莉正打开她的食品柜，拿出一包斜管面，尽管她怀孕的腹部已愈发隆起，但穿过厨房的步态仍然带着芭蕾舞般的优雅。一群人正在厨房外面的水泥地院子里抽烟闲聊，妮古拉也在其中。她们抬头看了看，我隔着敞开的房门朝她们招手。妮古拉转过身去说了些什么，引得一群人哈哈大笑。我尴尬地假装在水池边忙碌。

"别为这种事烦心。"凯莉朝房门偏了偏头，轻声说，"她们不能忍受任何人在离开这里的过程中亲身为自己的生活做出任何努力。"

我不太确定她是什么意思。我笑了笑向她道了声晚安，没再说别的。上楼梯的时候我感觉步履沉重。楼下正对我房间的女人开始冲着电话大喊大叫，把麦克斯吵醒了。我给他喂奶，直到他的身体在我身边放松下来。楼下的喊叫又开始了。我听不懂具体说了些什么，但是她确实很愤怒。麦克斯坐起来哭闹。我重重地敲了敲地板，这下安静了。我把麦克斯哄喂睡着，接着一直工作到凌晨三点。

第二天我和一位身在日内瓦的客户有一个电话会议。这个妇女收容所没有 Wi-Fi，而我的手机信号又不稳定，所以我带着麦克斯来到附近的一家咖啡馆。我找了一张有空白墙壁做背景的桌子，让麦克斯坐在婴儿车里斜对着我。他埋头吃着可颂，我戴上耳机等着电话打来。

"是的，我们需要讨论一下月经问题。"会议进行的时候，我声音洪亮。我们正在谈低收入国家的女孩例假来临时会缺课的问题。一屋子西装革履的客人转过头来看。那天早上，我精心拾掇了自己，竟破天荒地梳了头发，不过肩膀以下的部分还是一样邋遢。我将视线聚焦在屏幕上，以屏蔽周遭的目光。月经问题得到的关注寥寥无几，这让屏幕对面的公共卫生专家安姆丽塔十分沮丧，她不惜大肆使用"屎"这个词来增强冲击力。我也不得不勤说"屎"来表明立场。

"你有农村的屎的数据吗？"我询问说，"如果人们在田地里拉屎，屎流入水中然后……是的，我会确保这个论点足够有力。"我话音刚落，一位客人大声点了一杯拿铁。

"你在咖啡馆吗？"安姆丽塔问。

"这里是一个公共工作空间。"我不确定咖啡馆场景对于这个团队来说是否足够专业。麦克斯吃完了可颂，开始大声抗议。我用手把话筒捂住。

"线路出什么问题了吗？"安姆丽塔说。

"对，听起来像是有什么干扰。"

电话会议临近尾声时我已经能闻到自己的汗味。其他带着孩子的穷困单亲家长是如何在夹缝中求生的？我还能这样坚持多久？

半年过去了。妇女收容所变得更加狭小，走廊更窄，楼梯也更陡了。妮古拉绝大多数时候都会忽略我，但是无论我们何时相遇，威尔都会欢快地一头撞向麦克斯。麦克斯从年纪和体型上都只有威尔的一半大，结果总是被撞得够呛。一次午饭时间，我偶然撞上了妮古拉的生日聚会，一群人围坐在厨房餐桌旁。我送给她的巧克力被放在一边。

"妈咪，有聚会！"麦克斯说。妮古拉抬头看过来，我致以微笑，她又回到她的交际之中。我不知道该看向何处。我们那天在自己的房间里吃的午饭。

只要我有时间休息，我们就会和安吉丽娜还有阿什莉在公园里见面，推孩子们荡秋千，看他们滑滑梯。越过游乐场的栅栏向外望去，我感觉自己置身于一个为母亲专设的牢笼之中。有时在夜里，当麦克斯正在熟睡时，我会小心翼翼地取出我在乌特恰维克时比利送的裘皮帽戴上。

"海狸的毛皮。"他说，"这是最暖和的。"我把护耳罩拉下，隔绝这个世界的一切声音，回忆自己站在海冰上，看着幽暗的海洋在白色海冰的边缘起伏，每到这时我都会想起他的声音。

1月的一个清晨，因为前一晚又在电脑前工作至深夜，我昏昏沉沉，心不在焉地带着麦克斯走进厨房。有几家人正在做早饭，妮古拉也在其中。威尔穿过房间跑向麦克斯，把他重重地撞倒在地。麦克斯的脑袋磕在了地板上。不能再有下次了！每一次我们和威尔共处一室，麦克斯都会受伤。

那个早晨我太困了，无法控制自己的反应。

"天哪别再这样了，威尔。"我抱起麦克斯，搂住他直到他不再哭泣，然后爬过婴儿安全门来到我的食品柜。

"我想该由我来决定是否要教训我的孩子。"妮古拉说。

我周围的空气凝固了。表达坚定的立场不是我一贯的风格，但是不知为何那天我无法让自己退让。

"你是在对我说话吗？"我试着让自己听起来无动于衷。虽然我习惯于对着麦克风质疑他人，但是在现实生活中，我的一贯策略是保持安静，或干脆逃走。

"是啊。"

"如果威尔伤害了麦克斯，我就会告诉他不能这么做。"我喘不过气来，只能把单词一个一个挤出来。

"你必须让他们自己解决问题，否则他们以后会受到霸凌。"

我一阵反胃。开战还是逃离？

"滚开。"一个声音说。这是我的声音。"他只有两岁！"我选择了开战。我怒火中烧，热血沸腾。上一次我有这种感觉还是在十一岁的时候。我在无挡板篮球场上打了莉萨·克拉克，因为她不停地指名道姓骂我。"滚开！"我大声加了一句，那一刻我便知道我得离开妇女收容所了。妮古拉消失了。厨房里空无一人。我不再假装一切安好。去他的鬼日子，去他的妮古拉，去他的所有人，去他的这整个悲催的世界，统统滚蛋！

我从沙发床上醒来，过了几秒钟才意识到我和麦克斯在玛丽的家里，才记起我们已经来到了多远的地方。窗外，有一棵橙子树和一棵柠檬树沐浴在加利福尼亚春日的暖阳中。我们与玛丽一家一同吃了早餐，她丈夫上班以后，我和麦克斯跟着玛丽一起去参加亲子瑜伽。我们被身穿洛杉矶健身服的妈妈们包围了。

　　"像蛙蛙一样站，妈咪。"麦克斯在我们做"下犬式"的时候爬到我身上大喊，其他人对着他发出嘘声。我想出去走走了。然后我们被要求分享是什么给予了我们激情。我想谈谈对儿子的爱，但是我话音太小没人能听得见，而我无法更大声地说出来。回家路上，玛丽大声说出她的疑惑——我身为一名单亲妈妈对麦克斯来讲意味着什么？她说她儿子总是吵着要爸爸。我又想出去走走了，只不过我现在已经在外面了。

　　玛丽和她的同事一起吃午餐，于是我和麦克斯步行前往威尼斯海滩。海滩巨大而且开阔，还有许多小贝壳。我做了几个长长的深呼吸才开始感觉轻松一点。每当我在海边观浪，都会有一种回到家的感觉。若是我在海里，这种感觉会更加强烈。不过这片海洋广袤无边且桀骜不驯，并不适合我和麦克斯下海游泳。我在沙子上大致画出了一张迁徙路线图。细长的下加利福尼亚半岛，一条线沿着西海岸向上蜿蜒行进，突然转向进入阿拉斯加湾，穿过阿留申群岛岛链，然后越过大陆的最顶端形成一个参差不齐的驼峰。我从贴身口袋里拿出一枚小小的黄杨木抹香鲸让麦克斯玩。这头鲸鱼伴随我到处旅行。它雕刻精巧，嘴上有一道温柔的弧线，透着一丝不易察觉的微笑。麦克斯滑着它在沙子上奔跑。

　　我四岁时，母亲给了我一本儿童《圣经》，这本书很大，满是精美的插图。第一页上，有一幅黄色的犹大和以色列王国地图，在地图的正中间，在地中海里，是一头嘴巴微张的抹香鲸。这是整幅地图上唯——个真实的角色，倒是还有一支驼队和一名坐在船上的男子，不过画得太小了甚至看不出任何表情。这头鲸鱼是一条线索，就像你在学会字母表之前看到一个字母，就已经知道这是一个符号，其中蕴藏着要向你传达的秘密。它比任何独角兽都要迷人。在我这本《圣经》里，约拿和鲸鱼是《旧约》部分的最后一个故事。一张图上展现出约拿在鲸鱼体内的灰色涡流之中跪地、俯身、祈祷。在这个故事里，经过三天三夜的努力，这头鲸鱼——一股仁慈的力量——终于将约拿转送到安全的地方。

　　在我六岁时，我们一家从威尔士搬到泽西岛，住进了一个摇摇欲坠的花岗岩农场的旧马厩里。作为一个在小岛上长大的孩子，我知道我们四周都被大海包围着。在任何给定的时间，我都能知道潮汐是高是低，并且在水流中测试自己的力量。星期五晚上，爸爸会带着我、姐姐和弟弟去上游泳课，但是我很害怕游泳。有一次教练大喊让我们松手离开泳池边时，我以为我要淹死了。一个星期五，我藏到了晾衣柜的最顶层。

　　"多琳？"爸爸在叫我，听上去有些生气。我听见他上楼的脚步声，于是便在毛巾和床单后面的藏身"洞穴"中屏住呼吸。

他又走下楼，到房子外面叫我。然后，我听见轿车开走了。我继续蜷缩在柜中，因为隐身而感到安全和快乐。这次逃避成功后，我在星期日的早晨也藏了起来，希望可以逃避和母亲望弥撒。但是，她是态度更加坚决的猎犬，掘地三尺将我翻了出来。当爸爸意识到我并不喜欢游泳课时，他就不再强迫我去了。他转而给我预订了一张乒乓球台，别人游泳的时候我们就打乒乓球。我乒乓球打得很烂，但是我喜欢和他独处的时光。我主要是在海里通过反复试错学会的游泳，而不是在充满氯水的泳池里。

爸爸是一个安静的男人，常常沉浸在自己的爱好之中。作为一名业余生物学家，他对付动物很有一套，我很用心地模仿过。在工作日，他进屋时一般既不问好，也不做声，除非有人直接问他问题，或是他有具体的事情要说。他通常会一言不发地吃完早饭，只有在和妈妈吻别时，才会对她说上一句再见。

"我在想：是否有什么词可以形容他的这种沉默寡言？"有一次，大门在爸爸身后"咔哒"一声关上时，妈妈这样说。我的父母经常争吵。母亲高声呵斥时，父亲则会保持安静。听着她的吼叫和责骂，我暗自决定不要像她一样，我想要像父亲一样。

有一段时间，爸爸几乎每天都带我们去游泳。那时，我母亲患有十分严重的抑郁症。寒冷、波涛汹涌的日子是最佳的，大海会变得狂放澎湃，无拘无束，恣意妄为。被抛到碎浪之巅的感觉真是太刺激了。所有颜色都变得暗淡，没有什么光鲜亮丽的东西。深沉的绿色、泥泞的棕色，以及翻腾的云团被捣碎的灰色。

我喜欢和爸爸待在同一水域。在风平浪静的日子里，当能够看清所游向的地方时，我会在他蛙泳的时候追随他修长的白色身影。寒冷的水流流过皮肤之时，我们也算是大海里的哺乳动物了，五指连成一个整体，像鳍一般。弟弟、姐姐还有我自己会在水下互相游到彼此的腿间，或是假装看见鲨鱼靠近来吓唬对方。我们一家人，包括妈妈，会在磷光中夜泳，这种体验太惊心动魄了，当我在月光下把自己拖上岸来时，都不确定自己是否完全上岸了，有没有一部分仍然留在水中的火花之间。

在本世纪涨潮最高的时候，我们驱车来到位于泽西东海岸的阿奇隆德尔卵石滩。穿着长筒防水靴的男人们在停车场那边钓鱼。海水已经涨到了柏油路面，形成了闪闪发亮的水洼。眼前剧烈的变化让人难以置信。我感受到了同夜光海水一样带来的幽森恐惧。受到学校和新闻的启发，我把海平面上涨也加入了我的默祷文清单，打算在弥撒的时候一口气说出。每到星期天，我会像画中的约拿一般，在教堂长椅上双膝跪地。"亲爱的上帝，请不要让核弹或新的冰川期降临，请阻止其他动物像渡渡鸟一样灭绝，请阻止酸雨，请阻止人们残杀鲸鱼、海豚和海豹。"如果我忘记了某一条事项，我整个星期都会感到不安。

到我七岁的时候，"拯救鲸鱼"组织正在如火如荼地开展行动。在我出生的那年，"绿色和平"组织已经选择鲸鱼作为他们第一个生态运动的主题。鲸鱼的形象要么是淡蓝色的天使，在滚滚海浪之下平静地滑翔，张开双鳍跃入空中；要么是血淋淋的瘫倒的巨大尸体，被拖拽到捕捞加工船上。有时，它们会出现在电视上，一同出现的还有坐在充气橡皮艇里的人们，他们企图扰乱鱼叉手的视线，橡皮艇在暗沉的水面上闪着橘色的光。作为"绿色和平"组织的旗舰，耀眼的三桅机帆船"彩虹勇士号"有一次在干扰西班牙捕鲸船队后，被扣留在西班牙北部的一个海军基地，"彩虹勇士号"逃出后一度停靠在圣赫利尔港补给燃料。公众可以上船参观。当时我和一个蓄着大胡子的水手搭话，告诉他我很喜爱鲸鱼，并请求加入他们的队伍。他大笑，带我到船上各处转了转，还给了我一把贴纸和徽章收藏。我现在还保留着一枚绿色和平徽章。大部分徽章展示的是须鲸科鲸鱼，这是须鲸亚目下最大的一个家族，包括座头鲸、小须鲸还有蓝鲸。其中一种鲸鱼我当时没有认出来，便把这枚徽章放在盒子里收好，它就此留存了下来。徽章展示了一个母亲和幼崽一起游泳。它们没有背鳍，背上只有峰状突，而且是灰色的。

在我童年的这段时期，另外一艘船也在海上航行，但直到数十年后才引起新闻关注。它就是"埃索大西洋号"，是一艘超大型油轮，也是世界第四大船只，是埃克森国际舰队中最大最好的旗舰。它在大西洋上巡航时，时不时会偶遇座头鲸和南露脊鲸，与此同时船底的精密采样设备会从表层海洋和空气中测量数据，以调查碳循环情况，以及海洋在储藏二氧化碳排放时所发挥的作用[1]。这是由世界顶级科学家牵头的研究，前所未有。

这项研究的诞生源自于石油公司——当时还是埃索石油——

1978 年从公司员工詹姆斯·布莱克那里收到的一个警告[2]。布莱克向公司管理层阐述了燃烧的化石燃料会增加二氧化碳水平，因此二氧化碳将在高层大气中积累，从而使地球变暖。布莱克的演示笔记中这样写道："有些国家会从中获益，但是其他国家可能遭受国内农业减产或破坏。"我们有一个"五到十年的窗口期来决定必要采取何种行动"。

　　投身于这个超级油轮项目的研究者做出了关于二氧化碳水平和全球气温的预测，如今看来预测之精准让人叹服。这项研究结果被发表了，并成为埃克森环境事务部 1982 年编写的一份技术简报[3]的基础。简报上注明"请勿外传"。该文件表示一些不确定的方面有待进一步研究，但也明确指出"必须考虑到潜在的灾难性事件"。这些事件包括南极冰盖融化和农业破坏。第五页写有一句不祥的警告："部分科学团体担忧，一旦这些影响变得可测，它们可能就无法逆转了。"

　　到了我十五六岁时，能源公司那边的情况已经发生了变化。埃克森结束了超级油轮二氧化碳研究项目。在公司内部，一套传播策略初具形态。在 1988 年的一份内部备忘录初稿中[4]，一位公共事务经理就当时被称作"温室效应"的这一现象写道："(这)可能是 20 世纪 90 年代最重大的环境问题之一。"公司新闻发言人阐明了"埃克森立场"，其中包括：任何针对预测气候影响的科学研究都要"强调不确定性"。埃克森开始在《纽约时报》这样的主流报纸上购买版面，以便参照社论对页版①的样式定期发表一些文章。这些众所周知的社论式广告吸引了数百万读者[5]。2000年的一篇文章标题为——《悬而未决的科学》[6]。不仅仅是埃克森，美国石油学会在1998年由埃克森、雪佛龙以及美国南方电力公司共同起草的一份备忘录中[7]，列出了《全球气候科学传播计划》草案。这份文件阐述了他们在努力启动一个全国性的媒体关系项目，"以便告知媒体气候科学中的不确定性"。文件表示当不确定性成为大众普遍接受的"传统观念"，且当那些基于现有科学成果推动《京都议定书》的人们在大众眼中变得"脱离实际"时，"（我们）便将取得胜利"。二十年后，发掘出埃克森石油内幕的《深度气候新闻报》（*Inside Climate News*）记者们获得了一项普利策奖提名。而这家石油巨头却说这是一场精心安排的中伤活动的一部分，意图在气候问题上污蔑、扭曲公司形象[8]。

"我猜不透埃克森石油管理层的心思。"曾为埃克森研究气候模型的物理学家马丁·霍费尔特说。2019年，他在一场调查石油产业压制气候问题真相的听证会上，向美国国会委员会作证[9]。"埃克森公开宣扬本公司科学家都知道是错误的观点。"他说，"他们的所作所为是不道德的。"

在泽西岛，我的成长过程一直伴随着游泳。在狗刨式之后，我又学会了蛙泳，还为自己倒数着从满是鹅卵石的船台纵身跃下。

---

① 欧美报业用语，版面一分为二，一面刊登新闻机构人员撰写的社论，其对页刊登非新闻机构人员的评论性文章。体现平衡报道原则。——译者注

在大海的庇护下，我渴望见到鲸鱼。

玛丽把车停在了联合车站外面。

"我真替你紧张。"她说，"全程都要靠你一个人。"我和麦克斯即将离开洛杉矶，搭乘火车前往圣迭戈。我看了看安全座椅中睡着的麦克斯。

"你觉得我不应该去吗？"

一阵停顿，接着是清嗓子的声音："我觉得你必须得去一趟才甘心。"

"但是你觉得带上他好吗？"

"嗯，你都已经花了这么多钱了。"

"但是你觉得这会不会太冒险了。"

更长的一阵停顿。"不会。"

终于把我需要听到的答案榨出来后，不管怎样，我和她拥抱道别了。

"介是维尼公园的小火车。"被离站广播吵醒时麦克斯说，"哔——哔——哔——"我正在和折叠婴儿车、车载安全座椅、帆布背包、大大小小的手提袋做斗争。列车员瞪着我说："那个婴儿车需要折叠起来，放上层。"然后就转身走了，我都没能来得及求助。

坐火车旅行是一种享受。我们坐在自己的胶囊客舱内，迎着光辉，弹射一般离开了火车站，驶过云帆肉类公司大楼和一座高架桥。

"将在二十五分钟内倒满酒。"[①] 我把扩音器中传出的内容听错了。我的耳朵显然还需要一段时间来适应美国口音。我和麦克斯出神地盯着窗外看。蜿蜒的泥棕色河流和像传送带一样的黄色植物一闪而过，还有闪闪发光的土堆和远处的山脉。我可以感受到眼前的风景在填充着我的脑海。马桶刷一样的树，淡黄色的土地，宾州石油的油罐车，待出售的地皮。我数到了四十二个货车集装箱。输电线在天空中纵横交错。这就是我的内心世界，就像是从火车上看到的景色一样。我喜欢完全沉浸于当下，并且总是，总是，期待远方的事物。

麦克斯正安静地坐在我的身旁，但接下来他就无法安静了。他吐了。我及时冲到他跟前刚好用自己的前胸接住了涌出的棕色呕吐物。我们候车的时候，喝点巧克力奶昔看起来是个绝佳的主意。邻近的旅客先是环顾四周，然后就迅速转过身去。一条毛巾、几张面巾纸，这些我都没有。我无法打开背包，因为我的双手满是棕色的东西。等麦克斯不再吐了，我向后挪到过道上，抱着麦克斯的同时还小心翼翼地护着我 T 恤衫上的一汪棕色湖泊。我沿着过道走向洗手间，车厢内人满为患。

"对不起，对不起。"我对经过的每一个人都这么说。

---

① 因英美发音习惯不同，作者把"将在二十五分钟内到达"（We'll arrive in twenty-five minutes）误听成"将在二十五分钟内倒满酒"（Will be full of gin in twenty-five minutes）。——译者注

一位身穿白上衣的高个女人跳了起来，瞪大了眼睛："我的天！"

我疯狂道歉。

"我能做些什么？"她问。又有一位女士加入，想要帮忙。她们从我的帆布背包中翻找出了我要的东西并递到洗手间里给我。婴儿湿巾、洗发水、纸尿裤、干净衣物。最后，她们凭空变出了一个塑料袋可以把脏衣服塞进去，不过我们的 T 恤并不值得保留，最终被扔进了垃圾桶。我想拥抱她们，但是担心自己身上仍有呕吐物的味道，所以转而口头向她们道谢。

"都是这么过来的。"高个女人会意地说。另外一位微笑着，并祝我一切顺利。

"奶——奶——，妈咪。"麦克斯插话了。这是我们之间表示乳房的暗号。他在接下来的火车之旅中断断续续地吃奶。我准备了一条毛巾和婴儿湿巾放在手边以备不时之需。

当我们到达圣迭戈时，天色渐晚。

"我要去坐有轨电车。"有轨电车在我们身旁穿梭时，麦克斯大声叫嚷。

"马克西姆！"① 我态度坚定地说，"我们要搭巴士。"

"不要巴士，我要坐有轨电车。"他尖叫着。一位男士给了他一枚 25 美分的硬币，告诉他我一会儿会给他买好东西，但是麦

---

① 马克西姆是麦克斯的大名。——译者注

克斯一路上，一直到酒店办理入住时都在不停地厉声尖叫，声音震耳欲聋。那一夜他睡得很安稳，但是我却睡不着。我每隔几个小时就要给他量体温，检查皮疹状况。我究竟在做什么？待在妇女收容所真有那么糟糕吗？至少那里是安全的。

　　我小心翼翼地提醒自己，我曾很努力地试着为我们在泽西开拓出一片天地。我到处找工作，为填写申请表翻遍了我的科研履历，甚至得到了环境部的面试机会。大学毕业后，我从事过暴风雨预测方面的研究，建立了一个可以预测降雨强度的统计模型，并在长达一年的时间里，协助进行了一项关于二氧化碳水平升高和植物生长的实验。为了这个职位面试，我恶补了昆虫种群取样方法，并被要求准备一个关于泽西蚱蜢的演讲。这种蚱蜢看起来像是有尖尖脑袋的薄荷硬糖，并且这个品种在地球上绝无仅有。大约八千年前，当海平面上升，陆桥被淹没，泽西和欧洲大陆分隔开来时，这个小生物便与其他蚱蜢种群分离了。独特的演化脚步决定了它的与众不同，比如它喜欢垂直地栖息在草茎上，栖息在一团一团的沙丘中，它们向占据小岛整个西海岸的海湾对面聚集蔓延。孩童时期的我，喜欢一头扎到沙丘里，躺在避风的地方，观察这些昆虫爬行。我确信我曾经见过这种蚱蜢。我对面试小组说，这是一种标志性的动物，与泽西岛那些魅力十足的巨型动物群具有同等的代表性。它展现了小岛独特的生物多样性，而且它自己奇特的生存与适应故事能够帮助人们参与到环境保护中。我最终没有得到那份工作。一位同情我的内部人士后来告诉我，有个独自发现新的虱子品种的人被录用了。看着麦克斯熟睡，我想到了泽西蚱蜢，它独自摸索着方向前行，没有其他的蚱蜢亲戚在身边作对比让它觉得自己特立独行，或抱怨它的所作所为是错误的。

凌晨四点半，我用婴儿车推着麦克斯来到外面，东西掉得到处都是。他仍在酣睡。暖风吹过站在一辆小型巴士旁的人们，他们大多是老人。我以为应该会有其他小孩、其他年纪的人和其他家庭。每个人都很安静，还在为这么早就起床而震惊。

"我是拉尔夫。"一个男人对我们做自我介绍，他看起来像是英俊版本的卡通杜皮狗。他正在把东西绑到车顶，看见我的全部家当以后不满地嘟哝了一声。我把车载安全座椅固定到巴士的一排空座位上。麦克斯在我抱起他的时候醒了，睡眼惺忪地看向窗外。没有人说话。我们接下来还有好几个小时的车程。

在墨西哥边境，边境官朝车内仔细看了看，就挥手示意放行了。检查站的警卫有两女一男，身穿紧身裤还配了枪，很有魅力。我对他们都心生爱慕。重新出来看看这个世界的感觉真好，唤醒了我对以前工作出差的回忆。这提醒我我曾经有一份收入稳定的固定工作，能够自食其力，被社会认为是有用之才。天气很热，还未到破晓时分。我们沿途经过了蒂华纳，那里丰富多彩的路边生意刚要开始活跃起来。

"我们离鲸鱼越来越近了。"我告诉麦克斯。

"闪闪，看鲸鱼。"他把玩具狗拿起来放到窗边。

"还没有呢，我们马上就要到了。"

他将信将疑地看了我一眼，又重新睡着了。

我们即将在某一片海洋加入鲸鱼的行列，那里在地理上受到热带和亚热带沙漠气候的庇佑。潟湖是鲸鱼的庇护所，也是它们的繁殖地。我读到过观鲸船是不允许接近鲸鱼的，但是鲸鱼偶尔会靠近小船，甚至可能会允许别人触摸它们。

我想象一头灰鲸母亲生产时，将她的尾部从水中竖直抬起再落下，重复这个动作，与此同时一个相对很小的脑袋从接近母亲尾鳍的一道美丽的长缝中露出来。被海水和羊水包围着，未出生的幼崽已经听见过所有的声音了，所以会知道母亲的声音。他一寸一寸地出现，接下来的一切发生得很快，身长五米的新生幼鲸整个身体都在水里了，鳍还未展开。脐带断开了，然后他们成为两个独立的个体，新生的宝宝仍然依赖母亲，需要母乳来调节心律和血压，需要母亲给予他免疫力和安全感，教会他如何生存。母亲用身体去支撑他，他浮出水面，用自己第一次呼吸喷出的水珠将光打散。

我记得自己在生产时不停地吸气和呼气，在水中呼喊出来。鲸鱼和人类同属于哺乳动物，我好奇我们是否经历相似的分娩过程。我们的宝宝都会寻找乳头，发出声音表达他们的不安或是害怕。我们都拥有同样的生存本能，这种直觉会告诉我们是要靠近，还是逃离。我还没能成功为麦克斯提供一种传统的亲密家庭关系，但是我想向他展示他在这个超越人类物种的大家庭之中的位置。

我想向鲸鱼们表达感谢，感谢你们来到这里。

窗外的景色开始有了沙漠和灌木丛。我喜欢灌木丛，喜欢它忿忿的样子，就好像它刚起床还带着起床气。"滚，"它说，"你还想在这里生存，就看看到时候你能长成什么样子。"就是这样，我暗自思忖。我们又经过了更多的检查站。拉尔夫说我们要接受搜查，可能要费点时间。他对警卫说了些关于 ballenas^① 的话。警卫看了看我和麦克斯，看了看面包车顶的折叠婴儿车，就挥手放行了。我心内窃喜，我俩和我们麻烦的行李给整团人带来了便利。在狭窄的山路上，大货车飞快地紧贴着我们驶过。仙人掌在我们经过的时候对我们竖起了中指。我们抵达格雷罗内格罗时，云层卷起，泛着橘色。

我把麦克斯抱进我们的房间，他的脸庞和手臂在夕阳之吻下染成琥珀色。我知道鲸鱼眼中的世界是黑白的。但是他们是否会在夜幕降临时在光线变换中玩耍？在这些潟湖里他们专心致志地照料幼崽，通过寻找这些鲸鱼，我也正在寻找一个这样的空间来做相同的事情，这个世界上的其他事情都可以暂且不顾。我想知道鲸鱼宝宝是否也正在睡觉，鲸鱼母亲是否正仰望天空？她们是否也有同我一样的好奇？

---

① ballenas 是西班牙语中的鲸鱼。——译者注

乌特恰维克：弓头鲸

北纬 71°17′26″

西经 156°47′19″

在冬季的漫漫长夜中，在白令海北部的海冰之下，是有声音的。Aġvigit[①] 弓头鲸，拉丁学名 *Balaena mysticetus*，喜欢唱歌。许多哺乳动物都有叫声，但是会唱歌的寥寥无几。灰鲸的表演曲目之多仅有少数鸣禽可以媲美。我们捕捉到过和婉的呼喊声、尖厉的叫声、小号声和橡胶一般的嘎吱声，有时是小牛的哞哞声，有时是人类的声音，有时像是低音提琴的琴弓浅浅擦过琴弦。海洋学家在格陵兰岛东海岸外的那片海域放置了一个水下听音器[1]。他们发现了一场吵闹的交响音乐会，这场音乐会从头年 11 月到来年 4 月每天持续演奏二十四小时，不同季节之间的旋律绝不重复。凯特·斯塔福德领导这个测听项目进行了为期三年的研究。

①Aġvigit 为弓头鲸的复数形式，单数形式为 aġviq。——作者注

"如果说座头鲸的歌声像是古典音乐，那么弓头鲸的歌声则像爵士乐。"她说。即便是在一片黑暗的极地冬天，每头弓头鲸也都会找到丰富的素材去歌唱。

随着春季的洋流向北和向东流动，弓头鲸也一同进入了我们这个地球最顶端的夏季天窗。在白令海峡被孵化出来的磷虾群直接如同云涌一般被席卷到阿拉斯加北部海岸。而另一种微小的甲壳类动物，即桡脚类甲壳动物，才是帮助弓头鲸成长的最佳热量引擎，把它们一路向东引到加拿大波弗特海。在微藻大量繁殖时成群结队出现在阿蒙森湾海域里的这些迷你热量炸弹让弓头鲸得享饕餮大餐。据说弓头鲸在食物链上进食的位置离光合作用仅有两步之遥。直接跃迁到食物链底端摄食，省去了中间步骤的能量消耗，这可能就是鲸鱼身体能够长得如此巨大的原因，这也是为什么它们必须花费如此多的时间来进食。鲸鱼皮下的厚厚鲸脂既能储存能量，也能给身体提供防护。它们的身体呈富有弹性的流线型。

一头雄性弓头鲸在海冰的南部边缘等候着，他的下颌靠在浮冰的边缘休息。这些动物正在抵御严冬的最后几日。鲸鱼、海豹、海象和驯鹿，高处飞来了鹅、北极燕鸥、雷鸟和雪鸟。当陆地和水面解除冰封，所有的动物都向北迁徙。当海冰裂开，白令海峡会为这些海洋哺乳动物打开朝北边去的通道。一小群弓头鲸在北极冰盖的边缘休憩。他们实际上只有半个大脑能够真正入睡，因为正如所有鲸鱼一样，他们必须有意识地努力维持呼吸。一头雌性弓头鲸的腹部隆起。她的幼崽正在长大，将在六周内出生，然后跟随在她身侧游泳。一只海鸥落在了她的后背上，她吓得打了一个激灵，水花四起。鲸鱼们在她身边表演着花样杂技。他们拍尾、求偶，偶尔会一跃而起窥探水面，头部向上竖直地伸出。冰面吱嘎作响，砰的一声裂开。从恰当的方向吹来一阵风会正好劈开冰面，打开一条裂缝形成冰间水道，然后逐渐拓宽成一条航道。他们知道时机尚未成熟，隐约感知到前方的冰仍然结得严严实实。他们泰然自若，静候着。

那是 2005 年 7 月，正逢弓头鲸在加拿大境内的北极地带觅食的季节，科学家们追踪发现海冰减少的程度"令人震惊"[2]。在遥远的北方，厚重的年代久远的陈冰正在大块大块地裂开，从极地冰盖上分离出来，向南漂去。在伦敦，四名恐怖分子在高峰时段的交通网引爆了自杀式炸弹。五十六人丧生，整座城市陷入恐慌。当黑色出租车在一片漆黑中移动时，我在后座可以感受出这种恐慌。整个城市少了几分匆忙，多了几分寂静。我看见零星几个夜间工人四下环顾，抬头看向路灯，仿佛在寻找一些信号，能告诉他们究竟生活在哪一个世界——事件发生之前的还是之后的。我整个星期都在值夜班，为一档通宵新闻节目从全城各个位置报道事件的后续进展。全球各个时区的观众早上醒来就能收看到这档节目。东亚、南亚，最后是欧洲。最后一次轮班时，我在国王十字车站采访了一位救世军发言人。我们站在一张贴有失踪人员名单的海报前。疲惫和肾上腺素的持续飙升让我变得迟钝，我不曾想到会看到熟悉的面孔。

"你们对急救人员给予了什么支持？"我问。紧接着我就看见了她。在我办理业务的银行工作的年轻女人。就在爆炸前几天，她帮助我解决了当日汇款这个普通问题，全程都笑容满面，仿佛是我在送给她一件礼物。她的照片贴在墙上。下班后我乘坐公交回家，在日光中不禁频频眨眼。后来我才得知，她也乘坐同一条公交线路，去往相反的方向。她坐在了投放炸弹的人旁边。回家的路上她的脸庞不断闪现在我眼前，一张被蓝色哈吉布衬着的、微笑的脸庞。

那天我直犯恶心，不知睡了多久，醒来后我便现身咖啡厅坐在了亚历克斯对面。我握着一瓶啤酒的瓶颈处，专注地感受它的寒气，用大拇指把湿漉漉的水珠擦得一干二净。夜班过后总是需要费点时间来适应白天，而在今天这个刺眼的炎炎夏日里，见见亚历克斯·克尔比也许会有帮助。他不论是在观念上还是体格上都如同岩石一般稳重冷静。他着装传统，得体的外套，油蜡夹克。他的嗓音低沉克制。他在 BBC 工作了几十年，做过环境记者、宗教事务记者、一个新闻分社的主管。光是听他跟服务员点土豆松饼和三文鱼就会让人觉得安心。如果谁能帮我恢复世界秩序，那肯定是亚历克斯。

"请再给我们来两瓶蒂黑啤酒。"他观察到我喝酒的速度，加了一句。我第一次见亚历克斯是一年前，在我向他发邮件咨询如何争取对环境故事的支持之后。当时的我在策划会上处境艰难，有大约五十位制作人围坐一圈轮流推销他们的点子。

编辑可能会说，"这有什么新意？"或者"太典型了，太国际频道风格。"还可能说，"我们需要一个人类的角度，一位目击者"。或者干脆"下一位"。

我的职业生涯始于 BBC 国际频道，最初是一名财经节目主持人。我的编辑给予过我太多鼓励，以至于我竟然写信给当时的行政总裁格雷格·戴克。我告诉他 BBC 需要一位能够将环境和财经结合起来报道的记者，否则我们无法展现事情的全貌，然后他回复了我，礼貌地藐视了我的想法。现在我仍然从事新闻工作，但是工作变得更加艰难。亚历克斯和我见面聊过几次，但是我们并没有解决我的根本问题——卡珊德拉综合征①。

"你能相信吗？我在中东方面有了更大的进展。"我告诉亚历克斯，我有一天竟然接通了一位真主党领袖人物的电话。我还在努力让他觉得我很厉害，说服他的同时也说服自己并不是白痴，虽然我在工作中经常这么觉得。

"多琳，众所周知，你是一名优秀的记者。"亚历克斯适时提醒我。即使是在中东的多重冲突或遭受袭击的伦敦没有完全占据新闻选题时，环境选题也是难度极大的领域。亚历克斯告诉我，克里斯平·蒂克尔爵士曾经向他解释过究竟为什么。

---

① 指因为男伴侣的人格特质，导致女性无法满足感情上的需求。但别人反而指责女性不应该如此。——译者注

克里斯平爵士是一位外交官，他的首要职责是管理英属南极领地①，并且他认为自己的一位祖先是极具影响力的达尔文支持者。当其他政客忽略气候问题，将其仅仅划归为纯粹的科学问题时，他已经公开为气候问题发声了。他甚至还创造出一个小小的奇迹，说服了玛格丽特·撒切尔夫人就气候问题进行演讲。20世纪90年代初，在一次采访中，克里斯平爵士对亚历克斯解释了为什么媒体不经常报道科学，尤其不爱报道气候问题。

"因为总编中少有理科毕业生。"克里斯平爵士说道。亚历克斯向BBC广播四台《六点新闻》的编辑提议就这个评论作一篇新闻报道，但被编辑拒绝了。

"他说这个话题挺有意思，但是他不会接手。"亚历克斯又加了一句，"而他，是一名文科生，他告诉我的。"服务员端来了松饼，上面覆盖着金字塔状的酸奶油、三文鱼和莳萝。我这才意识到自己有多饿，尽量慢慢吃以免弄得一片狼藉。

当时，气候怀疑论者和否定论者的论调充斥着各大媒体[3]。右翼小报寡廉鲜耻地视科学如粪土。"人为全球气候变暖这一主张是一场全球骗局。"《每日邮报》的一位专栏作家如此写道。怀疑论者将自己打造成勇敢的异议者的形象，对抗走火入魔的政治正确[4]。其中有些人后来被曝与化石燃料产业有经济关联。不过在扭曲的平衡报道原则之下，他们到处接受采访[5,6]。《卫报》的

一篇文章在八国集团峰会先导栏目中列举了八位专家的观点，其中将齐格菲·弗雷德·辛格的引述置顶："全球变暖的科学问题没有定论。"[7]他是一位颇具影响力的否定论者，此前甚至抨击过烟草烟雾有害的科学研究[8]。即便是无意为之，《卫报》将他置于这样显眼的位置将不可避免地引导读者去怀疑其观点下方的七个评论，这些评论全部援引自严肃看待气候变化的专家。想要否认、拖延或者转移对气候变化问题注意力的政客又进一步增强了人们的疑虑。在广播媒体中，情况更加糟糕，因为节目里仅能给一两个人提供发言的机会。怀疑论者常常是雄辩的演说家，而在我工作的广播节目里，他们能够得到一半的时间来辩论，就是因为有人告诉编辑们要有一个相反的观点。政府间气候变化专门委员会（IPCC）已经发现了证据，证明"过去五十年里观测到的大部分气候变暖"是因为"人类活动"[9]，并且表示变暖的程度在过去一万年间里所未有。但是在讨论中，怀疑论者却说不确定性比已经建立的共识更加重要，并将话头转向政治、经济和其他毫不相关的领域。

这周早些时候的一份已经卷了边的报纸放在我和亚历克斯之间的桌子上。"天哪，我痛恨那个词。"我说。第二瓶啤酒让我活跃了起来，我的手指戳向报纸上印刷的文字。托尼·布莱尔因"环保人士"对气候问题缺乏政治进展的批评而被激怒，报纸如此报道[10]。我抱怨说，"环保人士"是最懒惰的缩写，替代了科学家、经济学家、外交家和政治领袖，"语气如此轻蔑，这么，这么……"亚力克斯咽下一大口啤酒，接过了话头：

"这种说法不就像是把专业人士统称为动物保护积极分子嘛。"

我大笑，因为他的支持而得意洋洋。

我最近参加了由一位资深 BBC 国际频道编辑发起的关于科学报道方面的会议。会议室里一致认为科学家和工科人的话语听起来乏味无趣。"我就是一名工科人。"我脱口而出。能够阻止我们陷入灾难的人怎么就乏味了？"工科人在卡特里娜飓风来临之前，针对新奥尔良的防洪堤应该有很多有意思的事情可说，可以说说这些防洪堤塌方的可能性。"我指出来，"我认为我应该更频繁地邀请他们参加直播。"说得更宽泛一点，我不明白在主流媒体上，人们为什么如此轻易且频繁地蔑视气候科学家。但是那个时候我还不知道埃克森，不知道石油企业对于怀疑论的宣传。我不知道那些口碑很好的记者也曾被化石燃料产业的错误信息所误导。

"多琳，"亚历克斯说，"你一定不要放弃。"

"我太累了。"我双手抱头，闭上了眼睛。我看见了在银行帮助我的那个头戴哈吉布的美丽姑娘笑容明媚的脸庞。我看见了路上损毁的公交车。我看见了几周前我和妈妈晚上从一座小山的山顶俯瞰这座城市，凝望着数以万计星星点点的灯火。

"看！"妈妈赞叹，"人性。"我之前注意到她会重复问一个问题，思路也经常断掉，便委婉地提示可能她的记忆出现了一些问题。

"完全没有。"她否认道。人们如此脆弱，可能一瞬间就会离开，也可能不会意识到灾难，除非残骸就在我们面前。气候问题于我而言如同报道恐怖袭击的可怕经历一样紧迫。

亚历克斯仍然在说话，我已经漏掉了许多内容。他苦笑着，问我是否知道广播四台的一位资深制片人在他1987年成为环境记者时是怎样表示祝贺的。

"浪费了一名优秀的记者，他们就是这么跟我说的。"亚历克斯说。保持正直并直面这个世界这件事一下子变得困难重重。我想回家躺平了。近乎二十年的科学研究到底改变了什么？人性？人性又在做什么？人性烂透了。

北极是气候变化的前线地带，我在申请差旅津贴时写道。在BBC工作的人只要有花掉这笔补助金的点子，都可以去申请。我是那年12月在耶路撒冷通过电话进行的面试，在我从巴勒斯坦一个自治区前往另一个自治区的旅途间隙。我告诉面试小组，通过调研，如果有什么事情正在发生，我就能够提供第一手的目击资料。我解释了我的计划：我将前往北极海岸的北部，从西边的阿拉斯加开始，向东穿过加拿大。我不会给任何人暗示，我只会倾听，并在取得原住民和其他当地人明确同意以后，记录他们关于气候变暖的想法，了解他们在日常生活中是否考虑过这个问题。一位面试官后来告诉我，我的一番慷慨陈词让人感觉我的人生仿佛全仰仗这次行动了，他们不忍心拒绝。

当时还叫作巴罗的乌特恰维克将会是我的第一站。我写信给巴罗捕鲸队长协会，请求加入猎人们，并且打电话给在前海军北极研究实验室（NARL）基地工作的巴罗北极科学研究联盟主席格伦·希恩。他和夫人、女儿住在小镇外一座供联盟工作人员驻扎的小屋。格伦同意我可以先住进一个空置的研究员小屋，但是只能住一晚，之后我就要另寻住处。我从伦敦途经明尼阿波利斯飞往安克雷奇，这感觉就好像是带着我的装备度假去了。我带了两个迷你光碟录音器以备替换，带了一个配有昂贵徕卡镜头的摄像机，一个可折叠的银色反光板以便在光线条件差的情况下使用，还有数不清的电线、备用的空白磁带、无数充电电池和一个可折叠的三脚架。我还有两个笨重的箱子装着我从公司借来的一部卫星电话和便携式卫星天线，这样在紧急情况下我在任何地方都可以拨打电话。我还买了保温的帆布包来装所有东西，防止它们冻上。我并不清楚这些东西在零下的温度条件下是否真的能够正常工作，但是把它们一股脑儿全都带上给我一种使命感，让我有事情可做，不那么害怕。在安克雷奇的公交车上，我遇到了一位穿着运动套装的阿拉斯加原住民女士，她的头发梳成了整齐的马尾。我跟司机说话的时候，她听到了我的口音，便问我从哪里来。她说话的声音带着一种我以前从未听过的韵律和温柔。

"那里很冷。"当我向她解释我要去的地方时，她说，"我从来没有去过那么靠北的地方。你有厚衣服吗？"我告诉她我从朋友那里借了滑雪服，并且正要去一家陆海军军需剩余品商店购买以前军用的橡胶"兔子靴"，旅行指南里推荐了这两样东西。公交车沿着商场和停车场之间蜿蜒的道路曲折前行。我们经过了一只栖身于街灯顶上的鸟。"是只渡鸦。"这位女士指着它说。她对我讲了大渡鸦神的故事，他是创世之神，带来了黑暗与光明。当宇宙还是一片混沌之水时，大渡鸦神到来创造了陆地。他造出了第一位有灵之人，还有因纽特人和动物们。"如果你向大渡鸦神祈祷，他会带来适合打猎的好天气。"她到站下车时祝我一切顺利。

我在一家百货商店里找到了合适尺码的圆鼓鼓的亮白色兔子靴，还找到了纯油性的防晒霜。我了解到冰面反射的太阳光十分强烈，如果你抹的是水性面霜，皮肤会冻伤。为了防止听起来既痛苦又吓人的雪盲，我买了一副两侧有皮革保护翼的墨镜，还有滑雪护目镜。在城市周围，大山四面耸立，让我感到颤栗不安，同时也让我有了一种新的空间尺度感。眼前的景色一望无际，震撼人心。我想，如果我去打猎，我会竭尽全力对大渡鸦神祈祷不要被这群山吞没。

之后我飞往乌特恰维克。飞机上，我坐在一位女士旁边，她介绍自己叫玛丽。她解释说她正在等待绿卡，所以不能离开美国。她很想念捷克共和国的故乡，于是她的父亲建议她去游遍美国的大江南北，以抚慰旅行的渴望。我们下飞机时，外面的极寒冲击了我们，我瞬间流出鼻血。载我从机场去往NARL的韩裔美国司机告诉我，北极熊常常躲在市中心周边的雪堆后面。道路的一侧是建筑，另一侧是冰封的北冰洋，而熊可以径直走上来。那个晚上，我和玛丽在北极比萨碰面共进晚餐，并且鼓起勇气在周围转了转，当我们以为看见了移动的雪堆时立刻逃跑了。格伦告诉过我，这里的人们是不锁房门的，以防有人被熊追赶需要迅速躲进房子里。我在研究员小屋里度过了舒适但紧张的一晚，这个小屋是一个奇怪的圆形金属舱，有暖气吃力工作发出的嗡嗡声。我一醒来就立刻乘坐出租车回到市区。我跟随着唯一的指引：格伦建议我去因纽皮雅特遗产中心的社区工作室与当地人——捕鲸人——谈谈。因纽皮雅特人是自给自足的猎人，千百年来以捕猎弓头鲸为生，而弓头鲸种群曾因商业捕猎而数量锐减。这种鲸鱼是一种体格厚实圆胖的破冰鲸，寿命长且繁殖慢。70 年代末，为保护商业捕鲸可持续发展而建立的国际捕鲸委员会（IWC）（其会员国包括大肆毁灭全球鲸鱼种群的几个捕鲸大国），强制实行了对因纽皮雅特人的捕鲸禁令。猎人们对 IWC 提出挑战，利用严格的科学和文化依据迫使其改变立场。阿拉斯加爱斯基摩捕鲸委员会随后成立，按照 IWC 的规定自行管理捕鲸行动[11]。他们每年在春秋共狩猎两次，大约五十个家庭捕鲸队[12]共同分享一年二十头鲸鱼的配额。

到达遗产中心后，我发现工作室里只有一个因纽皮雅特男子，他身穿牛仔裤，棒球帽反戴在头上。他身形苗条，比我稍微矮一点，安静地制作一艘木船的骨架，这艘木船约莫七米长，上面覆着一层看起来像是白色兽皮的东西。我打了招呼，他抬头看了一下，微微点了点头然后继续工作。我去相邻的房间里查看，整座房子里除了一位年轻的接待员以外再没有其他人了，他正在打电话。我试着和这位造船匠聊点什么。

"这条船真不错。"

"呃——咳。"他直起身来，然后又弯下腰去翻找他的工具。我做了自我介绍，解释我来这里是因为我对气候变化感兴趣。

"从伦敦过来的多琳，嗯？"他蹲在船后方总结道。不能再浪费时间了。我直截了当地问他是否属于捕鲸队，如果是的话，能否让我一同加入？他停下了手头的工作，围着船身转了一圈，在船头站定，用手轻轻抚摸着木头。我正在猜测或许他没有听明白我说的话，但是接着他就耸了耸肩说："你得问老板。"

"好吧。"我说，"他在哪儿？我在哪儿能找到他？"

"他们今天会过来的。"说这话的时候他正在抚平木船外面遮盖的厚厚的浅色织物。"今天什么时候？我没法这样干等着，我很忙。"然后我突然意识到我完全没有事情可忙，而且我没有其他选择，只能在这里好好坐着，无所事事地啃指甲打发时间。

眼前的男子最终还是用因纽皮雅特语打了一通电话。他在说话的时候上下打量着我，仿佛在对我进行描述。他挂断电话之后，我看着他回到那艘船前，用手检查船体的推拉状况。他偶尔瞟我一眼，于是我下意识地坐定，审视着房间里的墙壁和设备。当他不再看向我的时候，我又开始观察他。他做事慢条斯理，不慌不忙，我也开始镇定下来。

后来我知道，他口中的老板是茱莉亚，卡里克捕鲸队威严美丽的女家长。她优雅高贵的脸庞上高高的颧骨很是显眼，她端详着我，眼神里怀疑和兴趣参半。她告诉我，现在她在这里主事，因为她亲爱的丈夫，也就是前任市长杰斯利，外出去海冰上捕猎时患上了动脉瘤。杰斯利在用上生命支持系统后，竟奇迹般地康复了，但是思维不如此前敏捷。短期失忆对于捕鲸来说过于危险，而茱莉亚并不亲自捕猎，所以在她的孩子们长大接手之前，受人尊敬的猎手范会来帮忙，领导卡里克家族的捕鲸队。

"一名素食主义者？从伦敦来？"茱莉亚似乎怀疑我无法适应，她后来问我想要什么样的饮食时这种怀疑变得更为明显。

"你们吃什么我吃什么。"我迅速答道。具体的细节问题之后再来解决吧，我今晚只需要一个睡觉的地方。我匆忙地解释：我当然会付钱，希望可以换来一个房间，并且被允许加入卡里克捕鲸队到海冰上去，和他们讨论气候问题。我对科学感兴趣，不参与政治，也不会对捕鲸说三道四。我没有太多东西，我的相机非常小。用于支付的钱出自我有幸赢得的差旅津贴，所以茱莉亚可以向我收取合理的房租而无需感到抱歉。我会给捕鲸的猎人们打下手，我健康又皮实，能够照顾好自己，善于团队合作。而且我吃得不多。我感觉这像工作面试，还是很重要的那种，只不过茱莉亚一言不发，没有提问，只是仔细地从她的镜片后面观察着我，而我则一直喋喋不休，考虑她想要知道什么，什么可以打消她的顾虑。

　　最后她说："你可以睡在我的缝纫间里。"于是在这个遗产中心，一项交易达成了。卡里克捕鲸队的成员包括：她的外甥比利——我最初搭话的那名男子，他还在制作那艘船；茱莉亚最小的儿子小杰斯利，大家叫他JJ，在消防部工作；茱莉亚的二儿子伊莱，一位志向高远的厨师；庞大的卡里克家族里的其他一些成员；现在还加上了我。茱莉亚开车带我回到她位于北极星街的家中，并给我展示了在伊莱房间隔壁屋里的一张床垫，置于一堆正在制作的有帽毛皮外套中间。我打开行李取东西时，她打量着我的衣服。

　　我展示我穿在最里面、中间和外面的袜子时她赞许地点头，"这些袜子很好。"但是看见我的大衣时，她立刻摇头。她走回自己房间，回来的时候怀里仿佛抱着一头完整的动物。"来，把这件套在你毛衣的最外边。"这是一件羊羔皮制作的带帽毛皮外套，十分厚实，穿进这件外套感觉像是钻进了一个仅够我身体通过的隧道。正当我感觉已经在黑暗里太久了有些恐慌时，紧接着就到达了另外一边，感觉更加踏实，也有了约束。"很好。"她对我说，如果我行动不便而且感觉像个橄榄球都没有关系，我会习惯的，让我暖和才是重要的。接下来我试了一件可以罩在毛皮大衣外面的白色外罩，这会让我和冰面融为一色。在我试衣服的时候，一位极高大的男子大步流星地穿过房门。"亲爱的，这是多琳。"茱莉亚对他说。

"杰斯利。"他说。我挣扎着举起现在变得巨大的胳膊与他握手。他对我大笑，无拘无束的咯咯笑声像个孩子，只不过是男中音，这个笑声抵消了他的外形带给人的压迫感。"看起来真不错，你穿着正合适。在外面就得穿这个。"

"你现在已经全副武装，可以出去捕鲸了。"茱莉亚说。

我所申请的津贴并不要求我去工作，不要求做任何新闻报道。它是休假性质的。核心思路是让自己沉浸于一个地方，吸收更多信息，而不是像平时一样作为记者去质问人们，把世界简略压缩成一个个小故事。我应该从残酷的新闻循环中抽出时间用于思考，打开思路，回归的时候才能才思泉涌，创意层出不穷。

茱莉亚和杰斯利的房子让人很放松。客厅相当舒适，铺有一张奢华的粉色地毯。我坐在沙发上，陷进了靠垫里。

"那是我最喜欢的一部电影。"我看见了书架上的《冰原快跑人》。茱莉亚把影碟拿下来，我们晚上一起观看了这部电影。当看到欧齐在一堆海藻上小便，并不知道阿潭纳鸠为了躲避他正藏于海藻之下时，我们不约而同放声大笑。杰斯利和我们一起坐了大约二十分钟，就开始不耐烦了，说要去搜救基地。茱莉亚说猎人们在那里打牌玩台球，那里的甚高频（VHF）无线电台一天二十四小时有人值守，以防冰面或冻原上有紧急情况出现。万一有事情发生，志愿者们会前往支援。我太激动了，根本感觉不到饥饿，吃了几块燕麦饼后，就上床睡觉了，天还没黑让我睡眠紊乱。我小心翼翼地选择了一条下脚的路线，绕过成堆的毛皮，然后瘫倒在床垫上，疲惫席卷全身，却也松了一口气，只因偶然遇到了如此热情友善的一家人。

第二天早晨醒来，远离寒冷且不受北极熊困扰的我，开始缓慢适应周遭的环境。杰斯利正在做的咖啡闻起来有一股榛子的香气。伊莱在炸甜甜圈，他说一会儿要拿到岸边去卖。我的早餐是燕麦粥，或者说燕麦片，毕竟我现在身在美国 ①。太阳透过一扇方形的窗户照射进来，使厨房的各个台面熠熠生辉。向外望过去，我可以看到北极星街道，路面上覆盖了一层粉末状的雪，表层的结晶体清晰可见。房子外面停靠着的船上的柏油帆布被风吹得生出了褶皱，屋檐上倒挂着长长的冰柱。伊莱递给我一个甜甜圈，松软温热。

"我们什么时候去捕猎？"我问。

"这得看天。"一道瘦长的身影出现在门口。

"嗨，范。"伊莱说，"见见我们的新伙伴。"从范看我的眼神和他的叹息声中，能够看出他对我印象平平。他仍然尽职地解释说，当时机合适的时候，云上会出现一道灰线，反射出广阔水面上的深色条纹，这就说明离岸的海冰上出现了 uiñiq，也就是一道裂缝。在适宜的天气条件下，这道裂缝将拓宽成一条通道，鲸鱼可以沿着这条通道从楚科奇海迁徙到波弗特海。我每隔几分钟便按时查看天空。我有日程安排和需要遵照的截止日期，按期行

---

① 燕麦粥（porridge）和燕麦片（oatmeal）是同一种食物，后者是美国的说法。——译者注

事才能继续出发前往加拿大。如此遥远的长途旅行之后，我渴望忙碌起来。同时我也渴望再得到一个甜甜圈，我贪婪地盯着刚炸好的那堆，只能勉强忍住不再多要一个。

"到外面来。"茱莉亚想要给我展示什么东西。她领着我穿过房子走到 qanitchaq，也就是门厅，这个位置像是一个过渡舱，把人们进屋带来的冷气隔绝在外。这里也是一个相当棒的储藏空间，放满了各种鞋靴、毛皮大衣、设备和装满肉类的冰柜。她掀开冰柜的盖子，我可以看见大块大块带有一层黑皮的粉色立方体。"这是晚饭，我们**最棒的**晚饭。"那是 maktak，鲸块，由鲸鱼皮和鲸脂组成，在这里很受欢迎。只有沿岸居民和这些从事捕鲸的社区可以自己获取鲸块。"我们与每个人分享。"茱莉亚说。当卡里克捕鲸队捕获一头鲸鱼，她会把鲸肉在社区里分发，并空运一部分送给亲戚们。她有亲人住在波因特霍普，这个村庄在海岸线上更靠西南方向的位置。茱莉亚的家族世代捕鲸，她的父亲雅各布和叔叔阿莫斯是有名的鱼叉手和队长。作为捕鲸队队长的妻子，可以说茱莉亚是捕鲸队里最重要的人物。据说，鲸鱼是为她而来的。捕鲸队队长的妻子必须心怀和平，慷慨行动，因为古老的信仰认为鲸鱼可能会派遣一个信使来偷听妇女之间的谈话。每一个有所贡献的人都算是捕鲸队队员，贡献可以包括捕猎、烹饪、缝纫或是出借器材。长辈们无法身体力行地参与捕猎时，可以给出建议。女人可以成为猎人，只要她们有这个意愿。范说这里有几位女猎人，不过似乎大部分都是男性。

茉莉亚给我讲了在波因特霍普长大的轶事。有一次她和姐姐外出采浆果时，遇到了一头 akłaq，也就是棕熊。她说她们把浆果留在了地上，并慢慢走开。她的父亲曾经告诉她千万不要从熊的面前逃跑。他还教会她分享和好客是多么重要。这就是为什么她同意我加入捕鲸队。她想到了父亲，想到了他的慷慨，想到如果是他会怎么做。"我只是看着你然后心想，她看起来不错，可以留下来。"

我自顾自忙着观测天气，直到伊莱借给我一本讲古老传说的故事书[13]，这本书最初是用因纽皮雅特语写的，后来被翻译成了英语。第一篇是关于创世的故事。当大洪水来临，万物都被大水覆盖，人们还可以捕鲸。猎人们乘着海豹皮制作的因纽特皮艇出发，看见了一片丰茂的草地浮出水面。那是一种生物，是一头鲸鱼。他们没能捕获它，但是大渡鸦神乘坐独木舟用长矛刺到了它。它便从海洋里升起，然后猎人们看见它的身上开满鲜花。大水开始退去，虫蛇爬走留下身后的河流。这头鲸鱼便成了陆地。

书中的最后一篇故事是对内陆居住的因纽皮雅特人——努那缪提人——的饥荒年的历史记载，那年已经有许多人死于船只带来的麻疹。秋冬时节，没有驯鹿，没有雷鸟，也没有绵羊。捕鱼并不容易。当我读到关于家庭、大人、孩子和狗的死亡故事时，白纸黑字也显得愈发冷酷无情。人和动物都有名字记录。整个记载不带任何情感，仅仅是列举事实，直到叙述者的父亲落泪的那一刻。这家人为了寻找食物来回跋涉。走投无路之下，人们吃下任何能吃的东西，包括驯鹿幼崽的皮，最后只剩下船上无法食用的兽皮。

我在茉莉亚的电脑上查找了关于麻疹疫情的内容。外来者把一波波灾难性的疾病带给了北极居民。我在滑动浏览一个 1834 年的会议记录时，握着鼠标的手逐渐潮湿。这次会议是在哈德逊湾公司的商人和一些从未接触过欧洲人的家庭之间举行的，地点在库朱瓦克村附近，库朱瓦克曾经被叫作"奇莫城堡"，位于魁北克的努纳维克 [14]。"他们一到我们就感冒了。"参与交易的商人写道，"他们中有六个人在二十四小时之内接连死去。这些可怜的人离开得相当匆忙。他们抛下死者，让尸体暴露在岩石之上。"1900 年的夏天，大瘟疫爆发。流感和麻疹杀死了数千阿拉斯加原住民 [15]。同时爆发的疾病还包括白喉、伤寒、天花、结核和小儿麻痹症，这些疾病在不同的时间里袭击了不同族群。整个家庭全部罹难，孤儿忍受饥饿之苦。大部分的欧洲裔美国人没有感染，或只患有轻症。现在普遍认为这些疾病是由西雅图或圣弗朗西斯科的船只带来的，同时也是由曾经前往西伯利亚的因纽特人传播开的，他们去西伯利亚与科里亚克人和楚科奇人做生意，很可能是被那些俄罗斯商人传染的 [16]。来往于诺姆金矿区和育空河的船只又将疾病感染进一步扩散。1918 年，在听闻西班牙流感致死的消息后，苏厄德半岛上希什马廖夫村的村民竖起了一道路障，由武装警卫日夜值守，不让任何人靠近，从而把流感阻挡在外 [17]。到了 20 世纪 30 年代，据估计许多村落已经失去高达

90% 的人口 [18]。

沉浸于这些文字时，我大脑的一部分想要停止阅读，不再去看这些触目惊心的经历。但是为什么我对这里发生的事情知之甚少？这种感觉很不对劲。我继续读下去，读到温赖特一位因纽皮雅特长者老沃尔多·博德菲什提到幸存者决定多生孩子来恢复人口 [19]。哈罗德·纳波莱昂就是阿拉斯加尤皮克幸存者的孩子，尤皮克人 ① 以捕鱼和狩猎海豹和海象为生。纳波莱昂写道，一波接一波的死亡之后留下了一代孤儿。他说，不可替代的知识和故事都丢失了，尤皮克幸存者拒不谈论萨满教。"他们的古老世界崩塌了。" [20] 人们"失去了主心骨……震惊、呆滞、困惑、迷茫、心碎、恐惧" [21]，纳波莱昂认为这种痛苦是创伤后应激障碍，并把它和后续的酒精滥用的问题联系起来。他本人也与酗酒以及酒精依赖做斗争，并且他在入狱服刑期间，对阿拉斯加原住民同胞进行观察之后总结道："造成酗酒的根本原因不是身体上的，而是精神上的。" [22]

我花了几个小时粘在茱莉亚的电脑前，与此同时雪逐渐堆积起来，寒风吹过并从四面八方切割着这座位于北极星街的房子。我得知，从最开始，外来者为了达到目的就已经把酒精作为胁迫和控制的工具了。在 19 世纪早期，贸易公司和殖民政府使用酒精"把他们灌醉，劫掠他们的东西" [23]，借机得到兽皮、

---

① 因纽特人在亚洲和阿拉斯加的分支，是居住于白令海沿岸和俄罗斯楚科奇的原住民。——译者注

食物补给、劳动力、性资源和土地[24]。威士忌是惯用的支付方式。乌特恰维克的居民曾是精明谨慎的商人，而在19世纪末的账目里记录了欧洲人经常落于下风[25]。寡廉鲜耻的白人为了报复，便在谈判之前把人灌醉[26]。翻阅历史，我发现了人类学家芭芭拉·博登霍恩的研究。她针对因纽皮雅特社区开展的研究前后跨越数十年。在20世纪80年代中期，她对酒精使用开展了一项详尽的研究。乌特恰维克居民夏洛特·布劳尔告诉她，浆果酒这样温和的酒精饮料已经开始在某些社交场合使用了[27]。不过船只又运来了劲儿更大的酒类品种——烈酒，随之而来的还有发生在普通水手之间的酗酒和暴力行为，他们中的多数人并不乐意来北极航海，当船员多少有点被绑架的意味。阿拉斯加和加拿大的早期轶闻中说因纽特人并不容易接受酒精的味道[28]，但是嗜酒成性的捕鲸人、兽皮商人、鱼类加工者、勘探者和军队开发出了蒸馏酒的买方市场[29]。1834年，对原住民销售酒精饮料成为违法行为[30]。对于部分原住民来说，饮酒一定程度上已经演变成对外来者的反抗行为，这些自以为是的外来者以为他们能够随心所欲地制定所有规则[31]。

在19世纪后半叶的乌特恰维克，尽管有相当数量的捕鲸队长共同拒酒[32]，但饮酒和从事酒精贸易的人仍然多是年纪偏大的男性[33]。这一时期里，巴罗的居民告诉C. L. 胡珀船长，一个商人运来的大量烈酒，是如何让那么多人捕不到用于过冬的海豹从而导致饥荒的[34]。自此之后，他们告诫商人和捕鲸人不要再运酒

过来了 [35]。此时年轻一代饮酒的情况少多了。这代人里有一名叫作库纳格拉特的男子告诉儿子列维·格里斯特,他们发现酒精"一无是处" [36]。相较于其他人,因纽皮雅特文化里组织严密的捕鲸团队和井然有序的领导结构,可能会赋予这里的人们更多的力量来对抗殖民者。

新英格兰的捕鲸人离开时,留下了制酒的技术,但是许多本地人选择完全戒酒或减少饮酒 [37]。殖民势力的离开意味着因纽皮雅特人又重新仰赖起他们的传统技能,再次当家做主。有一段时间,要求人们滴酒不沾的社会压力很大。然后,在第二次世界大战中服役的人们把新沾染上的酒瘾、毒瘾带回了家乡。在60年代和70年代,越来越多的人们离开家去上学或参军。1968年,在普拉德霍湾发现了石油。这加速了土地索赔立法时期的到来,当时即将出台的《阿拉斯加原住民土地赔偿安置法》(ANCSA)实质上规定:要成功地与华盛顿特区的政治掮客斡旋,许多因纽皮雅特人必须参与到交易文化中,而在这个文化里,饮酒是常态,是权力的表达。这一时期,不同年龄群体在不同的背景之下重新接触到了酒精,于是此时一些本地人匿名告诉芭芭拉·博登霍恩,酒精"又重新成为一个问题" [38]。

ANCSA在1971年获得通过。自那时起,涉及巨额资金、重要自然资源和复杂法律结构的商务和政治谈判变得永无止境 [39]。

80年代中期,一些与芭芭拉·博登霍恩谈话的年轻人表示,他们饮酒可能是为了削弱来自非因纽皮雅特人的种族主义、刻板印象和歧视所带来的负面影响，也可能是为了缓解工作焦虑、金钱担忧和家庭压力[40]。"养家不易。"一名社区成员告诉她[41]。她总结了北坡镇几个混乱的重度饮酒的时段，恰恰是在政治把控相对薄弱的时期，或是原住民对诸如动物和土地这样的关键自然资产的控制受到威胁的时期。有些人匿名表示，他们的伴侣身为正经猎手也会饮酒，以发泄对被迫接受新狩猎规则的怒火，逃避那种个人无能为力的感觉[42]。

我思考了自己的饮酒习惯。我经常在周末与朋友的狂饮中用酒精发泄情绪，在工作中饮酒缓解焦虑，还有加深和同事的联结，我还会企图向自己最喜欢的亲戚们证明自己喝威士忌的超凡能力。我知道，在某些情况下，不喝醉我是应付不来的。茱莉亚提到过她和杰斯利不喝酒，她并没有把这件事看得很重，只是说没有酒精会让他们过得更好。他们是在多年前戒酒的。我决定，我在这里的时候也不会喝酒。

我关闭浏览器，走到厨房，茱莉亚正在里面整理餐具。

"我能帮上什么忙？"

"你可以把这些放到桌上。"

我一边把刀叉摆好，一边仔细思考她对我这个外国人的热情和坦诚，以及与她父亲一脉相承的慷慨传统。然后我想到了几代人以前，第一批外来船只到达的时候，原本生活在这里的人大批死去，我又开始心事重重，满脸忧虑。

"你还好吗？受什么伤了吗？"茱莉亚问。

"我没事。"我咬着嘴唇回答。

"好吧，午饭好了，快过来吃吧。"

茱莉亚、杰斯利、伊莱、范还有我在桌边落座，一大块生的鲸块放在桌子中央最显眼的位置。我取了一片火柴棍大小的带皮鲸脂放在饼干上。

"这是埃塞尔的吃法。"茱莉亚说，"就是那位和我一起工作的女士。"

我咬下一口，嘴里迸发出浓重的深海的味道和气息。一阵反胃。我拼命控制住，吞了下去。苍天啊，我竟然吃了鲸鱼肉！

"你想来点沙丁鱼吗？我可不想把你弄得不舒服。"茱莉亚说。

"不用了，我很好。能给我点水喝吗？"

"你是需要点清嗓子的醒酒水吗？"她大笑。

"就是和我习惯的不太一样。"

家里的座机电话响了。

茱莉亚接起电话。"比利？Imiqpin，你喝醉了吗？他们在整那条船呢。你酒醒了打个电话过来，然后可以过去帮忙。"她挂断了电话。

"他喝高了吗？"伊莱问。

"没错，我说了，'你酒醒了，然后可以过去帮忙'。"

"今天晚些时候我们的 Aluminum，小铝，就可以完工了。"范说。"小铝"指的是一艘装有舷外发动机的金属船。

"这是追赶鲸鱼用的船吗？一旦鲸鱼被捕鲸叉叉住，就是这条船去追？"我尽力跟上大家的谈话。

"没错，我们完工以后就要装箱动身，开辟道路了。"范说。开辟道路的意思是凿出一条平坦的道路好让雪地摩托穿过冰封的海洋。

"来和我握握手，我们交个朋友。"茱莉亚走到我面前。桌上的其他人停下来，认真注视着我们。我看见她伸出的手掌油光发亮，满是鲸油，猛地抽回自己的手。伊莱和杰斯利发出一阵狂笑。"这是最棒的护手霜，比维生素E油还好。"茱莉亚说，"我们需要把你塞回那件毛皮大衣里然后给你照张相，好让你的妈妈看见。"她以为我妈妈会感兴趣。在茱莉亚赞许的目光下，我吃完了我的鲸块。"你刚刚为自己赢得了奖励。"她说话间从橱柜里拿过来一袋伊莱炸的甜甜圈，"想要几个，七个怎么样？"

"你在她房间里有没有看到甜甜圈？"伊莱问道。所有人都笑了。我喜欢甜甜圈这件事已经声名远扬了。

热衷于回忆的范提醒我们，我们吃的这头鲸鱼是卡里克捕鲸队上个捕鲸季里捕获的。我问大家，我外出去海冰上的时候他们有什么建议给我。

"睁大眼睛看前方，还有后方，还有两侧。"茱莉亚说。我不能碍手碍脚，如果他们要我做什么，我不要提问马上去做。"确定你周边没有nanuq，也就是北极熊。并且没有裂缝。你如果看见有裂缝，要告诉他们。"

范说："我们打算让你晚上站岗，防范北极熊。"已经有人告诉过我周围有许多北极熊，这个捕鲸季他们已经打到过一头了。那头熊当时正在吃一艘海豹皮做的船。

"它们跑得比雪地摩托还快。它们块头虽大，但是行动敏捷。"范说。

"现在正是它们觅食的时候。"茱莉亚说。

他们是想添油加醋吓唬我吗，还是说这件事本身就挺可怕的，即使不添油加醋？

"有的时候直到它们离得很近了你才能看见，因为你眼前一片白色。"伊莱说。

"所以如果我站岗防范北极熊，我应该怎么做才能发现它们呢？"我问道。

伊莱说："观察动作，去找会移动的雪。"

"有的时候它们会爬上前去偷袭你，而你一点都察觉不到。"杰斯利说。

"是的，它们身体压得相当低。"范加了一句。

"保持安静非常重要。"茱莉亚说，"以免在冰上的时候正好有鲸鱼在周边。"她停顿了一下，"正常情况下我们是不会带任何外人的，因为捕鲸季是很严肃的。你需要做好随时离开的准备。你永远不知道会发生什么，这由上帝决定。"

千真万确。我从来都无法预测会发生什么。

奥霍德列夫雷潟湖

北纬 27° 44′ 59″

西经 114° 14′ 60″

　　"我要看。"麦克斯吵着从船舷上向外看。海水沙沙作响。太阳照耀着下加利福尼亚大地、潟湖和麦克斯戴了兜帽的小脑袋。我们有九名乘客，包括和蔼的导游拉尔夫。我们的墨西哥司机弗朗西斯科正在后面操纵着舷外发动机。

　　"对，你得看看。"我边对他说，边用双臂抱住麦克斯的腰把他举高到船舷那里。他在两岁的孩子里算是高的，沉甸甸的，穿着橘黄色救生衣，看起来胖乎乎的。我们越过船舷边缘向外望去，注视着水波起起伏伏。海上吹过阵阵冷风，弥散着薄雾。天空挤满了一团团棉球般的云朵。二十米开外有另一艘船，船上塞满了人，活像一个鸡蛋盒。我们注视着离右舷大约十五米远的一块爬满藤壶的石头。这块"石头"吐出一口气。

麦克斯躁动不安，厌烦了盯着石头看。"一闪一闪亮晶晶。"我轻轻地哼唱。

"停。你别唱。"他自己接着唱了下去，"满天都是小星星！"

"这是场独唱表演。"拉尔夫说。

那块"石头"移动起来，现在它不再是石头了，而是一条巨大的鼻涕虫，滑入海中消失不见。

我看见有什么东西潜伏在我们的船下方约莫一米的位置，有点像是月亮。这东西巨大，是灰色的，表面坑坑洼洼。我在移动的木板上稳住双脚。那个"月亮"一个翻身，一只网球大小的眼睛从水面下几英寸①的地方直直地盯着我。整个世界陷入寂静。

突然传来一声尖锐的"噗"，一柱水花突然在我们面前喷射出来，淋了麦克斯满身，他尖叫起来。海底深处的腥臭味将我们包围。细小的水珠反射出彩虹的颜色。"月亮"带出海水跃入空中。五英尺②长的鲸鱼脑袋正竖直朝向天空。人们一般认为灰鲸能看到前方和下方，这能帮助他们掠杀大洋底部的猎物。它转动眼睛以便能够看见我们，它向下弯曲的嘴有滑梯那么大，近在咫尺，我们甚至可以摸到。

"啊，走开，鲸鱼！"麦克斯大叫。我不知道怎么能让他平静下来，这是他人生中见到的第一个大海怪。

"不可思议！"一个法国人在我右侧喊道。

---

① 1 英寸约合 2.54 厘米。——编者注
② 1 英尺约合 0.3 米。——编者注

"没有牙齿，对不对？"一个美国人在我左侧犹豫着说。

我把麦克斯举高。眼前宽阔斑驳的灰色身体向下沉了。我把他荡起来越过船舷。

"妈咪，妈咪！"

"我在这儿，我在这儿。"我用力喘息。

几双成年人的手也争先恐后从旁边向前伸去，在麦克斯的下方，想要触摸鲸鱼斑驳的后背。他们的手被打飞。走开，这是麦克斯的鲸鱼。我不惜撒了谎，历尽艰辛，长途跋涉五千多英里，才让我们来到这里。我紧紧抓住麦克斯，我的手从他胳膊底下把他的上半身推向船外，他给出了一记爱抚。我猛地把他拽回来，然后自己从船边探出身子摸去，鲸鱼的皮肤摸起来真柔软。

"不可思议，不可思议。它超级柔软。"那个法国人大声喊出来。鲸鱼又喷了一次水，接着就潜入水中。

麦克斯尖叫起来，"不要我湿，不要鲸鱼噗。现在就走。"

"这是圣水。"拉尔夫深沉地说。

"它不会再噗了，它已经告诉我了。"我对麦克斯说。

"这是免费的水疗。"一个美国人给出这样的说法。

"相当不可思议，不是吗？"

灰鲸母亲又懒洋洋地游回到右舷处。现在她在审视我们，幼鲸出现了，小心翼翼地嗅着空气，撞了我们的船一下。它向后跃上成年鲸鱼的顶部，母鲸升起几英尺，将幼鲸抬高并让它可以滑下去。幼鲸短暂地支撑在母亲的尾鳍上，用自己的尾鳍拍击水面。

水花溅到我们的含笑细语的脸上。灰鲸母亲用鳍肢拍打幼崽。现在我们找到了鲸鱼，这艘小船似乎放松下来了。

"过来这里，鲸鱼小宝贝，过来，让我摸摸。"麦克斯的双臂在我身旁挥动。是的，你过来找他了。你回应了他的呼唤。

六年前，站在阿拉斯加北岸外的海冰上，我曾目睹因纽皮雅特捕鲸人把他们的皮艇放下水，划桨穿过黑色的海水。那时的我曾好奇以那么近的距离，在波涛翻滚的海面上，停靠在一头鲸鱼身旁是什么样的感觉。灰鲸是一种比他们狩猎的弓头鲸要小得多的鲸鱼，而且这里是受到庇护的太平洋潟湖，而非北冰洋。如果我现在在这里落水，还能获救。若是在遥远的北冰洋，我必死无疑。灰鲸同弓头鲸一道来到北边觅食的时候，甚至可能还看见过那些猎人。那里是它们和我要前往的地方，我们心怀不同的渴望。

麦克斯的下巴放在小船鲜红的边缘上。他现在平静下来了，仿佛这就是我们日常做的事情。白色的船体在我们下方荡起涟漪。海水是细碎的光斑与无垠的波澜的完美交融。我们上方的白色云层被蓝色的线条撕裂开来。太阳是一个耀眼的圆，虽然并未完全穿透云层，却仍在水面上映射出一道如丝绸般柔和的灰色小道。远处一道喷水柱将无数碎光抛向高处。弗朗西斯科关掉发动机，小船摇晃起来，海水拍打在木板上。阳光、海风和水雾洒落在我的皮肤上，四周都是茫茫大海。海水闻起来是刺鼻的。我深吸一口气，闭上了眼睛。

"祝你生日快乐……"麦克斯最终咿咿呀呀地嘟哝出一句。他站起来拖着脚摇摇晃晃走向船舷，旁边有人不满地瞪着他。然后一头鲸鱼宝宝不知道从哪里冒出来，出现在他身旁。他展现出了不可思议的能力。船上一阵骚动，众人从四面八方伸手够向鲸鱼。

"他是一名训练有素的鲸语者。"拉尔夫说。鲸鱼如离弦之箭一般飞快地游过来。小船激动地突然倾斜。在我看来，鲸鱼主要是来找我们的。我不相信这只是巧合，我希望体会被祝福的感觉。我把相机放入水中，镜头对准鲸鱼游来的大致方向。

人们普遍认为灰鲸的声音更像是哼鸣，而不是歌唱。潟湖里录下的声音像是迸发而出的低沉的隆隆声、击鼓声、咔哒声。这些强烈的声音在我听来像是对话，传递着它们的兴奋与好奇。我们参加了一场盛大的年度聚会，成年鲸鱼求偶交配，新生鲸鱼嬉戏玩耍。在迁徙途中，它们多在早晚时分发出声音。在外面的海洋里，有掠食者需要躲避，有数百英里的路途要跋涉，还要寻找猎物。灰鲸拥有极其敏锐的听觉。它们在赶路的时候经常靠近海岸，这里人类活动的声音十分嘈杂，于是它们更喜欢保持安静。不熟悉的声音可能意味着附近有危险。研究者认为声波能够通过它们的头骨传导并放大，并且它们能够探查到声响是来自水上还是水下。虽然我不会说鲸语，但是我知道它们听见麦克斯的声音后能立刻判断出他不是威胁，它们好奇地想对麦克斯了解更多。这种感觉是相互的。

"那只可爱的大鲸鱼呢？"他吟唱着。

"你能翻译一下吗？"一位白发男子问。我的翻译惹得他哈哈大笑，他还介绍自己叫巴迪，是一位来自佐治亚州亚特兰大的爷爷，体态还能看出些军人风范。他的妻子桑迪，即使是在船上吹着风，看起来依然整洁。我旁边的海水躁动起来，灰鲸母亲浮出水面了。水流顺着她的曲线冲刷下来，斑斓的色彩在水花中闪耀。我看见她停在水下的庞大身躯。这回我平静多了，可以观察到更多东西。她至少有这条小船的两倍长。当她翻身后背朝下时，我当真考虑过假装落水。我的内心告诉我你不能和鲸鱼一起游泳，但这个诱惑对我来说实在是太大了。我摩挲着她，有点儿像是给她挠痒痒，可能是在她下巴的位置，不过这个比较难以分辨。鲸鱼幼崽扎到船下，是在对她说悄悄话吗？轻声细语地唧唧吱吱，不让猎食者听到。还是说在潟湖这个庇护所可以自由地呼喊？我希望我能够读懂这对母子的想法。她直立起来，我偷偷亲了她一下，咸咸的，富有弹性的一吻。麦克斯大笑。巴迪和桑迪与我击掌庆祝。桑迪身子向前倾摸到了鲸鱼的脑袋。

"巴迪，巴迪！"她激动地大口喘气。

"让我摸摸这只碰过鲸鱼的手。"巴迪说，"你说'巴迪，巴迪，巴迪'让我想起我们在床上的时候。"他暗自咯咯地笑着。"你非常满足，事后还得抽根烟。"他说。

桑迪刻意忽略了他的话。

我们开起玩笑，打趣该如何告诉伴侣我们背着对方和鲸鱼好上了。"她又大又圆润，拥有富有弹性的丰唇，脸上有须，口气有腥味。"

"没什么能与之相提并论。"桑迪说。

"鲸鱼把舌头伸给我，我拒绝了。"另外一个男人故作正经地说。

"过来，过来，过来。"麦克斯在船边摆动着他的小手，手指张开。我环顾四周看着船上的人们，一小时之前我们还是陌生人，现在已经嬉笑怒骂打成一片了，就像鲸鱼一样。

"为什么灰鲸母亲要把她的宝宝带来给我们？她想要教给我们什么？"拉尔夫发问，"她想表达什么？"

在汽车旅馆的房间里，麦克斯穿着睡衣四仰八叉地躺在印有粉色和蓝色旋转花朵的羽绒垫上。他吃饱喝足后，安然入睡。天花板上的吊扇带起了屋内的热风，与此同时我在阅读，试图进一步了解我们今天在潟湖里遇见的那个它。灰鲸，拉丁学名 *Eschrichtius robustus*，灰鲸科灰鲸属，你是这个种属唯一存活至今的后代，这个物种已经有超过三千万年的历史了。鲸鱼共同的祖先曾经是在陆地上行走活动的。有点像是身材矮小的鹿。你独特的耳骨构造和四千八百万年前从陆地逃到水中避险的生物是一样的。在现在的印度和巴基斯坦一带的山区，时间在岩石上铭刻了这种生物的化石痕迹。这种有蹄的小动物在奔跑穿梭于蕨类植物之间时是否曾抬头仰望过天空？它是否听见了简鼻亚目的灵长类动物的喋喋不休？这些灵长类动物在谱系树上出现这么多的家族和分支后，最终演化成了人类。

魔鬼鱼是 19 世纪的捕鲸人给你起的别名。然而，如今你却和我们如此温柔地玩耍嬉戏。为什么你要来找我们？为什么你会驻留我身边，任凭我将双手搭在你的身上，而你翻滚了一圈又一圈，两只眼睛轮番盯着我看？是因为我们唱歌了吗？你听到我儿子的声音了吗？你能分辨出我是一位像你一样的母亲吗？我们都是有胎盘的哺乳动物，拥有共同的祖先。在八千万年前，恐龙的统治终结以后，我们曾是同胞，是在森林中疾行的尖鼻长尾的毛茸茸的小生灵，我们爬树，用白齿嘎吱嘎吱地咀嚼昆虫。谁能预知我们竟会拥有如此不同的结局，变得如此疏离？

我们的行李七零八落地散在地上。帆布背包、车载安全座椅、折叠婴儿车、衣服。我起床整理明天上午的行装。地上有一堆今晚从麦克斯身上剥下来的衣物。挡风的黑白羊毛帽、太阳镜和一支防水防晒霜，这种像黏土一样固体型的防晒霜没有办法真正抹匀吸收，于是我们看起来好像涂了脸漆的默剧艺术家。我按照穿衣顺序将他的衣物一字排开。游泳纸尿裤、潜水服、羊毛衫、长裤、涉水鞋、红色防水套装。我卷起了可以让他和我寸步不离的黄色安全绳，这根绳子的两端各有一个夹子。今天我刚一解开绳子，他就又把自己缠起来了，就像当时他被自己的脐带缠住一样。我在脑海里已经一遍遍演练过万一船翻了我们该怎么办，或者更确切地说，如果一头鲸鱼发怒把我们的船撞翻了怎么办。我会一把抓住麦克斯，用脚蹬向船底，先离开船体，由于救生衣的浮力，我必须用尽全力蹬下去。等到了水面上，我便会像捧着奖杯一样托住他向前游去。这项计划的成功关键在于安全绳不能打结，且我将安全绳捆短并紧紧抓牢，不能有任何人或任何东西夹在我和麦克斯之间。我要保持警惕，与他寸步不离。在我翻看这堆小山一般的衣服和装备时，暴露了一些我之前没有意识到的事情。我给我儿子准备的衣服不仅仅是去观鲸的，他穿着这身装备去骑鲸鱼都没有问题。如果只是坐在船上，他根本不需要潜水服和游泳纸尿裤。显然我看过太多遍《鲸骑士》了。这部电影里面的毛利姑娘佩就是骑着搁浅的鲸鱼远离陆地的。想象力丰富？我懂。每一份学校评价都是这么写我的。愚蠢？也许吧。极度渴望？显然如此。

就像数千万年前的那头小鹿一样，大海也总是我奔赴的地方。它让我知道了自己的强项和弱点，教会了我人力所不及之处，以及世界从哪里开始。在我遇到一次强烈的潮涌无法脱身，疯狂地用手去扒翻腾的卵石时，我知道了水下逆流。当我被海浪迎面击中时，我知道了水的重量。但最为重要的是，我体会到了在水下一切都会过去的感觉。沉入水中，我可以吼出心中的愤怒与恐惧，呼喊着向大海求助。大海吞没了一切，而我变得像针尖一样微不足道，我内心的一切，任何感觉都变得无关紧要。经过海水的洗礼，我认识到意义何在，或者说一切都没有意义，我只是一堆分

子的组合。每一次浮出水面，我的脑内又充满了内啡肽，我也重
获安宁，得以新生。

从我记事起，我的母亲就经常从狂喜突然变得绝望。当她心
情低落时，会像突袭的老鹰一样投下阴影。她可以开心得像太
阳，然后毫无征兆地因灰尘、脏乱、寂静，或是其他我无法理解
的理由大发雷霆。我出生时，我们一家人住在南威尔士一座陡峭
的山坡上的村子里。她告诉我，每次她情绪不好的时候我都会哭
闹。爸爸上班的时候，她独自照顾着三个年幼的孩子。我和弟弟
年龄相仿，当她用小推车推着我俩上山时，我能看到她脸上的凝
重。那时我就知道自己太重了，已经是个太沉重的负担。

当我们搬家到泽西岛后，有邻居、表兄妹和亲朋好友可以一
起探索。有一个名叫安娜贝尔的姑娘住在附近，年纪在我和姐姐
之间。我们的祖父母就是朋友，而且我们的爸爸自小就认识彼此。
安娜贝尔就像闪电风暴一样令人窒息压抑，而且你根本躲不过她。
有时她对我很友好，甚至会保护我。有一次一个比我大的男孩打
了我，她追到马路上踹他，她的金色卷发在身后飞扬。自那以后，
学校里再没有人敢欺负我了。但是她也经常会攻击我。当妈妈发
现我的腿上青一块紫一块时，我解释说安娜贝尔把我踢下了自行
车。妈妈看着有点生气，但是嘴上什么也没说。我不确定她有没
有同情我。她需要靠喧闹和欢声笑语来抵御抑郁，而安娜贝尔说
话机智风趣，能让我们所有人都笑得不能自已。不过有时，她的
眼睛会变得浮肿充血。后来我就学会了要躲开她。有一次，我走

路经过她家，听到有成年人在大声叫嚷，接着传出了安娜贝尔的哭声，于是我想要走进屋去制止那个大喊大叫的人，不管他是谁。但我驻足片刻，朝前门走了几步，然后转身握紧拳头，低着头快速离开了。

我母亲是一个小火药桶一样的女人，性格强势，有一头乌黑的秀发和一双湛蓝的眼睛。她曾说："我是典型的凯尔特人。"我的舅舅帕特里克——她的弟弟——说每次她回到爱尔兰探亲时，他总能提前知晓她的到来，因为你总能听见她的笑声从小巷的尽头传来。朋友和熟人经常会比较家族成员的才貌，每当此时，我的母亲永远名列前茅，而我则永远垫底。甚至那位曾兴高采烈地告诉我我长得像母亲的教区神父，也要加上一句："当然你没有她那么漂亮。"

我就是那种处于中间的孩子，平平无奇，于是我学会了不要碍事。我喜欢坐在自己的卧室里，用橡皮泥捏小动物，尤其是马。花斑马是我最喜欢的，虽然制作起来很困难，因为在塑好棕色彩泥后，我的手指会在白色的斑纹上留下深色印记。我会花上好几个小时，用捏好的橡皮泥小马编关于野马的故事，它们最后会在所有场地障碍赛中胜出，而彩泥碎屑在我四周散落一地。有一次我没有注意到母亲进屋，然后她又怒气冲冲地出去了。

"为什么她这么**安静**？这不正常，而且楼上给她弄得乱七八糟。"她和爸爸在楼下的对话透过地板模糊地传上来。她的嗓门越来越大了，于是我逃到了外面去。

有时她也会逃离，就像在我小学三年级时那次，当时我的老师麦克德莫特女士想要开个玩笑让这件事情听起来不那么严重。

"我听说你妈妈度假去了。"她说，"问问她下次能不能把我也装进她的手提箱里。"

"她不是去度假。"我当着全班人的面这样告诉她，认为自己有责任纠正这种误解。爸爸在电话里听上去很担心："我们不知道她去哪里了。"母亲在离家大约一周后回来了，她的笑容重新焕发了活力，还说她这段时间和在南安普顿遇到的几位修女待在一起。我问她当我感觉很糟糕的时候应该怎么做。

"不要传播痛苦。"她迅速而尖锐地回答。我想，在被子下哭泣是最佳的解决方法。在树上坐着也挺好的，假装自己是一个离家出走的人，就像妈妈给我们读的睡前故事《汤姆·索亚历险记》里那样。她在读这本书的时候，时而会微笑，时而会放声大笑，而她的声音成为引我们进入不同世界、一同穿梭游历的大门。有时我是《汤姆在海底世界》里的汤姆，这是我自己读的《水孩子》电影中的故事书之一。当我化身为汤姆的时候，虚构的海洋生物并不认为我有什么不对劲。在水下世界，我不会感觉到恐惧或是羞耻。

在家庭中，我们彼此很少有肢体接触。爸爸曾在我很小的时候挠我痒痒，有时晚上我会坐在他的膝盖上，等待止痛药缓解我反复发作的耳痛。有一次在峭壁小径上散步时，我哮喘发作，他把我背在肩膀上。此后好几年，我都会假装哮喘。但是随着我长大，身体接触通常只有在实际需要时才会发生，比如把我抱到石头上，扶着我走上海边小道陡峭的斜坡，还有一次是在我蹚进一片流沙时把我拉出来。但是大海会拥抱我，填补了我未被满足的身体需求。而且我总是认为大海怀抱着另外一个宇宙，在那片广袤的地方还会有其他生命，温柔无比，像鲸鱼一样。

人类和鲸鱼的关系在野史里并不像我童年想象的那般美好。从拉古纳·奥霍德列夫雷潟湖沿着下加利福尼亚海岸往南数英里的拉古纳·圣伊格纳西奥潟湖，渔民们竭尽所能躲避灰鲸。据说灰鲸会袭击船只并撞翻 kayak，也就是独木舟。1956 年，在拉古纳·奥霍德列夫雷潟湖，也称斯卡蒙潟湖，一位有名的波士顿心脏科学家计划手动插入一个小飞镖记录鲸鱼的心跳[1]。他的船因疏忽而来到了一对灰鲸母亲和幼崽之间。灰鲸母亲的尾巴扫向螺旋桨和船舵，然后游回来，抬起头仿佛是在观察她的杰作，接着她深吸一口气一头撞上去，击碎了船舷[2]。船上的人不得不由另一艘船救起。后来，在 1972 年，发生了一件神乎其神的事情。当地有一位渔民弗朗西斯科·马约拉尔，人称帕奇科，他正乘着小渔船出海去捕石斑鱼。一头成年的雌性鲸鱼跟在船的旁边浮出水面。帕奇科吓坏了，试着驾驶小船躲开。但是这头鲸鱼反复上前游到小船边上，一度直接在小船下方盘旋。关于接下来发生的故事有不同的说法。有人说，帕奇科过了一阵将一只手放入水中，然后鲸鱼上前蹭了蹭他。也有人说，鲸鱼把脑袋抬出水面在他旁边停留了很久，于是他先用一根手指试探着碰了碰鲸鱼，看她并不作反应，又用整只手去抚摸她。一项跨物种的和平条约就此达成，而一个世纪前就在同一片潟湖里还有捕鲸人捕杀灰鲸。这种被观鲸旅行团称作"友好行为"的现象正是自此开始出现的。那次事件过后，帕奇科带来无数海洋生物学家观看这种奇特的行为。鲸鱼们纷纷游向他，而对于帕奇科来说，他们已经不止是朋友了。

"这些鲸鱼，他们就是我的家人。"他解释说。

一位行为生物学家将这种现象描述为"协作性"[3]相遇，它展现出意向性沟通发生时所需的最低的理解力水平。这种互动并不需要食物引导，而且鲸鱼似乎很希望与人类发生肢体接触[4]。这些互动的开始和传播指向了一种叫作行为可塑性的概念。在潟湖里从凶残到友善的转变展现了灰鲸适应环境、评估威胁、抓住新的时机以及向同类学习，甚至可能是向其他物种学习的能力。

灰鲸是处理未知事务的大师。它们在找寻新的食物来源时所表现出的灵活性正是他们得以在冰川期存活下来的原因。它们至少能活到七十七岁，可以跻身于哺乳动物中最为长寿的那1%[5]。研究者们在长寿的哺乳动物中发现了基因的相似性，其中包括DNA的维护和修复、免疫应答以及其他与应对压力相关的特征。所有这些特征都有助于灰鲸去不断承受新的经历，而它们在下加利福尼亚半岛的行为也许能表明是哪些特征帮助它们在极端气候条件下适应和忍受海洋变化。古生物学家尼克·潘森怀疑灰鲸或许是这场"巨大气候变化实验中的大赢家"[6]。这足以让我也抱有这样的期待。

　　我一直在向灰鲸学习，学会放松并放下戒备，去尽情玩耍。我觉得自己对未来更有把握了。即便仅仅是一次短暂的航行，我们已经被它们接纳，对我来说或许更出乎意料的是，在过去的这两年，我们也被更多人接纳了。

　　我总是在动物的世界里寻找朋友和导师,特别是在童年时期。灰鲸有长满须的下巴、不动声色的嘴巴、警觉的目光，还有那深色的眼睛，中央带有一汪蓝色，就像我的黑莓一样，那是我九岁时爱上的一匹半野生小矮马。我和朋友乔希骑变速车探路时发现了她。她身材小巧圆润，通体黑色，柔软如天鹅绒般的嘴唇不时翕动。我们对她惊叹不已，于是每天看望她就成为我们放学后的日常活动。每当她听见我的脚步声出现在小径上，便把脑袋从黑莓灌木中挤出来观望，于是我就用这丛灌木给她起了名字。虽然耗费了几个星期的时间，不过她最终还是允许我在她吃草的时候跳上马背或坐或躺,直到夕阳西下,夜幕降临,我才不得不往家走。

　　我早已有一脑袋从读过的故事中飞奔出来的马儿。这些火红的骏马运送人们踏上神奇的寻访之路。母亲告诉我，我在爱尔兰的外公曾是一名技巧娴熟的骑手，而且向前追溯，我的家族早年曾是苏格兰马贼，所以马是印在我血液里的。我明白我不会有机会拥有属于自己的小马了。我们没有那么多钱花在这上面，但是我每周都会在当地的马术学校打扫马舍。

发现黑莓将近一年后，一位经常在这片田地遛狗的衣着讲究的女士告诉我，这块地的主人想重新在这片土地上放牛。"这匹小马好几年前就被弃养了。"她说，"她穿过树篱逃跑了，把她的驯马师拖在身后差点要了他的命。"她指出黑莓马蹄上的生长环，这意味着她得了马蹄叶炎，是因为她独自在野外时吃得太多引发了脚上的炎症。"她会被安乐死。"我狂奔回家。我记起我的叔叔曾告诉我一条古老的泽西法律——《克拉姆尔·德·哈罗》，这是一道禁令。如果你站在路中央大声用诺曼法语喊出其中的内容，则无人可以通过。我暗自发誓，如果事到临头，我要站在那里大喊"哈罗，哈罗，哈罗"，然后凭一己之力阻止前来把黑莓运到屠宰场的卡车。

不过我得先找爸爸谈谈。我姑姑有一块湿地无人使用，那里有足够的草。黑莓的皮毛闪亮，像一枚台球一样，这说明她很强壮，能够在户外生活。这个愿望大胆又鲁莽，但是有人会替黑莓达成此事。她极富魅力，在一众粗壮的小矮马中也是一道美丽的风景。她是被人用渡船从威尔士运送到这里的，正和我一样。我的父母过来看了她，我看着黑莓用鼻子噗嗤噗嗤地嗅他们的手指，而我自己的手指在背后紧张地紧紧拧在一起。我一边向父母展示黑莓现在是如何允许我骑在她空空的马背上在这片地里转悠的，一边暗自许愿她不要把我甩下来。父母悄声讨论了一阵，最终他们同意接手所有权。我简直不敢相信这一切，直到后来有一天，一匹真实的、活生生的小矮马被领到姑姑的地里，她还佩戴着我用零花钱买的崭新红色马笼头。我太爱我的父母了。他们救了黑莓的命，还满足了我不切实际的愿望。那个晚上，黑莓撕扯着青草时我就坐在田埂上，一刻也不想把目光从她身上挪开。我的身旁发出一阵窸窸窣窣的声音，是安娜贝尔，我不由自主地打了个哆嗦。坐着的我和她的腿齐平。

安娜贝尔却并没有看我。她的手在兜里插得更深了。"她真美。"安娜贝尔说。

但是我们当时还不了解黑莓。

她不服从管束，而且容易受惊，拖拉机、小狗、一片沙沙作响的树叶都可能会惊到她。接下来，她就失控了，无论多少人都拉不回她。她会径直闯入车流，冲过围栏，无视一切挡在她面前的东西。

她也堪称逃跑大师。"有人看见一匹黑色小矮马独自跑上了主路。"教区大厅的警长应该已经将我们的电话号码烂熟于胸了。有一次，我将她从一个赛马的围场中领回家，她在那里踢伤了其中一匹马。她被关进单独的隔间里，只能越过马厩门的顶部勉强看到一点东西，不过她满不在乎地在那里吃干草。又有一次，教区警长通知我去维维安小姐名下的那座公馆，她是家族金酒产业的继承人。我缓慢地沿着弯曲的车道走过去，经过了一辆劳斯莱斯和护卫犬警示牌，走到两边各立一根白色柱子的大门口。

"我向窗外看，看见有一匹绝顶漂亮的小矮马，在啃食我的花朵。"维维安小姐婉转地说。她已经六十多岁了，外表看上去像是社会名流，身穿黑色衣服，金色的头发在脑后挽成一个发髻。她的笑声清脆充满活力，像烟花一样回荡在她的豪宅里。她邀请我留下吃水煮蛋。后来，我时常去看望她。她一边教我做意大利面，一边回忆战争时期开车载着间谍兜圈子的事。当我跟她解释说我妈妈不会担心我在哪里，她喜欢我去外面，越多越好时，维维安小姐满脸温柔地听着。

陪伴黑莓的时间如此之多意味着我见安娜贝尔的次数越来越少了。邻里的孩子们逐渐长大，开始疏远。在学校，十三岁时的我仍然在名义上被她罩着。如果在走廊里遇到我，她会招手，而她酷酷的哥特朋友们则会转过身来对我微笑。所以，一个晚上我在家附近的一群人之中看见她时，我没有控制住我自己。甚至当其他人都走了，我也没有意识到她的沉默是一个警告信号，她仍然留在原地坐在墙上，眼神空洞。我开始挠她痒痒。

"停下。"安娜贝尔说。

我有点过于兴奋了，并没有在意。

"停下来。"

我又走到她面前，咯咯地笑着伸出双手。紧接着她的胳膊绕住了我的脖子，当她的袖子滑上去时我看见了一块五颜六色的瘀青，然后砰的一声，整个世界摇晃起来。我的眼睛和鼻子已经痛苦地扭曲成一团剪影。我挣扎着，大声喊叫着，但是安娜贝尔已经接近成年，体格敦实又有力量。她用手臂锁住我的头。在她的黑色长半裙向上皱起的一瞬间，我瞥见了在裙边和黑靴子之间的腿上，有一道深色伤痕，接下来她一拳又一拳重重击向我。当她放开我的时候，我站在那里看见妈妈走向我们，她扔完垃圾正在往回走。鲜血从我的鼻子里往外冒，流到了下巴上，我用手擦了擦脸，指尖染上了闪亮的猩红色。我迈了一步向妈妈走去，但是她轻快地走过，一脸木然。安娜贝尔不慌不忙地朝着另外一个方向离去。在外面的厕所里洗去血迹后，我去找黑莓，把脸埋进她的鬃毛，看着房子里的灯亮起来，直到它们的轮廓被漆黑的天空吞噬。

在这里，在下加利福尼亚州，我在时空上远离了我所熟知的一切，远离了儿时塑造我的一切，也远离了成年后将我击垮的一切。我和麦克斯每天早上醒来眼前都有新的景色。我将我的生活节奏调到与灰鲸一致，还要借用一会儿它们的视野。我们将跟随它们的脚步，而它们很快就会离开，前往外面狂野广阔的大洋。是什么告诉它们时机已到？又是什么驱使它们出发？或许是鲸鱼幼崽，它们的能力、储存的脂肪，还有好奇心都足以踏上探险之路了。又或许是它们的渴望？在打定主意、预订机票、从网上商店订购黄色安全绳以及计划北上路线这一系列决定之间我隐隐有过这种渴望。但是这感觉并不像我。我是怎么成功走到这一步的？我承认，我仍然感到害怕。我需要从鲸鱼那里汲取一些勇气。

在与麦克斯依偎着睡下之前，我查看了用相机在潟湖里拍摄的连续镜头。画面中水下满是灰绿色旋转着的微粒。在几分钟之内，这些漩涡形成了阴影，阴影逐渐压迫过来直到成为正在逼近的长长躯体，随着这些躯体的转动，气泡从两侧不断冒出来。它们经过镜头的时候眼睛看着我。相机拍下了鲸鱼的视角，直指小船底部。我听见麦克斯在上面唱歌，然后我出现了，在它们浮出水面的时候兴奋地尖叫。我们的手伸向鲸鱼。海水拍打着木质船体发出哗啦啦的声音。鲸鱼向空中喷出万花筒般的水雾。

麦克斯的歌声穿透了物种屏障。我好奇鲸鱼是否会将他的声音也放入它们的歌声中，带入大海。我们远渡重洋来看它们，它们前来相迎。它们听见了我们的声音。

乌特恰维克：如何等待

北纬 71° 17′ 26″

西经 156° 47′ 19″

　　我读到，在茱莉亚的家乡波因特霍普，过去曾经有一位 aŋatkuq，也就是萨满法师，名叫乌克皮克（因纽皮雅特语：Uqpik）[1]。他用四根棍子和一截截发丝作为工具，将冰绑到一起，合上了海水上的通道。如果冰面不打开，鲸鱼就不会过来，那么人们就要挨饿，于是 umialiit，即捕鲸队队长们，合力将他杀害。他们派出了一位会协助狩猎的 aŋatkuq，他能够带来方向合适的风，将冰面打开。这位萨满法师带上了他的鼓，留下他的身体，灵魂前往海床。相传海底的那位女人居住在水下深处，那里摆放着食物的地方，也就是 niġġivik 上，放着保管动物灵魂的油灯碗。这位 aŋatkuq 拜访了她，并在北风精灵的家短暂停留。于是风调转方向，冰面打开。人们可以狩猎了。

"他们不应该这么做。"一天早上，我走进客厅时茉莉亚正在看当地的报纸。"他们不应该给外人看这个。"这一页报纸整版都是照片。我瞥见了娃娃，这些娃娃的脸看起来就像面具。茉莉亚对我解释说，这些是为了在波因特霍普举行的一项仪式，本来应该只由因纽皮雅特人在社区内部当面分享。一项禁忌被打破了。她不住看向照片，不停摇头。我希望她不要后悔决定让我这个外人在捕鲸季留下。我已经下定决心绝不窥探，只去倾听。没有人对我说过萨满，我也没有问过，不过杰斯利慷慨地解释了狩猎的精神力量。

"如果你值得的话，鲸鱼会将它自己奉献给捕鲸队，牺牲它自己。"他抬起一只摊开的手掌。他的手臂在半空中弯曲，"有时它会径直向船游来。"他摇了摇头，举起的时候又慢慢放下，"这是一种灵性的行为，是来自天堂的圣父。"他的手在身体两侧摆动，像鳍一样，仿佛他从水里游过。他说，捕鲸队队员必须品行良好才配得上鲸鱼的奉献。作为一位 umialik（捕鲸队队长），必须慷慨大方，必须打开肉铺接济老人、穷人、孤儿。动物的灵魂会认可它主人的慷慨并为此感到高兴。然后，会有更多的鲸鱼到来并将它们的身体提供给人们。作为回馈，弓头鲸会把身体分享给乐于与他人分享的那些人。当一头鲸鱼被捕杀，它的 iñua，即灵魂，必须被正确对待。在它死后，应该通过喷气孔给它提供一杯新鲜的淡水。每年春天冰窖必须彻底打扫干净，这样鲸鱼就知道它们的肉会被储存在干净的地方。每件器具都要打磨得毫无瑕疵。鲸鱼叉、捕鲸枪、短桨，甚至船上的木板都要保持干净。杰斯利详尽深入地解释了捕鲸，以及因纽皮雅特人与鲸鱼之间的关系，这与商业捕鲸的做法完全不同，与工业化畜牧也大相径庭，我在孩童时期就放弃吃肉正是因为工业化畜牧。

　　长期以来，北极海岸的人类生态与鲸鱼都有着千丝万缕的联系。考古发掘证据已经表明人们逐渐形成了围绕捕鲸组织安排的生活方式[2]。公元 400 年左右，弓头鲸狩猎将更多的人聚集到一起，因为此时他们基本能够每年成功猎捕到一头鲸鱼[3]。在公元 900 年左右取代了伯尼克人地位的图勒人，正是因纽皮雅特人的史前直系祖先，他们住的房子在半地下，由浮木搭建，有鲸鱼肋骨和颌骨作为支撑，然后盖上草皮隔热。他们是捕鲸人，在公元 1200 年到 1400 年之间，随着他们在沿海散居，并建立起包括乌特恰维克在内的数百人的大型村庄，他们的文化逐渐统治了北极地区。食物充足，社区蓬勃发展。大部分的剩余物资都归捕鲸队队长所有，并由他们分享出去。海岸的族群与内陆的人们有贸易往来，用可以作为食物和燃料的 uqsruq，即鲸油，换来驯鹿皮、裘皮和玉石。这样，捕鲸人不用离开沿海地带去长时间狩猎也可以制作衣服了。这种贸易关系也帮助内陆人在狩猎不顺利的时候避免食物短缺。我发现了乌特恰维克 19 世纪晚期一座草皮房子的照片，它的入口处由鲸鱼肋骨建造[4]。从侧面看，这座房子像一头弓头鲸，"头部"的曲线向下倾斜，与"后背"的斜坡相衔接。屋顶的出口通常用作瞭望点，在那里出现的人就好像是鲸鱼喷出的水柱，这个出口的位置与鲸鱼的喷气孔相对应，并且被赋予了相同的名字——qiŋaq。

在经历了瘟疫和商业猎人对海洋哺乳动物种群的大肆屠杀后，这些因纽皮雅特人的社区危机重重。在外来者面前，他们丝毫没有自我防御的可能，就在这时，传教士到来了。他们谈及强大的神灵，并带来了药品治疗造成无数死伤的新型疾病，而萨满无法治愈这些疾病[5]。因纽皮雅特人并不知道是哪些神灵居住在其他土地上，也没有拒绝基督教的观点。曾在加拿大居住了几十年时间的人类学家休·布罗迪写道，因纽特人的精神信仰使他们得以敞开胸怀接受那些深刻且充满智慧的不确定性，这充分调动了他们的大脑，发挥了其最广阔的潜能，让他们既能够利用直觉也能够利用具体的信息[6]。他们所接受的不确定性也为其他信仰留出了位置。这并不像基督教那样非黑即白具有排他性，而基督教的代表曾说因纽皮雅特人如果不放弃萨满并皈依基督教，他们全部都要下地狱。

后来，学校出现了。从 20 世纪初到 70 年代，在阿拉斯加全境，如果村子里没有学校的话，当局就会强迫送这里仅有五岁的原住民孩子们去上学[7, 8]。家庭失去了亲人，社区丧失了整个年龄段的人口。有些孩子再也没能回来。

乌特恰维克的学生们比许多人都要幸运。这里有一所小学，而且这里最初是极少数将英语作为第二语言来教授的地区。一些家庭从邻近的定居点搬来，以便孩子们在上学的同时仍然能住在家里。出生于 1913 年的赫斯特·尼科克告诉芭芭拉·博登霍恩，学生"想去学校的时候才去学校"，其余时间便和父母露营，她的老师既有因纽皮雅特人也有白人，而且不会因为孩子们说母语而责罚他们[9]。玛格丽特·格雷在父亲伯特·潘尼格奥的督促之下，在学习捕猎技能的同时，也接受了进一步的教育。他对女儿说："我期待你获得知识，使我们能够迎头赶上，使我们这些原住民能够跟上时代。"[10]像有些孩子一样，她离开家去上寄宿高中。1958 年，回到乌特恰维克教书的她发现老师和孩子们已经不能再在学校里说母语了，虽然她还在坚持如果孩子感到困惑就用母语解释。那时，学校出勤是强制性的[11]。玛丽·尼科克说她之前喜欢上学。她的老师里面有一些是因纽皮雅特人，但是后来"上学真的很艰难，因为我们的老师教我们不能在教室里说因纽皮雅特语"。成为巴罗市第一任市长的大埃本·霍普森记得当他说了因纽皮雅特语后，被尺子体罚，还被迫面壁罚站[12]。他说，因纽皮雅特小孩以前从来没有经历过体罚。

整个北极的原住民孩子的经历往往比这还要糟糕。学校先由联邦印第安人事务局、私人教会管理，后来由阿拉斯加州政府管理，在制度上是民族同化计划的组成部分，而且这一计划后来演变得愈发激进残忍。休·布罗迪写道，在阿拉斯加和加拿大，"寄宿学校是种族文化灭绝进程的一部分"[13]，这种种族文化灭绝脱胎于农业移民对于消灭竞争对手土地权的需要，企图"阻止人们保持原样，确保他们无法再以狩猎采集者的方式生活、思考和占据土地"。来自州内其他地方被送走上小学或高中的学生向阿拉斯加大学的研究者讲述学校里发生过性侵害和身体虐待事件：宿舍里满是彻夜哭泣的年幼的孩子们，他们因为说本土语言而被狠狠殴打，以至于再也不会说母语了[14]。那些被送走的孩子没有机会从父母那里学习他们的文化。阿拉斯加的尤皮克作家哈罗德·纳波莱昂说教堂和州政府的意图在于摧毁原住民的文化和语言，而他自己的经历则表明"那不仅是企图，它确实起作用了"[15]。直到 2017 年，才有长老会教堂的代表来到乌特恰维克向"被偷走的一代"道歉[16]。

乌特恰维克在 1975 年拥有了一所高中，一年后发生了莫莉·胡奇案，两名年轻的阿拉斯加原住民女性起诉州政府[17]并得到了一项承诺，会新建 105 座乡村高中，这样孩子们就不必再远离家乡去上学了。那时，茱莉亚和杰斯利已经离家去寄宿高中了。这使他们在原本应该学习成年人责任和因纽皮雅特社会价值观的年纪背井离乡。因纽皮雅特文化强调分享，认为领导地位更多是意味着责任而非特权，并且认可男性和女性的不同分工具有同样重要的价值，这些原则比当时教授的主流美国价值观要更加明确地强调平等[18]。

茱莉亚上的是最好的学校——位于锡特卡的埃奇库姆火山高中。北坡镇的学生是远近闻名的学术之星，经常被那里录取，他们表现出色，并且有能力为继续深造做好极具竞争力的准备[19]。我紧张地问她在那里感觉怎么样。她说挺好的，因为她学到了纪律。

"我去那里之前非常懒散,连怎么整理自己的床都不知道。"她说,上学之前,父母就只让她玩。不过,"玩"也包含着学习。从她小时候采浆果的故事里我就知道了。她知道如何采集食物,如何对付一头熊。正像伯特·潘尼格奥这样的长辈所期待的,在学校里最重要的是,茱莉亚和其他人发现自己接受的教育赋予了他们政治上的力量,跨越文化的友谊得以建立,地域间的联盟生根发芽,并促成了全州范围内的行动。杰斯利担任市长时,写过在俄勒冈的切马瓦印第安学校的时光,他赞叹正是这所学校让他更充分地准备好维护因纽皮雅特人的主权。"我清晰地记得在 1967 年夏末的一天,我被拖上了一架飞机送到离我的家乡巴罗三千英里之外的地方,远离了家人和社区。"[20] 他描述了他在头三个月感受到的乡愁:"当我远在巴罗的亲朋好友欢聚一堂分享鲸鱼、驯鹿、鹅和冻鱼的时候,我正坐在桌子前吃着学校食堂的饭……我会想念冬季的爱斯基摩娱乐游戏,还有春天的狂欢节……我们的父母和祖父母知道我们的土地上正在发生许多变化,如果我们想要应对这些变化,就需要教育……自治政府给予了我们所需的权力来捍卫我们的文化,捍卫我们无价的动物和土地,保护它们不受威胁,不会被别人从我们身边夺走。"

各种交织在一起进行文化毁灭和强制同化的殖民力量席卷了整个北极,而杰斯利向我分享的那些知识和信仰却从中幸存了下来。以鲸鱼的凝聚力为核心的因纽皮雅特文化坚守住了。当杰斯利、茱莉亚或某一位捕鲸队队员说话的时候，我侧耳倾听。

"没人能够仅凭一己之力就捕到鲸鱼。"杰斯利说。在几个世纪的变迁之中，分享是将因纽皮雅特人团结在一起的黏合剂。"若有人提出请求，你不能拒绝。若出现剩余，就要送出。你感受到的安宁祥和，是无价之宝。"我意识到捕鲸队队长的作用从未改变。杰斯利和茱莉亚现在住的是架空的活动板房，他们用雪地摩托取代了雪橇犬队。除了鲸鱼叉以外，捕鲸人也使用美国人使用的捕鲸装备，比如飞镖枪、肩枪和炸药。商业鱼漂取代了充气海豹皮，而且他们既拥有带发动机的追鲸船，也有传统的皮艇。许多捕鲸的技术已经大不相同，但是在维系人与人以及人与鲸鱼的联系这一点上，狩猎所发挥的作用基本不变。这个地方从某种程度上来说似乎是有生命的，充满了梦想、思考和历史。动物的形象总是彰显在服饰上，也体现在人们住宅内外处处可见的鲸骨和鲸须上，还充斥在人们的意识和对话中。在这里一切都围绕着鲸鱼。这里的居民对于鲸鱼和生态都有着深刻的理解，与他们交谈，让我感觉几乎就像是在直接聆听鲸鱼自己的声音。但是至于鲸鱼叉，鲸鱼被叉住后的将死时刻，还有无数在冰下失踪和死去的人，我试着不要去考虑这些。

杰斯利建议我去和一些长者聊聊。他开车把我送到沃伦·马图米克的房子，离开时向我挥手道别。沃伦七十九岁了，有一头松软的白发，戴着一副大眼镜。他告诉我，他有一只助听器，但从来都懒得戴。壁炉台上有一张他的照片，照片上他身着毛皮大衣，正在和比尔·克林顿讲话。沃伦说，气候变化即将到来，而且没有办法阻止。事实上，气候变化已经到来了。

"我的捕鱼营地那边的土地已经发生了变化。"沃伦的小型飞机降落跑道已经不再平坦，因为下面的冰层融化了。他不能再使用这条跑道了。冰冻期比以往来临得更晚，而河流的冰裂时间则更早了。他说话的时候，用手比划出了地貌和飞过的飞机。他年轻的时候，曾经听过一位长者谈论天气。沃伦说在那位长者的描述中，天气极好，无比平静。在长者最后的岁月里，他说天气发怒了。沃伦讲述了他外出狩猎时突然降临的一场暴风雪。他父亲注意到了地平线上方的一个黑斑，便催促他们快一点，再快一点赶工，把捕到的驯鹿切分好。那一次有惊无险。"为了让船一直浮在水面上顺利回到家，我们不得不扔掉了一些肉减轻船上的重量。"

沃伦喜欢笑，即使是在说他口中的变化的时候。他说他是基督徒。"《圣经》告诉我们，我们将会听说更多的战争和饥荒，还有其他让生活艰难的事情。"他起身去冲咖啡，"所以你是英国人？"

"其实，应该算是爱尔兰人。"当我察觉出周遭环绕的殖民历史时，我自动用我的爱尔兰护照寻求庇护。不过在这里，论及历史创伤，我的祖先是何种欧洲人并没有什么不同。

"哦，英国人和爱尔兰人不太对付。他们关系好些了？是什么原因造成的？"

"在土地问题上有些分歧。"我尽量说得含糊一些。

"土地？在阿拉斯加这里有很多很多土地。"沃伦把炼乳倒进咖啡，并自行在餐桌前落座。"世界在变。"他对着咖啡自言自语，"你永远不知道下一步会发生什么。天气非常愤怒。"

杰斯利来接我。他告诉我他小的时候，老人们曾说海洋有一天会不再有冰，会有船只从东西方经过。他看见这个预言正逐渐成真。

"这太可怕了。"他说。

"问题，又是问题！你得等一等。"范咆哮着回应我在半小时之内关于冰和天气的第三个疑问。我每次看见他都不由自主地想问问题。我出去转了转，免得碍他的事。人们走上道路的中间，压实的雪亮闪闪的，还有一道道雪地摩托划出来的车辙。我仍然在适应这里的寒冷，所以并没有在外面逗留太久，转而去帮茉莉亚购物。她在车里播放约翰尼·卡什的音乐，我俩一起跟唱。我们在 Stuaqpak，即超市或大卖场里买了用于捕鲸船的硅氧树脂以及露营用品。购物清单上的肉类总量让我惶恐。有猪扒、培根、汉堡肉、香肠、世棒午餐肉、火腿、牛尾和鸡肉。我又往购物车里多拿了几盒燕麦片，还给自己买了一些巨大块的奶酪。

在回家路上，《杰克森》这首歌响起的时候，茉莉亚在驾驶座上扭动起来。

"我喜欢约翰尼·卡什，我喜欢琼·卡特·卡什。70 年代的时候，我在安克雷奇见过他们俩。"她说。

随着逐渐适应了这里的环境，我在户外散步的时间也变长了。我和每个遇到的人聊天。人们说话深思熟虑，带着柔和的音乐感。我能够分辨出在他们所说的英语之下还有另外一种语言。院落里满是机器、捕鲸器具、鲸骨、海象的骨头和长牙。这里有餐馆，但是没有酒吧。这座城市是"半干的"①，意味着这里禁止出售酒类。酒可以空运进来，但前提是你必须持有由警察局批准的许可证。

我得知，20世纪70年代，外来人口裹挟着石油财富蜂拥而至，一家酒品商店开业了。石油财富为医疗保健、教育设施和改善基础设施提供了资金，创造了新的工作岗位，人们建起了新房。这里发生了翻天覆地的变化，而猎人们在维持着自给自足的生活方式的同时，还兼顾着有偿工作[21]。这里的原住民和非原住民苦苦挣扎于酒精使用问题。那家酒品商店几年之后就停业了，但是在整个80年代，与酒精相关的死亡率、暴力事件以及疾病攀升到了骇人的地步，这座城市经过投票先后成为"干派"、"湿派"，又变成了"干派"，然后是"半干派"。与酒精使用相关的死亡率几次超过自然原因导致的死亡率[22]。北坡镇的自杀率是阿拉斯加州平均自杀率的两倍，是全国平均水平的四倍之多[23]。但是在杰斯利和茱莉亚的房子里，没有人喝酒，我看不到任何酒精引发的问题。

---

① 美国20世纪二三十年代推行全国性禁酒。禁酒令支持者被称为"干派"（drys），反对者被称为"湿派"（wet），"半干派"（damp）则主张有条件禁酒。——译者注

我再次来到第一次见到比利的遗产中心。队员们正在用我不认识的工具修整船只。收音机正大声播放音乐，与此同时，范、比利和另外一名捕鲸队队员正与绳子的两端角力，将两端一圈又一圈缠绕在鲸鱼叉上的一个圆形金属环上，打成一个结实的环形。

"这里正不断升温。"比利看见我的时候说，"北极熊正在游过很长的距离，有些还没上岸就淹死了。"他对着我的相机微笑，"过去的这十年来，天气变得太暖和了。天气变了。大海也变得更汹涌了。"他走回去烧绳子的末端，透过一副细框眼镜检查是否合格。捕鲸队队员说，海象也受到了影响。失去海冰迫使它们游更长的距离寻找冰面登陆并休息。夏天，海冰已经向北退得太多，水对于它们来说就太深了，它们已经不能潜到海床上寻找像蛤蜊和螺类这样的食物了。

"相当棘手的问题，呃。"范一边对付绳子一边说。发生了什么？马文·盖伊感到疑惑。捕鲸队队员用因纽皮雅特语讨论着他们的工作。周围充斥着聊天声、欢笑声。我逗留在这儿观察和录像的时间比我需要的更长，以至于已经隐身成为背景，他们也不再管我了。奥蒂斯·雷丁低声吟唱《坐在港口码头》……

我在墙上发现了一幅大型油画，画面中展现了捕鲸活动。捕鲸船紧挨着那黑色后背，猎手们几乎就要跃上顶部。一位猎手泰然自若地站在船头，手里的鲸鱼叉已经举起，准备投掷出去。他们瞄准鲸鱼头骨的一处薄弱点准备刺穿大脑。画面里的大海上狂风暴雨，一片漆黑。我不明白怎么有人敢做这种尝试，而不会落水死去。现如今有时仍然会出现可怕的意外，人们被拖下水致死、翻船，冰层从固定在海岸线上的坚冰中分离开来，把整支捕鲸队的人员带到海上。我有从公司借来的卫星电话，这是一个复杂的小工具包。我每周都会在海滩上测试它，但是除此之外，我能做的就是感觉到深深的不安，同时又会出乎意料地兴奋，为亲自参与其中而感到兴奋。

在其工作的遗产中心接待前台的那张桌子边上，二十三岁的罗伯特·卡里克穿着黑色牛仔裤和兜帽上衣站在三十五英尺长的灰鲸模型下方，在相机前摆出姿势。这个模型虽然体积巨大，但实际上只是一个同比例缩小的复制品。它巨大的向下弯曲的嘴看起来十分严肃。当我问罗伯特是否要前往海冰上捕鲸时，他看起来也是如此严肃。

"我在考虑这件事。我做着两份工作，不过我想去冰上。"1997 年，有一次罗伯特外出在冰面上时，冰面与海岸分离了。他用一种温柔的声音讲述此事，讲述他如何思考他们能够回到岸上，但是车辙突然消失在水中，另外一面的冰已经离的有三十米远了。雪地摩托已经毫无用武之地。他们正在观望的时候，中间的缺口又进一步扩大到了一百多米。罗伯特的眼睛从左扫到右，他在回忆。他和队里的人等了足足四小时，才被直升机救起。"有时我想我要到冰上去，但是接着就会想到那次经历，它让我改了主意。"我关掉录像机，脑海里想起比利提到过的更加汹涌狂躁的大海，沃伦讲述的愈发难以预测的天气。如果罗伯特现在再去海冰上，面对他亲历过的那种危险的可能性只会增加。

在遗产中心商店里浏览书籍，我读到了猎人昂哥（Aaŋa）的故事，他受困于两块移动的巨冰之间，无法脱困[24]。一位名叫文森特·纳吉克的长者在1978年对村民们讲述了那个场景。其他捕鲸队成员要上前帮助昂哥，但是昂哥说："我觉得你们用那些小刀可没法儿把我从这里弄出来，你们说呢？"他嘴里叼着一个烟斗。说话之间，巨冰开始移动，把他卷入了水中。就在他从人们的视野里消失之前，还在对其他人微笑。我眼前一直浮现出正在沉入水中但还保持微笑的昂哥。是什么样的人，竟能够如此安详平静地直面死亡？我买下这本书的同时，附带了一堆别的书，还为爸爸买了一个海象牙雕的白色鲸鱼。

我们仍然在为狩猎等待合适的天气条件。我拜访了捕鲸队长协会的主席尤金·布劳尔，他住的地方离茱莉亚家只有几步路。他自豪地告诉我他是家族里一脉相承的第三名队长。在上面有他的父亲——已故的哈利·布劳尔，生前是一位受人尊敬、学识渊博的社区领袖。他祖父查尔斯·布劳尔是乌特恰维克第一位白人定居者。尤金对于外部世界的失望显而易见。他的家乡正在发生变化，但是没有人征求过他的意见。

"不同的人带着不同的想法来到这里，他们不理解我们的生活方式，不理解我们分享的方式，他们想要把他们的规章制度强加给我们。有时很难理解为什么会这样。现在我们不得不锁起家门，以前我们可从来不需要这样做。"尤金说他反对石油勘探。他说没有人拥有专业技术或装备把泄漏的石油清理干净。有公司尝试进行测试，但是即便在理想条件下，他们也都失败了。"他们认为自己掌握了对抗大自然的技术，然而他们并没有。北极冰盖的力量非常强大。"至于用地震勘探作业来勘探石油的想法，尤金也强烈反对。"那么大的噪音进入海洋，对生态现状会产生什么影响？"他说现在需要研究地震勘探船发出的噪音和一排排气枪可能产生的负面影响。他感觉自己寡不敌众。他说，阿拉斯加地域辽阔，因纽皮雅特人只是这里的一小群人，其他地方还有自己的问题和利益考量。"我们被围堵了。"如果他们在荒野地带找到了石油，并且建起了输油管线，就会改变因纽皮雅特人所猎捕的北美驯鹿的迁徙路线。"你一旦把路堵住，它们就过不去了。"

"诺伊克索特村就是一个典型的例子。"他说，"他们的村庄周围满是燃气管线和输油管线。"康菲石油公司高山油田距离诺伊克索特人的住宅和学校约八英里，这座油田日产汽油量能超过十万桶[25]。这座村庄坐落于科尔维尔河三角洲，此处是他们世代延续下来的最重要的猎场，就在驯鹿的迁徙路线上，而这里还是一个鱼类丰富的河口。

后来我研究了诺伊克索特，发现猎人们表示石油产业的活动严重干扰了驯鹿迁徙，并且正如这里的居民和部落行政人员玛莎·伊塔所说，这让人们"更难获取食物放上餐桌"[26]。健康问题也逐渐浮出水面。部分当地人曾报告日益增多的呼吸道疾病和癫痫发作，这种情况在孩子们身上尤为多见，人们相信这与周围的钻井热潮有关。康菲石油公司声称正在与社区一同调查这些问题，且公司的监测显示出这里有优于全国标准的较高环境空气质量[27]，尽管冬季极端天气使测量工作变得困难重重[28]。

诺伊克索特前任村长和长期以来的社区健康助理罗斯玛丽·阿赫图安加鲁克认为石油公司自己的报告远远不够，空气质量应当由独立机构进行监测。她值夜班时，在帮助居民处理呼吸问题的同时，也观察到过燃除现象，即石油开采过程中伴生的天然气在地面上方的燃烧。2009 年，她于一次在安克雷奇举行的会议上告诉美国内政部长肯·萨拉查："随着开发项目离这座村庄越来越近，问题层出不穷，更多的人陷入了麻烦。"[29]罗斯玛丽说，1986 年燃除的水平较低，但是到了 1989 年，二十四小时之中燃除可达二十次。在 2020 年冬季和 2021 年春季，她报告说，多个地点在二十四小时范围内不止一次观察到了三十次燃除[30]。美国国家环境保护局对北坡镇石油产业活动的排放估算[31]显示氮氧化合物是空气污染物之首，还包括二氧化硫、挥发性有机化合物（VOC）和颗粒物。二氧化氮与认知障碍以及神经退行性疾病相关[32]，并且与二氧化硫一起与癫痫相关[33]。天然气燃除中释放的挥发性有机化合物受到阳光照射就会形成臭氧，据目前所知，这会诱发儿童哮喘[34]。一些挥发性有机化合物也是癌症的诱因。颗粒物会影响呼吸，并且是导致心脏病的因素之一[35]。

2012 年 2 月，西班牙石油天然气公司雷普索尔旗下的一个油井发生了井喷。罗斯玛丽说烟流两个小时后到达了村庄，许多居民呼吸困难。

"我们无处可逃。"她说，"外面有零下四十度。"[36] 空气质量监测器因例行维护而停止运行。州政府的一项研究将事故之后呼吸道疾病高发草草归咎为一个糟糕的流感季[37]。罗斯玛丽并不相信摆到台前的那些促成因素，包括室内普遍缺乏空气循环，这些因素只是为了转移人们对主要问题的注意力。2012 年晚些时候，环境律师事务所阿拉斯加委托人的律师南希·温莱特联系了州政府，说当地不少居民看见高山油田上的烟雾后呼吸困难。她得知诺伊克索特居民和健康助理"害怕一旦报告此事会遭到报复"，于是补充了一句话，说她联系政府是代表这些居民[38]。许多村民为拥有土地的公司工作，这些公司与石油公司签订了协议，村民需要仰仗石油产业才能得到工作[39]。

不过，尤金·布劳尔最大的担忧是海洋变暖。"那将如何影响我们赖以生存的动物呢？"每年都会有一艘载有科学家的破冰船前来，但是他们的分析和实验并不能帮助他的社区。"做研究的人不回来与我们分享他们的研究成果，不能帮助我们做好准备。"但是同样地，科学家们却利用了当地人的知识，他们有时会因此举世闻名。我们的知识是地方性的，不会被记载在历史书上。"他的声音仍然柔和，"你还可以考虑使用替代性能源。如果他们都能够送人登上月球，也一定能制造出不必使用石油的设备。"他叹了口气，环顾四周。现在是午饭时间，我能闻到屋里正在烹饪一些美味的东西。"我在烤一些三文鱼。"尤金说，"要来点吗？"我说谢谢但是不用麻烦了，茱莉亚正在等我回去。

看见采访结束了，尤金的妻子夏洛特说："现在你要出发捕鲸去了，亲爱的，我会想你的，想念我家的男人。"夏洛特白天要工作，并且在攻读一个人力资源管理方面的学位，除此之外，晚上她还有缝纫的活计要做，她在尤金的驯鹿皮毛皮大衣上制作了精美细致的手工刺绣。尤金拿起大衣展示，指给我看不吸收水汽的狼獾毛领，这样就不会把他的脸冻僵。

"如果你穿着这个掉进水里，就会浮起来。羊皮衣服吸满水后会让你沉到水底。而这件，他拍了拍这毛皮，"这种毛是中空的，能够将你托起来。"他穿着夏洛特为他制作的这件衣服睡在室外都不感觉寒冷，甚至不需要有帐篷。

回到北极星街的客厅里，VHF电台又嘎嘎地发出了响动。"救援基地问大家下午好。"捕鲸的猎人们会通过无线电台与其他在冰间水道边缘上扎营的捕鲸队分享冰面的情况。春季捕鲸季时，他们的频道一直会有志愿者监听。除非遇到紧急情况，否则陆地上的人们不会说话。杰斯利说："你必须尽快准备好以最快速度移动，否则在那里会非常危险。"他指导我，如果击中了一头鲸鱼，我必须保持安静，然后留心听以便搞清楚情况。它死了吗？它是跑到冰面下边了吗？如果一头鲸鱼被击中了但在冰面下失踪，那么这头鲸鱼也要算作是被拖上岸屠宰了。他说，一旦捕获一头鲸鱼，他们会通过无线电台祈祷，感谢上帝的礼物。"人们会通过

VHF 电台大声喊出阿门，阿门。"

早晨，当地的频道会播放合唱送出欢快的问候。"早上最美好的时光……祝你拥有早上最美好的时光……早上好……早上好，arigaa。早上好，查理·布劳尔，早上好……早上好，玛莎·尼科克，早上好……"有人通过电台联系到一辆顺风车。还有人吆喝"五袋肉桂卷，一袋十美元"。另一个人回复："肉桂卷，我十一点之后过来取，要一打。"

广播里传出日常的天气预报，交代了风力风向如何，以及是否有冰间水道打开。"最高风力每小时十七英里，南风。南风，每小时九英里。巴罗角西南方向没有可见的水道打开。开普利斯本地区附近有一处大的冰间水道……"我们正在等待东风在海冰上打开一道缺口。

我在遗产中心发现了一台砂光机，雕刻工匠在这里和猎人们一起工作。比利经常过来，修理木架皮艇。一位名叫佩里的年长雕刻工向我展示了如何使用这台砂光机。我在这些日子里学习了将奇形怪状的小块鲸骨打磨、抛光并塑形成鲸鱼的样子。一个早晨，我路过一双新鲜剥皮的北极熊熊掌，熊掌在门外从一个麻袋里伸出来，就像一双巨大的骷髅手。它们提醒了我这些船的皮料来源，还有我制作的一块块骨头的来源。

佩里对我的雕刻非常认可。我掌握了诀窍，这正是我童年消磨时光的方式——用橡皮泥塑造生物。不同处在于当你思考鲸骨去过哪里，下到海洋中多深的位置时，手握的鲸骨就变得十分迷人，充满魔力。有些鲸骨像火山石一样，表面布满小孔。有些则更加致密，更难驾驭。不过虽然我并不看好，但鲸鱼仍然逐渐显形。我制作的第一个鲸鱼，尾巴是直直朝上的，像一条鱼，而非像一般鲸鱼那样呈水平方向。范说像一条三文鱼。第二个作品比较小，很明显是弓头鲸。我捕捉到了其中的相似之处。比利走过来看我在做什么。他将这头小小的鲸鱼放在手指间转动，仔细端详。

"这是一头小小的 iŋutuq，年轻雌鲸。"他说。年轻雌鲸个头浑圆，据说是最嫩最美味的极品。

我将这头鲸鱼送给了他。

斯卡蒙潟湖

北纬 27° 44′ 59″

西经 114° 14′ 60″

　　麦克斯的玩具船在潟湖上轻快地游动，一路被一个有须的巨型下巴推动向前。

　　"我的小船。"他说，"把船还给我，鲸鱼。"司机弗朗西斯科大笑着取回了小船。我几乎能感觉到那头鲸鱼也在大笑。麦克斯紧紧攥着那艘鲸鱼玩具船，感觉受到了冒犯。这条玩具船像我们乘坐的这艘真船一样是红白搭配，现在成了无价之宝。一片鱼鳞状的天空从我们的头顶掠过，然后鲸鱼们游走了。船上的气氛低落下来。当我们看见远处一个白色的后背曲线浮出水面时，船上短暂地骚动了一下。弗朗西斯科告诉我们，那是一头白化的鲸鱼，以前在这里被人看到过。

"那是莫比·迪克①。"桑迪说。现在天空上只剩下几抹云彩了。这是我们在这个潟湖上的第二天，已近晌午，太阳似乎更加灼人了，风也变得更加刺骨。我们蹒跚着走过沙子去海滩上吃午餐时，我感觉松了一口气。我给了弗朗西斯科十美元的小费。不知道会不会太多，但是就我们所收获的来讲，给多少小费都不够。

"谢谢你，开船的人。"麦克斯唱出歌来。

"留在这儿和我们一起吧。"一位司机说。他站在海滩小屋旁边的一群人中间，里面还有一个大概五岁的小男孩。看见有其他孩子让我松了一口气，司机们活泼有趣也让我十分庆幸。我们暂时从观鲸的狂热中抽离出来休息一会儿，别人上船的时候我们在黄色的沙滩上摆贝壳，主要是重现灰鲸的脑袋从现在深蓝色的大海中冒出来的场景。

有一股很不对劲的味道传来，像鱼腥味一样。我检查了麦克斯的纸尿裤，并不是他。沿着潮位线往下走了一小段，我们发现一个死去的鲸鱼宝宝已经腐烂了。靠近以后这股恶臭让人难以忍受。小鲸鱼，发生了什么？我想知道鲸鱼母亲是否尝试过将它托到水面上让它活下去，还是说它一出生就夭折了？也许鲸鱼分娩时也会面临很多风险，虽然我不认为鲸鱼会像当初麦克斯那样被脐带绕颈，因为它们毕竟是流线型的。

我曾经在伦敦的自然历史博物馆见过蜷缩的鲸鱼胚胎。在胚

---

① 长篇小说《白鲸记》中的白色抹香鲸。——译者注

胎的早期阶段，它们看起来和人类非常相似。抹香鲸的妊娠期长达十六个月，而灰鲸的妊娠期是十二个月，在这期间奇怪的事情发生了。就好像在看一场快进的演化进程：须鲸先长出来牙蕾，后来牙蕾又被重新吸收然后消失；后肢芽短暂地出现，又消失在身体之中，仿佛是在提醒我们鲸鱼曾经也在陆地上行走过；到了七个月左右的时候，你才能辨认出不同的鲸鱼种类。20世纪初，科学家们在南极洲加入了捕鲸船队，而博物馆里陈列的小小标本就是从被船队的鱼叉捕获的怀孕雌鲸身上切下来的[1]。想到他们的数据巩固了暂停捕鲸的论据，让人聊感安慰。但这同时也在提醒我们人类到底能够有多残忍。

"你在做一个决定。"心理治疗师说。我坐在一张舒服的椅子上，旁边有一张矮桌，桌上放着一盒面巾纸，我端详着我们之间的小地毯上面的刺绣。"内心的某一个地方，正在做出决定。"我已经预约了终止妊娠的手术。预约的日子即将到来，而我还不知道该怎么办。通过超声我看到了那个小豆荚，活跃地扭动它的肢芽，帕维尔也在一旁。这种感觉并不像是自己的内心在做决定，反倒是像《星球大战》中的一幕，他们身处垃圾压缩机内，而压缩机的四壁正在向他们逼近。

"把这事解决了。"当我告诉帕维尔我怀孕时他这么说，"我不想现在就和你要孩子。我们以后可以再要一个。"我们那时已经不再见面了，"我不希望你过上单亲妈妈的生活。"他发邮件说，

"从经济上、情感上、现实上来说都太难了……那样的话你将来还能工作吗？"

"手术那天你会过来陪我吗？"我在电脑上打出这些字。帕维尔回避了我的问题。

"你以前也做过一次，这都是一样的。你会没事的。"

我憎恨自己告诉他我做过一次流产手术。那次我只有二十岁，这根本就不一样。那是在晚上出去跳舞庆祝我进入工科第一年之后发生的事情，一个满头短脏辫的脑袋低头时撞到了我。这个男孩，基迪，是历史系研究生。我为他神魂颠倒，他叫我小雀斑，我们都认为这个孩子是梦想成真。然而，他的家人对此并不感到高兴，我的母亲也是。她尝试为我预约了终止妊娠的手术，我拒绝了。但是最终我还是和他一起去了社区医生那里，极不情愿地亲自预约了手术。

我们在一个早晨早早地走到医院。我被麻醉了，护士温柔得不能再温柔。结束后基迪又步行送我回家。整个过程没有痛苦。那之后我再没有过孩子，我也并不知道在流产之后我还会有一个孩子。我梦到过她的小脸。这个未能出生的小孩总是跟在我身边，每一年，都和我一同长大一岁。

这一次，已经过去十五年多了，我拥有了一份工作，并且朋友里有孩子的比没孩子的要多。我刚结束了驻华盛顿特区的工作回来，我在华盛顿与巴拉克·奥巴马一同参加新闻发布会，看着他的直升飞机飞过我的公寓；我为求一句评论在美国的国会大厦追逐参议员们；我还因迈克尔·杰克逊死亡的传闻而登上了飞往洛杉矶的第一班航班。帕维尔因工作关系到美国出差时，我和他共度了几个周末。马上，我将得到 BBC 国际频道广播环境记者的工作，这份六个月的短期工作是证明我胆量的绝佳机会。

在手术那天早晨，我把医院的信函折起揣进兜里，离开了我住的合租房。我锁上了身后的大门。朋友乔住在附近，她答应过来陪我一起去。

"我可能不去了。"我对她说。

"不管你做什么样的决定，告诉我在哪里和你碰面就行。"乔这样说。

我沿着街道走上主路，朝着公交车站的方向走。我想起了第一次的场景，我走进医院，穿过医院的自动门。基迪当时握着我的手。我脑海中浮现出公园里的一棵大树，一棵树冠宽大的古老栗子树。

"我做好决定了。"我在头脑里重复这句话。我坐上公交车，给乔发了短信。

这棵栗子树的主干很粗壮，树枝从主干低处以水平方向向外伸出，仿佛不受重力的影响。巨大的触手伸展，摸索。乔沿着小道走过来，一路环顾四周。我从树下向她招手，然后朝着最低的树枝打手势。

"我上不去，多琳，我太矮了。再说我也不会爬树。"

"哦，上来吧。"我助她一臂之力帮她爬了上去，然后将自己的双手搭在这根主枝上想把自己悠上去。我的身体已经发生了变化，愈发成熟，而我的胳膊太瘦弱，无法把自己推向足够高的地方。她试着拉了我一把。

"该死的，上不去了。"我愤恨地看向乔。

现在轮到她摆动着腿笑着说："上面视野真是不错啊。"

"你需要帮忙吗？"一位慢跑的人路过。

"是的，拜托了。"

他双手将我抱起。

我多年以前曾住在这个公园附近，而这里是我最喜欢的去处。如果你爬上这棵树，一直爬到最高的树枝上，就可以隐藏于树叶之间，此时此刻你既隐蔽又身处无比开阔的户外。

"乔，如果我是个差劲的妈妈怎么办？"我们并排坐在树枝上时我半开玩笑地问，"如果我把他们养废了，他们最后变成少年犯怎么办？"

"如果他们发现了癌症的治疗方法或发明出零卡路里的巧克力呢？"她够到我们头上的一根树枝往下拽，让树枝轻轻敲打我的脑袋。

我在兜里摸索，看有什么东西可以扔到她身上，我找到了医院的信函，把信揉成纸团丢向她。纸团从她的肩膀上弹起，掉落在地面。

"或者，多琳，如果他们就仅仅是善良的普通人呢？"

大树用慷慨壮硕的臂弯环抱着我们，我在这臂弯里看着时间一点点流逝，一直到确信我已经错过了手术时间可以放心离开了。我们离开公园去找地方吃早饭时，我重新捡起皱成一团的信丢进垃圾桶。我很久以前就已经做出了决定。

每天，我都喜欢去本地的泳池，将自己沉没其中，连同自己所有的情绪也一块儿沉入水中。当我拖着自己笨重的身体，拖着我的肚皮、阴道、阴户，费劲地爬上瓷砖地时，我会想到自己的孩子在我体内的羊水中同样安全地漂浮着。四肢发力的我就像一头动物，手掌像鳍一样在两侧叉开。我喜欢跳入水中，喜欢每一次从干燥陆地的短暂逃离，喜欢在全部重量往下坠的同时，水将我环绕的感觉。但是随着身上愈发臃肿，我变沉了。我做出了错误的判断，腹部着水掉进了泳池，同时砰的一声发出吓人的声响。我身体里的游泳停止了。我的宝宝。噢我的上帝，我害死了它吗？我的心脏仿佛触电休克。这段时间里，一旦哪天体内没有了胎动，我就会感受到这种恐惧，我会认定是我做了什么事情伤害到了尚未出生的孩子。即使是在泳池这个对我来说如同庇护所一般的地方，我也发现自己需要克服盲目的恐慌情绪。我在水下会感受到压力，沿着泳池底舒展四肢时，这压力会将我向上托起，小气泡从两侧冒出来漂走。然后，腹中的一阵扭动让我心安。浮起到水面上时，我一时不能理解为什么会有人在大海中溺水，毕竟他们身下的水拥有如此巨大的浮力。

水不会拒绝你。上班之前游上二十个来回足以耗尽我的肾上腺素，以及所有情绪。当主管走过来问我是否愿意做六个月的环境记者时，我激动地倒抽一口气，不禁笑了起来。然后我想起来目前的状况，于是说我需要考虑一下。那天晚上我辗转反侧，租来的房间里的热水器似乎也变得比平时的噪音要大。第二天我向我的经理道谢，但是说不行，然后我躲进洗手间哭了。后来我回到工位上又哭了。坐在对面的同事给我发了一条信息说若是出了什么事情，必要的话我可以先回家。回到家我又哭了。我怎么能对我人生中最重要的机会说不？但是这个工作对我来说是一个挑战，我读过孕期焦虑会导致早产，甚至会影响孩子之后的生活。为了宝宝，我需要保持平静。在孕期头三个月里飞行也可能带来危害。我不可能一边做那份工作一边还怀着一个孩子，我都不知道到头来我会住在哪里，也不知道我和帕维尔之间还会发生什么。我心里知道，接下这个工作就会出问题。我要不惜一切代价保护这个孩子。回过头来看着那个内心充满恐惧的女人，那个认为自己不可能在怀孕时做好自己梦想的工作的女人，我多么希望她能拥有多一点力量、多一点自信。我也试着尽量不要评判她。

只有游泳的时候我才能不去想那份工作、未来和帕维尔，才不用去考虑我们上周做爱是否意味着我的孩子会有一个父亲。游泳的时候我想到鲸鱼，我想到它们的呼吸，悠长缓慢而富有韵律感，透过海冰向我发出嘶嘶的声音。我也想到水离子从我身旁流过，一个来回又一个来回。

我在大学里学习工科的时候，学到过关于水的知识，学到过水是如何移动的。那个时候的我从未听说过计算机流体学(CFD)。第一堂课上，粉笔在黑板上沙沙作响，我在下面胡乱涂鸦。

"在物理世界里，一切事物都是有限的。"安德森博士如是说。我听到的则是：一切事物都是有限的吗？几十年过后，我仍然在头脑里反复回味这句话，以好奇和怀疑的眼光去探究它。计算机流体学是用来描述粒子如何在流场中移动的。一次加速的心跳，血液就会涌出，通过身体中的血管输送。一声窃窃私语，空气就被搅乱。在计算机流体学之中，你会观察微型的流动行为。你会学会应当如何处理未知数，将它们放入带有 φ、α、β 等希腊字母的方程式中。这使未知数看起来小一些，更加可控，让它们变得可以解决。然而我的未知数并不小，我不能把它们放到方程式里去求解。

　　游泳的时候，我被确定的有限事物包围。水遵循定律，遵循壁面定律和尾流定律。流体有两种流动状态：层流与湍流。层流是当流体层分层流动时，流体平滑地以规则的流程相互流过。鲸鱼流线型的形态会促进层流形成。我从泳池较浅一端的池壁蹬出，双手并拢成箭的形状，头部隐藏到手臂下方。滑行的时候，我的身体被薄薄一层水茧包围着，这层水茧便是边界层，而与我皮肤直接接触的水缓慢流动的方式就属于层流。在鲸鱼身上，藤壶就喜欢栖身于这一层。它们的幼体可以附着在鲸鱼的皮肤上，找到更多可以食用的浮游生物，并且在此交配，将精子释放到流速缓慢的水流中以便雌性受精。在更加广阔的海底世界里，在我身体的轮廓背后，水流变得更急，更加难以捉摸、杂乱无章、汹涌湍急。那里有混乱的涡旋，也有规则的漩涡，它们延伸，变形，从我的运动中夺取能量，经过传递后变成我的远尾流中越来越小的扰动，直至完全消失。湍流实则是一种能量浪费，毫不夸张。但是如果你换一个角度来看，湍流正是水能够吸收一切的原因所在：任何疯狂的游动，每天二十个来回，每一次在泳池中或大海中尖叫产生的震动，都能够被水吸收。我一直觉得在陆地上很难让别人听到我的声音。

在自由泳时我深吸一口气，呛了一嘴游泳池的水，而不是空气。喉咙中充斥着氯水和难以描述的其他物质的味道，让我感到窒息。水里满是其他人身上的碎屑。皮肤、食物、唾液、鼻涕、粪便、血液。我的皮肤成为挡在这一切和我自身之间的屏障。当我一个翻转开始新的来回，我想象自己里外反转了。我的内部，羊膜囊、发育中的小孩，现在成为我的整个宇宙。所有一切外部的东西现在都在我的皮肤里。在我体内，我容纳了整个游泳池、其他游泳的人、所有臭水洼、狗尿出的水柱、雷雨中落下的雨滴。纵使是在我的体外，这些也全部会在水循环中相遇、混合，就像我小学时学过的那样：蒸发、水汽输送、降水。水持续地在这座星球的表面流动，并流经所有的生物体内。其他人体内的水分子或许曾经在我的身体里逗留过。水跨越边界和障碍传递着信息，空气中的水被赋予了地面上的水的味道。云朵横跨大陆，带来携带放射性粒子和二氧化硫的雨水。

墨西哥湾暖流将墨西哥的温暖带到了英国和西北欧，给予了我们温和的冬季。水与水之间交流着。蓝鲸之间的通讯跨越了整个海盆。至少在我们破坏海洋之前，他们是这样的。

在泳池腹部着水这件事三周后的一天，我正在房间里做一些文书工作。我去了一趟洗手间，落入马桶的细流连续不断。几分钟之后，我拨通了布丽奇特的电话，她是一名导乐（产妇陪护），我本来计划很快就要去参加她的分娩课程。

"听起来像是有什么发动了。"她说。那是一个周日的早晨。我合租的室友和我最好的朋友都出城了。帕维尔正去参加一个婚礼，而且他并不想折返回来。他说他可能会早点离开婚宴。我只能靠我自己了。

我有太多需要准备的了。宝宝的预产期还有将近一个月，我甚至都没打算在伦敦将他生下来。帕维尔和我在前一天还为此事争吵过。我急迫地翻看了文件，然后去睡觉，但是我渴醒了，我需要喝水，需要更多的水，我的体内和皮肤都急切地需要水来滋润。我太渴了。我一杯接一杯地喝水，还冲了几个小时的澡。然后我吐了，变得惊慌失措，接着打电话给布丽奇特。她和她的丈夫过来接上我。他把我们送到医院。护士说，宫口已经全开。他们急匆匆地准备好一个分娩池。

两个小时之后，那是晚上十一点钟，最后的二十分钟到来了。疼痛袭来，我无法开口对助产士说话。我唯一能听到的声音是布丽奇特的。我攥住她的手腕放在嘴里，她把手抽走片刻取下手表时我尖叫出来。我担心孩子的生命，他还没有出来，被脐带缠住了。我松开了布丽奇特的手腕，沉入水池之中朝水中呼气。面部朝下，我呼唤着鲸鱼，向水中呐喊寻求它们的帮助。我竭尽全力召唤它们。然后，我感受到了它们的存在、它们的游动、它们庞大的身躯，我感受到它们同我一起在带血的羊水中呼气、吸气，我不再独自奋战。

或许，在大海某处，仍保有对我的声音的记忆，记得它的震动。因为我曾经那么多次向海洋深处呼唤"帮帮我"，也曾那么多次在船上，对着我心目中鲸鱼的方向歌唱。

或许，它们有一个信息要传回给我。或许一颗曾在鲸鱼体内的水粒子仍然在发出回响，在这头鲸鱼潜入深海，游到水面上呼吸，向世界呼喊时，这个水粒子记得它也曾是这头鲸鱼的一部分。

或许，这水将鲸鱼的歌声带来，帮助我的儿子安全到达我们这个被水环抱的世界，来到我的臂弯。

观鲸船已经消失在地平线上了。我和麦克斯在海滩上堆出了一个巨大的鲸鱼沙雕。我眺望水面时，他在鲸鱼头部放了贝壳当眼睛。这个潟湖曾经叫作斯卡蒙潟湖，是以查尔斯·梅尔维尔·斯卡蒙的名字命名的。我们落脚的这个镇子名为格雷罗内格罗，原意是"黑武士"，本是一艘在附近失事的捕鲸船的名字。斯卡蒙出生于 1825 年，1857 年首次航行到这里。他原本并没有打算成为捕鲸人。之前他曾在商贸船上担任船长，但是工作机会稀缺，为了不放弃海上的工作，他转而进入捕鲸业[2]。

"波士顿号"的船员离开旧金山后，以"人类启蒙"的名义，开始熬煮海里的生物制油，这一旗号既可以按字面意思理解，也可以被视为一种象征性隐喻。在当时，鲸鱼的油既点亮了早期工业社会的长夜，也润滑了它的齿轮。但是故事来到了1857年夏末，此时这艘船已经航行了八个月，还是徒劳无功，连一桶油或一张海豹皮都没捞着。船员返回的时候如果没有东西可以出售，就拿不到奖金。斯卡蒙船长说服了既犹豫又害怕的手下，跟随迁徙的灰鲸到达下加利福尼亚的海岸。当看见这群"海怪"和它们心形的水柱似乎消失在沙漠中时，斯卡蒙船长派出一艘纵帆船沿着海岸线搜寻。两天后，一个通向潟湖的入口被找到了。他们发现这里风平浪静，满是乌龟、鸟、鱼、鼠海豚，还有为数不多的几头鲸鱼。当这些人等待着更多鲸鱼到达，并做好捕猎的准备时，斯卡蒙却观赏起灰鲸嬉戏玩耍来。

"一头鲸鱼在碎浪中躺了半个小时……时不时用弯起的尾鳍扬起一道顽皮的喷泉。"他钦佩灰鲸母亲能历尽艰险寻找到这样温暖的潟湖生产幼崽，"展现了无与伦比的母爱"[3]。

灰鲸其实并不具备太高的商业价值。抹香鲸和弓头鲸产出的鲸油是灰鲸的两倍。灰鲸的鲸须不适合做紧身胸衣，也不适合做马车的马鞭，并且众所周知，在潟湖里捕鲸极其凶险。鲸鱼会袭击并撞毁船只。"当第一艘船载着一船伤残的乘客到来时，它只能被比作一辆漂浮的救护车……人们不是当场毙命，就是身负重伤，命悬一线。"

捕鲸人给灰鲸起名魔鬼鱼，认为它们是海蛇和短吻鳄的杂交产物。如果幼鲸闯入捕鲸人的视野并被击中，母亲会表现出绝望的疯狂，撞向船只并将其一举掀翻。"母兽在狂怒之下会追逐船只，用脑袋将船顶翻，或者用粗重的尾叶用力一扫，将船砸成碎片"。

灰鲸宝宝曾被用作诱饵将灰鲸母亲引到浅水区，到了那里它们便无力搏斗了。我想到了在这同一片水域的鲸鱼，它们脾性温和，鲸鱼宝宝会与阳光嬉闹，尝试触碰我们伸出的手指。幼崽在潟湖中找寻它们的母亲时，会发出一种声音，捕鲸人也可以听见。我在沙滩上靠近麦克斯，好让自己感觉到他就在我身边。一想到这里曾经发生过什么，潟湖里的寂静就让我毛骨悚然。

斯卡蒙为鲸鱼画了许多美丽的画作，也包括鲸鱼的胚胎，胚胎的头部看起来更像鸟。这些画栩栩如生，几乎和照片一样，而且展示了原本从胃部连通的断开的脐带。

捕鲸人的目标是怀孕或哺乳的雌性鲸鱼："一头鲸鱼在靠近船的位置被猎杀了，它有一头约莫一个月大的幼崽。当母亲被带上船准备切割时，年幼的鲸鱼紧随船后，并在此后两周一直跟着船玩耍；但是它能否活到成年谁也说不准。"

对鲸鱼的袭击贯穿整夜。"杀戮的场景极其壮观，异常激动人心。"船员把鲸鱼巨大的嘴唇缝合起来[4]，并把尸体拖上船。鲸脂被装入炼油锅中加热，向荒漠的天空大口吐出浓重、恶臭的烟。这些船只回到旧金山时沉甸甸的，满载着一桶桶鲸油。面包桶、甲板上的大锅、冷藏箱、碎肉机，最后连炼油锅都装满了。他们灌满了所有能用到的容器。船上臭气熏天，据说还没看见船出现在地平线上，就已经闻到船上的恶臭了[5]。

这种行为造成了深远的影响。博物学家罗伊·查普曼·安德鲁斯写道，"在二十多年里（1910 年以前），这个物种已经在科学界消失了"，一些人相信灰鲸已经灭绝[6]。在水中，由此带来的变化是一种空虚，由于灰鲸不再潜入水底也不再浮出水面，海水仿佛静止，一片寂寥，营养物质在水层间的活动也大大减少，生物的多样性随之下降。海床无人叨扰，足有体积达七亿立方米的沉积物，相当于十二条育空河，因不再能得到灰鲸的搅动而无法再为上百万只啼叫的海鸟提供食物[7]。我想象这突然间的消失，仅剩的灰鲸发出呼唤也无法得到应答。

我脑海中不断浮现出鲸鱼母亲的身影，她疯狂攻击船只，试图够到她的幼崽。这片水域满是鲜血。我无法忘记她的双眼。

更糟糕的是，我能够理解是什么驱使着斯卡蒙。是神秘大海的诱惑，是对未知事物的求索，是养家糊口的渴望，以及对促进人类进步的期盼。在我的想象中，1874 年的他是比我年长一些的男人，正伏案完成他关于海洋哺乳动物的著作。他似乎在那时候就已经有所了解，承认了下加利福尼亚遭受破坏的程度："那些大的海湾和潟湖曾经聚集了这些动物，吸引它们前来生产并哺育幼崽，但现在已经了无生机。加利福尼亚灰鲸的巨大骸骨在波光粼粼的海水旁的岸上逐渐泛白，这些骸骨被凌乱地丢弃在西伯利亚到加利福尼亚湾之间破碎的海岸沿线；无需多时，就会有人询问这种哺乳动物是否该算作太平洋灭绝物种中的一员。"

这庞然大物的骨骼被太阳照得泛白。整副骨架被高大的棕榈树团团围住，悬吊在柏油路的上方，仿佛它还在游泳。在潟湖里与灰鲸家族游玩了两天半之后，我们现在正注视着一头成年鲸鱼的遗骨。它的脊柱被一个弧形金属架支撑着。下方粗壮的支柱叉开来，仿佛是在吃力地承受住这份重量。我沿着尾部下垂的线条在其下方走过，弓起身子以防磕到自己的脑袋。脊椎骨上穿了孔，白色铁丝从这些孔中穿过，悬荡着肋骨在那里摇摇晃晃。从尾骨的尖端到颌骨的末端大约八米长。我猜这是一头死在附近的鲸鱼。脊柱和肩胛骨与人类的看起来并没有多少不同。鳍肢也是如此，鳍肢的骨骼看起来像是手指。

"小心。"麦克斯跟在我身后跑的时候我提醒他。朱迪跟在麦克斯身后，她是旅行团里的一位红发奶奶，但看上去非常年轻，活力四射，眼睛眯成一条缝，满是笑意。

"大家都能看出这是你儿子。"她说。我本来还没有注意到我俩打扮得一模一样。牛仔裤、蓝色兜帽卫衣、米白色棒球帽。这天早晨薄雾弥漫而且非常冷。然而现在天空没有一丝云朵遮挡，已是让人中暑的灼人蓝色，太阳把我们照得清清楚楚。麦克斯开始拉开上衣的拉链。

"你得穿件外衣，不然会被晒伤的。"我说。他在外衣里面只穿了一件短袖 T 恤。

"我，没冷，我很暖和，我，没事，妈咪。"我们拥有同样一晒就伤的白皮肤、大大的蓝眼睛、长有雀斑的鼻子。他就好像是从我身上分裂出来的，在我身边跑来跑去，不时顶嘴。他看见我掏出防晒霜，转身就要跑。

"不要乳液，妈咪。不要涂我身上。不——"我抓起他的一只胳膊，开始谈判。他勉强同意把外衣穿回去，这样可以免去涂上厚厚一层防晒霜。然后他就跑开了，边跑边往后看，确认朱迪是不是在跟着他。我暂时可以全心全意只顾自己。

站在本该是鲸鱼心脏的位置，我想象着它在跳动，每六秒钟一次，如果潜入水底，还要降低一半。这颗心脏的重量是我的重量的 2.5 倍，大约二十六英石①。我数着它的心跳，在两跳之间屏住呼吸，抬头顺着脊柱穿过头骨向外看去，向前延伸的吻突看起来就像一个鼻子，颌骨从底部向上弯曲。我很想知道这头鲸鱼生活在什么时间，又因什么而死去。我想象着它穿越深海的身影。

仿佛是在回应我的呼唤，地面和鲸鱼骨架向前一冲。我跟跄了一下，好像是在一架俯冲向下的过山车上，我的胃里一阵翻腾。旅行团人们的聊天声渐渐远去，我听见有人匆忙跑过来。我的头上和胸部感觉到了沉重的压力，双脚失去了知觉。我僵硬地伸出双臂想要扶住鲸鱼的肋骨让自己保持平衡，但冰凉的手指不听我的使唤。我小心翼翼地缓慢移动，离开这副骨架，然后猛地坐在了路边的草地上。

麦克斯过来了。"坐在膝盖上。"他把自己向后一弹，坐倒在

---

① 1 英石约合 6.35 千克。——编者注

我的膝盖上。

"你怎么样？看起来脸色有点苍白？"朱迪说。我点点头，集中注意力感受着自己的呼吸，感受阳光照在后背上的热度，还有儿子手指上的温度，直到地面终于稳定下来，我确定自己不会再晕倒或是呕吐。我慢慢地站起来，不再看后面那副骨架。我担心如果向后看去，可能会看到它在移动。

那个现象被称作鲸落，是鲸鱼最后一次潜入海底。鲸鱼的躯体沉入深海带安顿下来，与数千米深的海床相遇时，升腾的沙子缓慢而庄重地在一片混沌中对它敞开怀抱。鲸鱼不会孤单太久。

如果鲸鱼的躯体安歇在浅一点的水域，或是因其腐烂过程中产生的气体在漂浮时发生了爆炸，那么整个过程会进行得更快。掠食者的行动更加迅速，更高的温度也加速了腐烂。如果下沉到更加寒冷、水压更大的海底，会发现那里聚集着一个生物群落。一条盲鳗将蜷缩的身体展开，就像是一只皱巴巴的袖子，一摊黏糊糊的烂泥一般。它已经几个月没有进食了，从水中快速翻动过去剪取腐肉。这是贫瘠地带的一座食物岛。四米长的太平洋睡鲨在这里不需要再鬼鬼祟祟地捕食了，海虱和螃蟹也大快朵颐。研究人员说这些黑暗深处的死亡为贻贝提供了演化的踏板。这庞然大物为大大小小的食客提供了饮食，在各个维度扩展了生命。

当眼睛、皮肤、肌肉、大脑，所有这些曾经生机勃发的组织被消耗殆尽，食客们开始占领骨骼了。由黄颜色和白颜色组成的厚厚的微生物团，沉积物里的蛤蜊，食骨的蠕虫、螺类和帽贝，喧闹的无脊椎动物从黑色的大洋底部朝着富含脂肪的骨架川流不息地爬行、滑动、涌动。随着躯体的腐烂，硫化物和化学反应会为更多微生物的生命提供养料。用鲸落聚集起来的这些能量支持了一个可以延续百年的生命网。

我们是以碳基生命的形式存在的，无一例外。当死亡来临时，不论我们去向何方，碳都会跟随着我们。海洋里有一个天然的生物碳泵，随着水的流动，生命的残渣碎屑从海洋表面流向海洋深处。一头巨大的鲸鱼死亡后，从其躯体最后长眠之处分解出的沉淀物相当于两千年的背景碳。一头四十吨重的鲸鱼体内储存的碳可达两吨。如何对这个数字有更清晰的认识？可以想象我的体内有三十公斤碳。不过这对于理解鲸鱼的尺度帮助不大。由于我们的大肆捕杀，漫游于海洋之中的大须鲸所形成的碳储藏锐减。据科学家估计，如果我们让大型鲸鱼种群完全恢复，那么每年通过鲸鱼死亡将碳沉入海底，便能够捕集十四万五千吨碳[8]。还有人说，在我们现在生活的这个世界里，生态功能被抑制了[9]，海洋无力处理人类带来的变化。鲸鱼使海洋生机盎然，促进营养物质循环，它们的排泄物刺激了浮游植物的生长，这可以固定更多的碳并且释放氧气。经济学家甚至也发表了意见，表示保护鲸鱼会帮助抵消人类活动带来的影响，有助于保护人类免遭自身活动带来的破坏[10]。

只要你生而长乐，死得安宁。

乌特恰维克：鲸雪

北纬 71°17′26″

西经 156°47′19″

　　大片大片的饱满雪花飘过厨房的窗户。我一边把蜂蜜搅进麦片粥里，一边看着雪花飘落。

　　"鲸雪。"茱莉亚长叹道，"当鲸鱼来到附近的时候你就会见到这样子的雪。它们已经在海冰那边了。只是我们还不能过去。"

　　范进来了，对我微微点了点头。

　　"是东风来了吗？"我问他，"冰面打开了吗？"

　　"等等吧。"范在克制自己对这天气的不满。去年夏天，从北面冰盖上融化分离的巨大冰体漂流到乌特恰维克，现在已经停靠在了海岸边。巨大的厚重冰体是一个可以行走的安全平台，但是我们需要一股强劲稳定的东风将这块冰体推离海岸，以便形成一个冰间水道，我们还需要一股洋流配合东风保证水道一直敞开。

但是目前的风并没有定向，也不够持久稳定。现在愈发明朗的是，我不可能按照原定路线那样穿越阿拉斯加北部和加拿大了。我已经花了太多时间在这里等待，能设法坚持到下一站就算是撞大运了。我的钱花得很快，都用在了房租和从超市购买的食物上，食物很贵，因为都是空运过来的。

我加入的狩猎活动，是国际捕鲸委员会认可的五种自给狩猎活动之一，国际捕鲸委员会每年都召开会议，并且每五年重审配额。为了满足标准，申请捕鲸的团体必须证明鲸鱼肉对于他们的营养和文化价值，同时鲸鱼种群需要足够兴旺。在美国和像日本这样的捕鲸国家之间，北极地区的狩猎成了一场政治性博弈。2002 年，东京精心策划了对因纽皮雅特人捕鲸配额的阻截。通过配额需要得到四十八名成员国里四分之三的赞成票。日本通过他们的海外发展援助投入强化了自身的影响力，而投票以一票之差告终。投反对票的成员包括所罗门群岛、内陆国家蒙古，以及几个加勒比海国家。

"我们的近海捕鲸申请已经被拒绝了十五年。美国应该体会到同样的痛苦。"[1] 日本水产厅的小松正之如是说。这个问题促成了一次国际捕鲸委员会的特别会议，而日本最终做出了让步。对于因纽皮雅特人来说，外界对捕鲸的评头论足可能会创造出实实在在的问题。范说，他们因为采用了让狩猎更加安全高效的技术而受到批评：枪支弹药、雪地摩托、舷外发动机，以及将鲸鱼从海滩运输到内陆屠宰场地的前置式装载拖拉机——现在由于海岸侵蚀，屠宰场地只得迁入内陆。他并不愿意被外界的刻板印象所定义。世界在变化，狩猎的方式也在发生改变。作为因纽皮雅特人，范申明他们和其他人种一样，有权利在自己的生活中，选择自己想要的传统与现代的融合方式。

"你们是不是以为我们还都住在圆顶冰屋里？"范反问道。他看起来在怀疑我，而且因为我不断提出问题而恼火。我想我在这里也没有正经事可做，因为我是一个 tanik，即白人，除此之外还是一个女人，只不过茉莉亚说我要一起参加，没有人会和茉莉亚争论。

我明白自己持续不断的追问让他不自在，但我就是停不下来。我太好奇了，我的钦佩溢于言表，此前我对这里一无所知，而且最重要的是，我在这里太无助了。面对如此慷慨的一家人，一个将"分享"置于文化核心位置的家族，我不可能就此离开，即使是因为范。

实验室的天花板上挂着一个沙滩球大小的充气地球仪。在又一天的等待中，我被带着参观了这座城市的气候监测站。我的向导是丹·恩德雷斯，他过去二十二年一直担任美国国家海洋和大气管理局观测站的站长。

"这很有意思，也是一个挑战。"丹的语气让人觉得他像是在系鞋带，而不是在一个每年只有两个半月气温高于零摄氏度、冬季里一天二十四小时全是黑夜的地方监督一个庞大的数据采集行动。"给我指一下你认为大气的尽头在哪里。"

"在那儿。"我把手伸到离这个充气地球仪表面大约几厘米的地方。

"错。"他的手直接拍到了球上，然后对着球呼了一口气。"我呼出的潮气比大气还要厚。整个生态圈比一张纸还薄。"丹所研究的全部学问都在那里了，所有的气体、温室效应、气候，都包含在那里，在他指给我看的那个虚无的空间里。丹为政府机构和大学做分析，来来回回地运送样本。当谈及他日复一日的工作时，我便开始在一堆化学制品和反应过程的云雾中晕头转向。

氟利昂 -11、氟利昂 -12、甲基氯仿、六氟化硫，这些都是已知最强的温室气体。最开始测量的时候，他们检测到的六氟化硫含量约为 4 个单位，而现在，仅仅六到八年的时间就达到了 5.5 或 6。硫，有人为排放的也有火山喷发产生的。苔原，究竟是二氧化碳的碳源还是碳汇？

"北极一直被人称作是世界的一面镜子。人们逐渐深刻地意识到北极究竟有多重要，也看到在巴罗发生的事都造成了什么后果。"

"你都看见了什么？"

"二氧化碳含量大幅提高。"这个实验室是五个主要观测站之一。其他观测站分别位于夏威夷的茂纳罗亚火山、加利福尼亚州的特立尼达岬、美属萨摩亚和南极。这个实验室由几个装满仪器的房间组成，机器运行的轰鸣声和震感十分猛烈。气泵从室外将空气样本输送进来。这里有两名员工，特蕾莎是技术员，不过今天她休假。丹开玩笑说他俩把工作量对半分，他负责打坏东西，特蕾莎负责修理。

墙壁上贴满了展示气候变化的著名图表。

"这是北极观测制成的最为著名的数据。"丹指着墙上的二氧化碳水平的曲线图。代表碳含量的这条线从左向右逐年稳定攀升。他滔滔不绝地说出自己的观察结果："我看见二氧化碳的水平几乎升高了有100ppm。温度发生了改变，现在要暖和得多。室外生长着不同种类的植物。春天，冰雪融化比以往要早七到十天。秋天，结冰要晚上许多。在我最早来到北极这里时，我们在10月中旬就可以去外面的海冰上了。现在除非到了11或12月，否则你都不敢过去。"他谈到冰面变薄，这个现象无法从卫星图上观察到，因为卫星图只能展示冰面覆盖的范围大小。丹告诉我，日照时间的延长会影响浮游生物的化学反应，进而改变鲸鱼和海豹这样的迁徙动物的觅食习惯。鲸鱼习惯将冰面作为掩护从冰下游过，但是随着冰面退去，鲸鱼就会游得越来越远，自给狩猎也不得不到更加遥远的地方，这样就有被风暴困住的风险。

"还有什么内容是你想让全世界都听到的吗？"我问。丹大笑。我真心想给他一个扩音器让这个地球上的每个人都能听见他说的话。"就好像你是BBC之王一样？"

他稍作思考。"这里所发生的事情，也终将发生在世界上的其他地方。这是早期的预警钟。"

我想起为了争取这笔津贴我是如何在面试中慷慨陈词的。我将北极定调为气候变化的前线，而且证据已经如此确凿，如此不容置疑。当丹停下话头时，我属实已经感受到了恐惧。我供职于一家代表事实真相和准确性的新闻机构。而我们怎么会没把这个故事讲述清楚？到底发生了什么？

现实情况是，世界各地的媒体一直以来经常容许怀疑论者歪曲科学，没有对他们提出合理的质疑，还将他们打造得仿佛和主流气候研究者具有同等的科学分量。可悲的是，有时 BBC 也不例外[2,3]。

在乌特恰维克之行的四年后，有一份独立综述回顾了 BBC 的科学新闻报道，发现 BBC 如此执着地塑造不偏不倚的人设，以至于有时会把个性化观点和公认的事实放在同等重要的位置。这样"执着地将不同的声音引入已有定论的争论中"，制造出了这份报告中所说的"虚假平衡"[4]。这份综述是由伦敦大学学院荣誉退休教授史蒂夫·琼斯主导完成的。他将这种情况比作邀请一位数学家和一位持不同意见的生物学家辩论二加二等于几[5]。数学家会说是四，但是当这位有异议的辩论者说五的时候，观众会受到误导进而相信答案是在两个数字之中。琼斯也提到 BBC 的科学报道"已经远远胜过其他广播电台了"。很显然，不仅仅是 BBC，整个媒体界在这件事上都做得不尽如人意。丹只要愿意就可以进行上千次的测算，可以将其作为他一生的事业，但是，最终是由媒体决定让多少人最后相信气候问题中的"二加二不等于四"。

我感觉到了脚下的轻颤,紧张地看向同我一起站海冰上的克雷格·乔治。克雷格在乌特恰维克担任常驻生物学家已经超过三十年。猎人们还在等待,他自告奋勇带我来到外面的冰裂带,这是一块未固化的冰区,在地球顶端隆隆行进的浮冰群从这里通过时会发生刮擦碰撞,挤压出冰脊,并将浮冰旁的冰面撞裂。克雷格的专家身份让人十分安心,即使是正站在海岸线外的一块浮冰上。

"好好看看那块多年冰。"他说,"因为你可能再也看不见它了。"他的白胡子布满了霜。他解释说,多年冰是一种浮冰,它经历了极其寒冷的冬天,又熬过了夏天,只在顶部稍稍融化,然后第二年再次冻结,如此反复。慢慢地,这块冰上形成了一种柔和的、绵延起伏的浮雕,还有可能破裂变形,呈现出炫目的色彩,通常是蓝色和绿色。在夏天,多年冰里的盐分析出后,就成了绝佳的淡水供应。我们当时站在某块陈冰上,这块冰是从北边分离后,向南漂流过来的。我亲眼目睹了现在已极为罕见的现象,目睹了北极在冰面融化、变薄之前的本来面貌。"北极熊和科学家们也喜欢多年冰。"克雷格上一次在海岸带坚冰上看见这样的多年冰还是在 2001 年,自那时起,因为冬天愈发暖和,他看见的海冰总体上来说都是"单薄的一年冰,没有大块的陈年冰体"。他说,多年冰有自身的独特性,承载着一部分历史。"而它们很可能是最先消失的。这多少让人感到悲哀。"

一座轮廓分明的白色大山从我们站立的位置前面约十米处漂过，巨大的冰块从山顶滚落。

"哇，看那边。我们得非常小心。现在麻烦的是，如果我们这边受到那边的一点压力，那么整个冰面可就要碎了。"克雷格指了指我们脚下的冰。我能够听见开裂的声音，这个声音听起来还算温和。冰面覆盖着雪粉，看起来非常结实。那座山体逐渐减速了。"我们这边承受了一些压力。得撤退了，赶紧离开这里。"克雷格笑了起来，但是他迅速朝雪地摩托走去。我紧随其后，笨手笨脚地爬上雪橇。他讲解道，我们正在实时观看一场板块构造运动。你可以看见造山运动、逆冲断层、压裂。有大块的浮冰相互碰撞。"这就像是地壳的形成方式一样。所有的过程都是一样的。"他发动引擎，我们呼啸而去。

他拖到最后一刻才带我逃离险境，或许是为了体验这种惊悚的感觉，又或许是为了让我能够亲身感受到板块碰撞的力量，这样我就能理解来自浮冰的那股压力足以让我们立足的这块冰面破裂，在我们脚下裂开口子，然后将我们吞噬，也可能让这块冰面分离，从海岸带坚冰上突然断开，把我们带到海上。我想象着从空中看下去的我们，就像从一架救援直升机的视角俯瞰，我们就是一片看似无边无际、变幻莫测的白色海洋中的小小黑点。

海洋或许的确广袤无垠，但是我们正在将其填满。它吸收了所有人类碳排放量的三分之一，这有助于减缓陆地气候变化的速度，但是取得这样的成果也付出了相当大的代价。二氧化碳与海水反应，形成了碳酸，而海洋的酸化越严重，吸收二氧化碳的能力就越差。

实验表明海洋酸化，即海洋 pH 值降低，会破坏珊瑚礁，并且引发鱼类繁殖问题。诸如珊瑚、牡蛎、海星、海胆和贻贝这样的动物更难从海水中固定碳酸盐来建造它们的壳体。二氧化碳在海水中溶解会导致氢离子增加，与碳酸盐结合，使其无法为生物提供可用的碳酸盐来形成骨骼。于是动物们不得不消耗更多的能量来钙化，只余下少量的能量进行其他生命活动，比如繁殖。如果珊瑚持续萎缩，那么将有其他物种陷入困境，包括有鳍鱼类和贝类。科学家说，小丑鱼尼莫几乎没有机会在基因上足够迅速地适应一个剧烈变化的环境[6]。

所有生命都依赖着在我们这个星球上蜿蜒流淌的巨大水体。我们在破坏海洋的同时，也危及自身[7]。浮游植物的种群数量正在减少，它们提供了我们呼吸所需的至少百分之五十的氧气。较冷的水可以存住更多的氧气，因此温暖的水体含氧量更低。鱼类已经在承受缺氧的痛苦。

甲壳类浮游动物的漂流所发挥的作用比它们的体形要大得多。几乎所有大型海洋生物都会吃浮游动物或是以浮游动物为食的动物。它们扎根在食物链的最底层，死去的时候便将碳以沉积物的形式储藏于海床，在那里能够存上几十年甚至数百年之久。

在南大洋，翼足类动物的壳已经在溶解[8]。像珊瑚一样，这些微小的海螺的壳由霰石构成，这种碳酸钙形式非常脆弱，当海水吸收二氧化碳后霰石极易被腐蚀。实验表明，有孔虫门的浮游动物无法承受更高的酸度，这让它们难以形成身上的壳体。一项研究预测，如果我们继续这样下去，本世纪末热带地区的底栖有孔虫门动物极有可能灭绝[9]。长远来看，到2300年，预测的酸化程度不仅能够溶解鲨鱼的皮齿（或称盾鳞），还会溶解它们的牙齿。不过也会出现赢家，水母的前景就一片光明。

　　北极星街的客厅收音机里一直在播报天气。我和杰斯利全神贯注地坐在餐桌前。"富兰克林角。5月6日，今晚气温五到十度①。周日，东风时速十五英里。周一白天和晚间，仍然是东风。"噢天哪，我暗自惊呼，东风，我们很快就能出海了。天气播报是交互式的，你可以提问。有人问了问题，但是我什么都听不懂。

　　"他离麦克风太近了。"杰斯利说。

　　大概有五个我听不懂的问题，天气播报员显然明白了。

　　"让我来赶快看看地图……让我来帮你查看一下卫星……等一下，我来查查……"

　　我也处理了一个问题，这个问题来自我在伦敦工作的广播节目。一位制作人问我能不能找一个捕猎北极熊的猎人来做采访。

---

① 这里指华氏度，约合零下十五到零下十二摄氏度。——译者注

国际自然保护联盟濒危物种红色名录已经正式将熊的濒危等级由"依赖保育"提升至"易危"。我都能够想象到如果我找范做这个采访他会是什么反应。我建议可以请一位当地的生物学家接受采访，但节目那边想要的是真正射杀并食用北极熊的人。在这里，已经有人穿上北极熊外套向我展示过，在遗产中心外面的大麻袋里也有那么多北极熊熊掌，但是我没了往常那种作为记者的冲劲。他们会谴责猎人吗？依我看，气候变化、北极熊生态以及狩猎的文化背景在两分钟的广播节目里根本说不清。如果一位猎人接受采访后又觉得他被曲解了，整个社区都要拿我是问。再说我现在在休假，也不是上班。于是我说没人有空，猎人们都忙着准备上冰狩猎。我的同事说，那好吧，作为替代，**我**是否愿意和他们聊一聊北极熊猎人？我说，不行，我很抱歉，但是我实在太忙了，其实我现在就该出发了，再见。我坐回沙发上，拿着几个伊莱的甜甜圈，又续了一些榛果咖啡，想到在我来这里之前，曾听说当地人团结一致拒绝与记者对话，对他们怀有戒心。

第二天早上茱莉亚和杰斯利去上班，刚过十点，范就大步走了进来。

"东风来了。"他开心地说，"冰可能会开，就看洋流了，如果它正好冲这个方向来。洋流比风的劲儿更大。"

"冰上现在是什么样？"

"不知道，现在白茫茫一片什么也看不见。所以我觉得我们只能等着了。"他眨了眨眼，我的问题和他的回答现在倒像是精心排练的剧本。

"我感觉等待的时间很难熬。"这恰恰证明了我学习缓慢。

"反正我们一直就是这样做的,等待,等待,再等待。我们已经习惯了漫长的等待。"他坐在沙发上向后靠了靠。

"你们等待的时候都做些什么打发时间?"

"就是等着。帮我的姐妹们把车库打扫干净。"他告诉我他在乌特恰维克与七个姐妹和四个兄弟一同长大,向父亲学习捕鲸,捕海象,捕熊、髯海豹和鱼。因为范对我的态度有所缓和,现在他成了我最好的伙伴。

"试想一下,"他说,"很久很久以前,我们的祖先曾经用海豹油点灯、取暖。现在再**那样**就太冷了。我们已经被天然气和国家气象局惯坏了。我们现在读不懂天气了。我的爷爷曾经走到室外就能脱口说出今天的风速会是每小时二十五英里。鬼知道他究竟是怎么知道的?"他靠在沙发上,一阵叹息,"那些住在本土四十八州的人们去打只火鸡就欢欣雀跃的。那种狩猎和我们完全不一样,简直是天壤之别。海洋才是我们的餐桌,那里令人敬畏。"

城里的捕鲸队队员正在准备全套工具,打算去冰上扎营,等待弓头鲸的到来。队员们将呈点状沿着冰间水道分散分布,通过无线电台分享信息。每位队员会选择自己的落脚点,翘首企盼鲸鱼在那里浮出水面,好让他们划船出去,将配备了捕鲸叉和捕鲸炮的飞镖枪投掷或猛推出去。数秒之间，肩枪就会开火。捕获鲸鱼的时候会在无线电台上通报，无线电台将随之爆发出一阵阵欢呼，示意人们应当前来帮忙了。人们会把一条粗重的绳子绑在鲸鱼的尾部，这样皮艇和机动艇就能将它拖走。固定在冰面上的滑轮牵引器会把鲸鱼拖上冰面，届时会有许多双手在绳上发力。第二天从早到晚的这一整天，鲸鱼将被屠宰、切分给捕鲸队队员们，包括用捕鲸叉叉中鲸鱼的人，还有那些帮忙把鲸鱼拖上岸、卸下绳子并将其分割的人。猎人们允许科学家采一些样本来研究弓头鲸的种群健康情况。成功捕获鲸鱼的队伍中的女人们将忙个不停，烹饪或预制这些鲸鱼肉，其他人也会搭把手，然后第二天就会有一面旗帜从这座房子外升起，这是在邀请所有人前来分享食物。

捕鲸队成员们前往冰面上侦查了数次。我坐在他们的雪地摩托后座同行。我们检查了 quppaich，也就是裂缝，猜测哪一个裂缝会带来收获。我觉得自己很是勇敢无畏。

"不要离得太近。"比利说。我们经过了北极熊的足迹，停下来近距离观察。他给我展示了跟在其后蜿蜒曲折的狐狸足迹，狐狸是跟在顶级掠食者身后的食腐动物。比利对我详细解释说，那是一头雌性北极熊，走路时的脚印比较小。"她大概在七小时之前经过这里。"脚印的轮廓已经变得模糊，不像新踩过的那样清晰分明。

湛蓝的天空中，几抹烟云横亘在天边。冰封的海洋之上，积雪厚而平滑，掩盖了冰砾、冰墙和无法逾越的地形。那些煎饼形状的冰盘（或者平底锅）旋转的时候，破裂的冰块就会被向上推。那里有满是冰岩的低洼地带，有时还有形状不规则的冰城堡，它的"角塔"高过我的头顶。我帮忙开道，和另外一名捕鲸队队员赖利一起搭便车。

比利也过来了，肩上扛着一把步枪。"永远不知道什么时候就会遇到北极熊。"

我们需要突破重重困难到达下一个"平底锅"，这是一项协同工作，这条道上已经蚀刻了多辆雪地摩托的轨迹，迂回曲折的线条在小道平坦部分的边缘处向外荡漾开来。我加入了挥舞着鹤嘴锄的六个男人，但是我的手才挥了几下就磨起了水泡。一组人三下五除二就叠起了齐肩高的一堆冰块。这些敲敲打打引发了小型的冰崩。叮当作响的碎片四处飞溅，顶部粉末一样的雪滑向了地面。大块大块的冰被扔到了一旁。我爬到了一小块冰上，景色豁然开朗，目力所及之处满是被雪覆盖的冰砾。

我发现我的装备仍然运转良好，尽管这个地方的强光如此刺眼，导致我在看取景器里发生了什么事情时十分吃力。我指着取景器希望能捕捉到些什么。他们对着镜头打趣说："我们希望这儿附近有一些'全球变暖'发生。"过了一段时间我才适应了佩戴两副手套。起初我的动作实在太过笨拙，把簇新的迷你光碟录音器掉进了冰上的裂缝里。我眼睁睁看着它从视线中消失。我跪在地上双手撑地，俯下身去朝缝隙里面张望，想知道这个装备掉到哪里去了，最终漂到哪里。

"离那个裂缝远点！"比利大声喊，"你可能也会像它一样掉下去。"沉浸在这样一片美景中，很容易就会忘记危险。我在北极星街还有一个备用的机器，但是如果这片冰想把那一个也收走，我绝不与之争辩，现在我感觉自己没那么勇敢无畏了。

我们一行人稳步行进，留下了一条上下起伏的平顺小道。其他人从两侧劈砍冰面将小道拓宽。这条小道的宽度需要足够容纳船只和雪橇通过。整个冰面就是一座迷宫，捕鲸人每年都在这个大迷宫里辨认方向，找寻一条通往鲸鱼的路线。春天，弓头鲸一贯朝着东北方向游经这里。冰面的状况迫使它们的迁徙线路靠近陆地。乌特恰维克并非总能够为鲸鱼提供许多食物，但是在有利条件下，这里会成为秋季的觅食圣地。有些时候，磷虾会被洋流大批扫过楚科奇海，然后借着一股东风和阿拉斯加沿海洋流，被顺理成章地推入浅海大陆架区域。不管怎样，这里都是狩猎的理想地点。

1977 年，国际捕鲸委员会开始担心弓头鲸种群估计数量过低的问题。委员会不确定弓头鲸能否从商业捕鲸的破坏中恢复过来。寿命长、繁殖速度慢的动物总是脆弱的，因为即便在威胁或危险消失后，它们的数量也无法迅速反弹。他们最终认定弓头鲸的数量太少，不允许捕杀，遂给予了因纽皮雅特人零配额。猎人们主张官方的种群估计数量过低，并聘请了律师为他们辩护[10]。在 12 月召开的一次特别会议中，美国认可因纽皮雅特人捕鲸的生存和文化需求，经过协商争取到了一个较小的配额，并且承诺就此展开深入研究。

北坡自治镇创立了一个科学研究项目来清点弓头鲸的种群数量。科学家和猎人们在这个至关重要的合作中集思广益[11]，而捕鲸队队长大哈利·布劳尔和北坡镇聘请主导这项研究的兽医学专家汤姆·阿尔伯特之间的友谊也是促成这项合作的部分原因。直到那时，统计数目还是依靠视觉观察，人们在海岸带坚冰上目视经过的鲸鱼，还有一些鲸鱼是从空中发现的。猎人们解释弓头鲸也可以在冰面之下迁徙[12]，或者因游得离海岸太远而目力不及。他们否决了飞机从空中统计数量的想法，研究者们也认为空中调查的帮助并不大。回声定位也会对捕猎形成干扰，于是他们将水听器沉入水中监听经过的鲸鱼的声音。声音，对所有海洋动物来说都极其重要，在这个寒冷、幽暗、需要不断迁徙的世界里，声音对生存尤为关键。弓头鲸依靠它们的声音、一些呼叫声的回音和敏锐的听力来交流，同时可以躲避掠食者并在海里觅食。

统计开始了，在一次实践中，人们只看见了三头鲸鱼，然而水听器却追踪到了一百三十头鲸鱼在冰面下游过[13]。传统知识和包括复杂的统计学在内的统计调查相结合，使得所发现的弓头鲸数量比国际捕鲸委员会所援引的数字要多得多。估计的种群数量被向上改写，而国际捕鲸委员会也放弃了先前的主张。汤姆·阿尔伯特评价说弓头鲸是从月球上堕入人间的，以彰显这在科学界是多么不同寻常。然而，世世代代的因纽皮雅特人一直对弓头鲸有所观察。他们非常了解弓头鲸，也不得不了解，因为他们的生存如此仰仗弓头鲸。猎人们了解弓头鲸的适应能力，曾经目睹过它们种群的恢复。在证实了他们的传统知识是正确的之后，因纽皮雅特人自身变得更加强大了，更加具备组织能力，在政治上也更加适应当下。

在开凿小道之后的一个晚上，比利带了一部1970年的迪士尼电影来到茱莉亚家里。电影的名字叫作《巨雪熊的踪迹》，他的一个弟弟是主演，在里面出演一名青少年。我们在舒适的客厅里看了这部电影。茱莉亚和我深深地陷在沙发里，而比利则坐在她家一把大椅子的边上。这部电影是以叙述的形式展开的，角色的因纽皮雅特语对话没有翻译出来。电影里的男孩蒂姆科养了一头困在陷阱里的nanuq宝宝，也就是北极熊，作为自己的宠物，并且给她起名为帕卡。我们看电影的时候，比利时不时起身望向窗外的天空。他在室内看起来很不自在。当帕卡和蒂姆科一同到处滑来滑去，蒂姆科教她拉雪橇的时候，毛茸茸的北极熊幼崽的可爱快要溢出屏幕。当她长大一点的时候，闯进了一家肉铺，吃掉了店里的所有东西，于是蒂姆科被强行拖到了村委会。帕卡被放逐了，蒂姆科决定也要离开村庄，这个时候比利起身走到了门外。

蒂姆科的忠诚在村庄和他四处闯祸的动物朋友之间徘徊，看到蒂姆科挣扎着努力为他割裂的内心寻找方向时，我想到黑莓从野地里逃出还踢伤了赛马的事。比利回到室内，身上有一股烟味。

"他们在电影里用了七只北极熊，其中六只是驯化的，还有一只野生的。"比利说。这些北极熊被关在笼子里，比利说他那位扮演蒂姆科的弟弟起初是害怕的。在电影开拍之前，他和这几只北极熊一起接受训练，而且在整个拍摄过程中，有一名驯兽师一直在现场近距离保护。其中最棒的场景是在蒂姆科离开村庄自我放逐的那一年里，与北极熊朋友再次相遇的时候。他与帕卡分享了他的渔获，从钓鱼的冰窟窿这边隔着冰封的海洋向那只北极熊扔去一条条闪闪发光的银色的鱼。我们还看到这只北极熊肚皮朝下滑过暗藏危机的薄薄冰面，在她和长大成人的帕卡舒服地依偎在一起睡觉时，我希望自己也能够藏进蒂姆科那双暖和的皮靴里。

在我似乎也无法在人群中找到归属感的那段时间，黑莓一直是我的伙伴。有一次，妈妈举行了一场烧烤聚会招待邻居。弟弟和姐姐都有朋友来参加，他们在户外忙碌着。我的朋友乔希当时在岛外，我无精打采地透过厨房的窗户看着大家陆续到来。安娜贝尔和她弟弟走进花园，跟在身后的是他们的母亲。她爸爸和我爸爸正在照看炭火，被升起的烟雾挡住了。

妈妈从门那边探过头来："别闲着，干点活，多琳，把那些碗洗了，好吗？"她回到外面，继续指挥："安娜贝尔，帮我拿一个壶过来，在厨房里最顶层的搁板上。"安娜贝尔走进来，审视着这个房间。我妈妈跟在她身后说："多琳，那些碗洗好了吗？"

"你的下嘴唇凸出来了，多琳。看着真丑。"安娜贝尔说。她也在审视我，打量我。随着我年龄和身高的增长，她对暴力攻击我的身体这件事变得更加谨慎小心，但是我们二人之间的关系从未改变。我盯着肥皂水，迅速洗碗，把它们叠放在沥水架上。"我告诉你这个全是为了你好。"安娜贝尔继续说。我试着去跟妈妈说话，但是只发出一声野兽般的惨叫。我跑过她们两人，跑出厨房，去黑莓那里寻求庇护。她躺着打盹时，我就坐在她身旁的草地上，倚靠着她的背休息。我后来没有再出现在烤肉聚会上，也没有人操心问我为什么。

当蒂姆科和帕卡在一幅宁静祥和的画面里一起睡觉时，比利坐在凳子上说："好朋友，嗯？"

我回以微笑，点了点头。我愿意认为自己理解了蒂姆科和帕卡，理解了爱上北极熊的那个男孩，还有安静接受男孩本来样子的北极熊。

他们一起去打猎时，北极熊跟在独木舟旁游泳，她的下巴先入水，在她脑袋后面拖出一道"V"字形的亮蓝色尾波，然后我想起带黑莓到海里。我们通常穿过树林到达海边。在那里，斑驳的光线使她化身为一个海底生物。斑斓的黑色、蓝色和棕色漂过她的全身，也漂入她的眼睛。据说我们穿过的那边树林是历史悠久的圣路（Pequaqge path）的一部分，这是泽西岛传说中的庇护之路，岛上十二个教区各有一条，是从教区教堂通往海滩最短、最快的路径。那些被控犯有罪行的人可以在教堂里请求避难，求得一个逃避刑罚的机会，沿着这条救赎之路走到海滩，乘上在那里等待的小船，小船会将他们带往法国永不回来。

我们到达海滩的时候，黑莓十分不情愿，但是我使出了全部力气让她的头转向拍岸的浪花，还用脚后跟踢了她。那天一定是已经涨潮了，而我低估了水的深度。过了片刻我才意识到她正在游泳。她变成一个全新的物种，用一种陌生的步态，如同一块整体的肌肉一样向前涌动。浅潮时浑浊的黄绿色海水上涌淹没我的双腿时，不知怎的我感觉到比起在陆地上，我更害怕在这里被摔下马。马蹄胡乱扑腾的时候，我能够感受到在这里，我们脚下没有任何坚实的支撑。落入黏稠的、无尽的海洋以后，似乎有一条相当漫长的路沉入海底。

然后，黑莓宣布时间到了，掉头往回走。我们回到了沙地上，从一串串小溪流中踏过，失控地丁零当啷地跑上鹅卵石铺就的船坡道，直直冲上马路，幸好马路上没有车辆往来。她一路跑上小山，直到再也跑不动。从马背上滑下来后，我牵着她缓缓走回家，吸入她身上发霉一般的刺鼻汗味儿。我们两个刚刚结束战斗，疲惫不堪，她的两侧肋部也在上下起伏。

我好奇北极熊近距离闻起来是什么味道。比利说，北极熊幼崽的母亲被杀后，它们被作为宠物收养的情况并不少见。它们可以用淡奶喂养，还会跟着照顾它们的人到冰原上，在房子里睡觉。我问比利它们长大后会发生什么。

"去动物园吧，可能。那个大帕卡，她就去了圣迭戈的一家动物园。"

在影片最后，当我们看见帕卡变野时，未经驯化的那头北极熊终于露脸了。蒂姆科回到村庄时已经是一名技巧娴熟的猎人和雕刻师。电影里的人与北极熊相互扶持着一起长大，一直陪伴对方直至对方有能力过上应该过的生活，回归自己的同类。看着那头北极熊慢慢走进一片白色的广阔天地，我再次希望，就像我儿时多次希望的那样，我可以放走黑莓。

"我以前有一匹小矮马。"我开口想要分享回忆，分享这种相似的联结。

比利点点头，感兴趣地抬起眉毛。

"她……她……"但是我无法说完这句话。

黑莓从来没有被真正被驯服过。虽然经过劝说她能够容忍人们骑在她的背上，甚至有时还能拉一个小货车，就像帕卡拉雪橇一样，或许我并不真的希望她对我言听计从。一个夏天，我十一岁，当时我正骑着她在地里，没有马鞍，只有络头和缰绳，她被某种冲动支配了，突然开始竭尽全力地狂奔起来。她一头冲向围栏，不过我知道她会停下，铁丝网太高了她跳不过去。

然而黑莓没有停下。她闯过了围栏，随着她腾空、落地，再弓着腰跑上小路，我则被甩向后，又被甩向前。我们噔噔噔地跑过田地，一块，两块，转过弯，三块，再有一块地我们就要到大路上了，我能够听见车辆的声音。随着汽车的声音越来越大，我开始想象她断了一条腿，柏油路血迹斑斑。我没有戴上骑马的头盔。我放开手，松开缰绳和她的鬃毛，然后从她身侧跳下马背。

我落在了草地上，紧靠着马蹄蜷缩着，马蹄定是踩到了我的身体或是头上。但什么事都没有发生。只有附近疾驰的车辆。我睁开眼睛时，发现黑莓垂下脖子正盯着我看。她粗鲁地嗅着我，拱我的胳膊。我站起来，拥抱了她结实的脖颈，她吃草的时候我又继续抱住她站了许久。

我后来才明白过来。她不想在没有我的情况下离开。我们要一起逃离。和她在一起，我学会了选择正确的时机逃跑。

北极星街上的房子外面，堆积起来的雪硬邦邦的，泛着黄色，捕鲸队队员正在装载雪橇，为冰面打开做好准备。我无所事事地旁观。

"丙烷气罐。"身材高大的赖夫说道，他像是穿着 XXL 码卡哈特牌工作服的巨人，正在把气罐捆好，"这是给你保暖用的，有了这个我们就不会冻屁股了。"

"这不会把冰熔化了吗？"

"你在那种冰面上一个洞都熔不出来。"他放声大笑。他注视着炉子、帐篷、一盒盒食物和香烟。"有了这批物资，你在世界上的任何地方都可以过夜了。"

范正在指挥并监督捕鲸队队员工作。

茱莉亚站在前门外。"他们准备好出发了，这是最好的时刻。这种感觉真好。"

杰斯利和范回到房内收听 VHF 无线电台。我也跟着进去了，不想错过任何环节。

"消息收到，好的。离这里六英里远。"杰斯利说，"好的，待命。"无需他翻译，我就明白了。冰面已经打开，就在六英里外的地方。现在该出发了。我的胃里猛地一坠。我退回缝纫间，尽全力穿上更多层衣服。这座房子被各个年龄段的人们挤得满满当当。我能够听见赖夫讲他们被直升飞机救援的故事。我没法儿再听下去了，便走出去散散心，试着转移注意力。街道上一片繁忙，雪地摩托来来往往。捕鲸队队员都已经收听了天气预报，正在做最后一刻的准备。我不敢独自待太久。

当我回到房子里，茉莉亚正穿着她最好的毛皮大衣，上面有厚厚的软毛，缝制得十分仔细，这项缝制技术经历了一代又一代人被传承下来。我回来得正及时，杰斯利带领大家围着一条皮艇，用因纽皮雅特语做了正式的祈祷。茉莉亚、杰斯利和我在一旁看着捕鲸队队员都跳上了雪地摩托，他们全都是男性，套好雪橇，一个接一个匆忙上路，路面上棕色和白色混在一起，满是雪和烂泥。雪地摩托的发动机冒着热气发出了轰隆隆的声音。我站在那里，不知所措地听着每一辆摩托发动。最后几辆也轰鸣着蠢蠢欲动，我恐慌起来。在这些等待的日子里，我们从来没有讨论过我这个跟班要去哪里。而现在为时已晚，只剩下一个队员了，那是比利。

"Kiita，咱们走。"他用因纽皮雅特语说道。他猛地把下巴朝雪地摩托的后座上一扭。我蹒跚地走过去，身上裹得太严实了，根本爬不上去。我做出了巨大的努力，用一条腿猛地发力让自己倒在座位上，笨拙地抓住他。沿着道路飞驰而过时，我的胃里升起一阵抗议的声音，我忍不住发出呻吟。

"你还好吗？"比利回过头朝我大声喊道。

"我在！"我不知道我是不是还好。乌特恰维克的楼宇和大约四千居民已经消失在海滩上积雪覆盖的陡岸背面。之前的几趟侦查让我有了一点点准备，但是也就寥寥数小时。这次却是真枪实弹。我们一路上一直在向陆地告别。越过那条我又砸又打帮助开凿出来的小道的起点时，四周有冰柱林立。这些冰塔有浅蓝色、半透明的蓝绿色、带碎裂花纹的深蓝色，还有镶满宝石的翡翠绿色，同房子一般高，在我们身边一闪而过。我们直奔冰间水道，这我是知道的。一道裂缝终于打开了，形成了一条通道，鲸鱼可以沿着这条通道从楚科奇海迁徙到波弗特海，穿越这个星球的最顶端。我们经过了一串动物的足迹，在我看来像是北极狐的。比利这次没有停下来对我解释。我们正在顺利穿越这片白色的荒漠，一个平底锅。我试着思考如何描述它。糖霜？蛋糕？我找不出合适的词。我的想象力太贫乏了，即便只在脑海里出现也让人难为情，于是我停止了思考，不管什么语言了，就让世界保持本身的样子吧。

"我们要去哪里？"我喊出来。

"到海冰尽头。"

科尔蒂斯海

北纬 26° 0′ 53″

西经 111° 20′ 20″

"我很惊讶你竟然带了一个学步的娃娃,虽说他是个不错的小驴友。"朱迪说。麦克和玛丽这对四十多岁的英国夫妇皱着眉头,转过头朝窗外看去。山峦连绵起伏向后退去。我们的领队多恩正开车带我们穿越下加利福尼亚半岛。这个团的其他人已经离队,此次观鲸之旅的第二段涉及的活动包括在科尔蒂斯海寻找蓝鲸和长须鲸,以及参观更多有灰鲸聚集的潟湖。我和麦克斯一路上简直如鱼得水。他在安全座椅里十分平静,全神贯注地注视着飞驰而过的风景。

"嗯,我们喜欢到处跑。"我说。

朱迪和多恩看起来相处甚欢,午餐时一直聊天。

回到吉普车里,多恩和麦克聊起他三十多岁时在菲律宾的生活。麦克问道："你不会最终成为那种胳膊里搂着十几岁菲律宾少女的美国人吧？"多恩没有回答这个问题，但是说他已经注意不再要孩子，而且认为没有什么比身边带着一个两岁孩子更糟糕的事情了。一辆载满儿童的巴士开过去了。

"他们这是在干什么？"玛丽问。

"不是沙漠之旅就是观鲸之旅。"多恩说。

"只要他们别去我们要去的地方就行。"玛丽说。

我看向正在安睡的麦克斯。他们难道忘了他还在车上吗？

我们抵达了洛雷托的汽车旅馆，这家旅馆隐藏在商业街的后面。我住的那个房间墙壁上挂着一幅弗里达·卡罗的巨幅画像，画像里的她被花朵和鸟儿簇拥着，看起来镇定自若，洞悉一切。室外的风吹过棕榈树沙沙作响，麦克斯此时正在和一个墨西哥小男孩玩耍。上床睡觉之前，我们冲了个澡，然后湿着头发叠躺在床上，在车里窝了这么久后总想要充分占据空间。我的脸被太阳灼伤了。那顶点缀了五彩斑斓的玻璃珠的灯罩在微风中轻轻摇摆。床头板上雕刻的叶子呼应了弗里达周身的叶簇。一只纤细如灯丝的蜘蛛小心翼翼地穿过天花板，角落里一只壁虎正虎视眈眈。麦克斯的小胳膊小腿挂在我身上，占据了我。我真希望在这个房间里永远住下去，有弗里达、蜘蛛、壁虎和麦克斯相伴，而且知道鲸鱼就在附近。

我们第二天出海时，一对灰鲸正好在我旁边浮出水面。灰鲸母亲侧身托起灰鲸宝宝。我们的动作如出一辙，从船的边缘向下看的时候，麦克斯就倚靠在我身上。在它们呼气、浮窥，并最终沉入水中的这一套动作期间，我们两个都抚摸了它们。大约过了一个小时，没有再看见鲸鱼的身影，我们调转头朝着陆地的方向返回。小船里一片安静。我们看见了一个水柱，司机便停下了船，但是游过的鲸鱼并没有接近我们。我试着开启对话，但是其他人表情僵硬。从一片沉默中，我意识到了一个冰冷的事实，忽然明白了朱迪昨天午餐时间的话外之音，麦克和玛丽之前并没有意识到我和麦克斯会继续参加旅行的第二段。我仍记得车里的评论。或许他们认为这是一次紧张刺激的冒险，却有一个两岁的娃娃无忧无虑地跟着蹒跚而行。他们并不想我们在这里。

我轻声唱歌，来屏蔽这些念头。"我年轻的爱人对我说，我的母亲不会介意……"这是我的爱尔兰外婆喜欢的歌，妈妈经常在厨房或是在路上开车时哼唱。才唱了几个乐句，游过我们的那个身形停下了，并在船前缓缓回过身来。它游回来了，在我和麦克斯的身旁徘徊。我沉浸在它们溅起的水花中，这奇怪的血缘关系让我迷醉。又有几头鲸鱼游了过来。我真希望我们可以一同在水里游泳，与它们一同离开。

"明天船上不会有救生衣。"我无意中听见了多恩在晚饭的时候对麦克说的话。我竖起耳朵努力捕捉更多信息，然而这个晚上是嘉年华之夜，我们所在的餐厅在沸腾狂欢。这个下午的气氛已经够紧张了。上午第一程返回后，风力渐强，于是多恩取消了下午的出游。在开车回洛雷托的路上，他回答了麦克早前问他的问题，给整车人讲他的亚洲女朋友们，还抱怨西方给亲密关系中的年龄差距贴上了污名化的标签。

朱迪在吉普车里凑过来。"多恩真让人恶心。"她在我耳边低声说，"你们和鲸鱼的接触那么多，其他人都气坏了。"朱迪挑起了眉毛。

"这就是为什么他们这么不友好吗？"我回问道。

朱迪耸了耸肩。

在餐厅里，我尽量让自己的声音听起来轻松愉快，我问多恩明天是否会有儿童救生衣。对面墙壁的壁画里，两只画得色彩明艳的巨鸟正盯着我们看。多恩不知道。他说，如果有救生衣的话或许我可以让麦克斯凑合穿大人的。

"然后看着他从里面滑出去。"麦克嗤笑道。

我告诉多恩我不会让麦克斯没穿合身的救生衣就带他坐船出海，因为他不会游泳。

多恩的脸涨得通红。他看着我的样子，仿佛是第一次见我。

"听我说，多琳，你已经报名了这次旅行。"他的声音很大。他叫我到外面借一步说话。

"我需要你听**我**说。"我说话的音量足以匹配他的。我浑身发热，而且心脏正像发动机一样加速。这就是为什么我尽全力避免正面冲突。朱迪让我做个深呼吸。"你表现得这样咄咄逼人，我

147

是不会和你到外面去的。"我告诉多恩。

他停顿了一下，然后说："我脑子转得比较慢，所以如果有人对我咄咄逼人，我也很难控制自己的反应。"

"我们两个都需要冷静几分钟。"我说。多恩走到外面去了。

我曾经见过麦克斯下水，在他一岁的时候。那时候他正在一个湖边和我的几个朋友以及朋友的孩子一起，我正在齐胸高的湖水里游泳。他走过河岸，蹚进了浅滩。我看见他朝我走过来的时候，还在对我微笑。

"停下，在那里等着我，亲爱的。"我一边呼喊着，一边尽可能快地克服水的阻力游向他。我的脚在黏滑的卵石坡上寻找着力点。麦克斯还在继续往湖里走过去。到了我可以跑起来的深度，我看见他失去平衡径直沉下了水，就在此时河岸上的一个女人扑通一声跳进水里到他身后，把他捞了起来，然后把他放进我张开的双臂。

"她到底怎么回事？"事后我听见那个女人和她的丈夫说，"她怎么不快点做出反应？"

我试着解释在石头之间移动很困难，又接着说看见麦克斯朝我向湖里走过来时我有多害怕。

"哦，但是他做得太好了。"她说，"看见他勇于尝试真是很有意思。"

麦克斯沉到水里时的脸一直在我眼前挥之不去，自那以后，我再也没有让他在不穿救生衣的情况下靠近水。

"你们觉得我是在无理取闹吗？"我问朱迪、玛丽和麦克。

"听着，"麦克说，"那条船是不会沉的。没有人会让他掉到水里。"朱迪说不行，他需要穿上救生衣。玛丽说这要看我的决定，我不一定要出海，我可以要求退款。

"你要相信自己，拖着一个两岁的孩子到处跑已经让你筋疲力尽了。"朱迪说。

"不要把自己弄得不高兴。"麦克说。

我想知道如果我是个男人带着一个孩子旅行，这段对话会有多少不同。我想知道如果我是一个男人，或是我有个男性伙伴陪伴左右，整个旅程会有多少不同。在某一个令人欣慰的时刻，我想象我们的旅行伙伴是无敌浩克（绿巨人），幻想浩克抱起麦克把他扔来扔去。

多恩回来了，说他会为第二天出海找到救生衣。他告诉我们早上在洛雷托港集合。

清晨小镇苏醒的时候，我和麦克斯睡眼惺忪地走到码头。我们看着鹈鹕用喙捯饬自己，它们看起来就像是在用巨大的剪刀喙修剪腹羽。其他人一起乘出租车到达。多恩带着一堆救生衣出现了。

"均码。"多恩把麦克斯的救生衣递给我说。这是成人均码，和我的一样。

朱迪自告奋勇来帮忙，拿起绑带紧紧系在麦克斯腰间，麦克斯被勒得大声尖叫，然而救生衣还是到处跑。"瞧，我们好了。"

她说。

多恩建议如果麦克斯吵闹的话，我们就坐在后排。我松开救生衣的绑带，以免弄伤他，全程将他紧紧地抱在怀里。他吃过奶后睡着了。出海后我们看见了一头蓝鲸，它大得就像一条跑道在海面上横空出世。我们看不到水柱时，玛丽就向船上的驾驶员抱怨。我有点开始厌恶我们正在做的事情了，担心是不是发动机打搅到了鲸鱼。它们来到这里交配、生产，没有什么事情比这更加私密了。而我们却大摇大摆来到这里，在它们每次浮上水面来呼吸时都上前追赶。我们太大声了。船只划破大海，螺旋桨、发动机隆隆轰鸣。须鲸之间使用低频信号交流，而大型船只发出的噪音正属于同一个频带，于是我们的声音把它们淹没了。海洋的自由就是一句笑话，这句话仅仅意味着自由混战。

我试着想象宁静的海洋深处，充满了生机和秘密。麦克斯醒来了，伸伸懒腰，用他的小脚拉扯、轻触麦克的救生衣。麦克猛然转身，怒目而视。这是我和他最后一次共乘一条船了，我讨厌他。他转过脸去，但是我无法平复心情，所以我一直怒视着他的后背。你曾经也是个小孩，难道不是吗？带着孩子旅行，教他们沉醉在旅途中，而不是困在同样的四壁之中原地不动，这有什么错吗？凭什么女人一旦生育就被要求放弃这个世界？

在我十岁左右的时候，爸爸为我在阁楼尽头建了一个房间，就在毗邻的谷仓上面。农场上的工人曾经住在这个屋顶空间里，即便是到达这里都算是一场颇费周折的冒险。进入阁楼的入口需要通过我们楼梯顶端一大幅装有铰链的画作，你用手指在画的背面勾住一拉，这幅画就会向外打开成为一扇门。在我的房间里，我能够通过踩在木质地板条上的脚步声分辨出是谁爬进了阁楼，地板条未曾上漆，超过一个世纪的农场灰尘赋予了其暗淡的灰褐色。我爸爸的步伐沉重有力，节奏迟缓。他会在他的工作台前花上几个小时，整个空间里只有一个悬挂的灯泡照明。他会砰砰敲打物件，上漆，抛光，除锈，并与塞进一副巨大老虎钳钳口的金属艰苦角力。每个周末他都要去打靶场，所以周五他会在这上面熬到很晚，为他老旧的步枪制作子弹。这些噪音和气味都足以抚慰人心。火药、油漆、石油溶剂油、WD-40[1]、润滑油和 Swarfega 强力去污洗手液。哒、哒、哒……

　　我母亲的脚步声更轻快急促。她可能心情愉快，过来宣布我们要去夜泳，也可能是说电视上正在播放大卫·爱登堡的纪录片或电视剧《年轻人》（*The Young Ones*）。但是更常见的情况是，她怒气冲冲地爬上楼梯，有时我都已经躺在床上了。如果她是希望我把碗洗了，那至少我还能去做，但她有可能只是想数落我。我猜她应该是希望把我塑造成一个更惹人喜爱的孩子。我在自己的房间被逼到了绝境。我试图藏到床底下，但是那样只会招来她的蔑视。

---

① 一种多用途润滑防锈石油制剂。——译者注

"生活不会给你第二次机会，你是知道的。"她会这么说。

在这一通激烈的演讲进行期间，我一动不动，眼睛直直盯向前方，尽量让自己脸上看不出表情。那样的话，就没有任何能让她抓住大做文章的东西。我的自我封闭也会进一步激怒她，但是我一旦封闭自己，我就被困在里面了，即使我想要敞开心扉，也无法走出来。我一动不动，直到传来渐行渐远的噔噔声，那标志着我母亲的脚步终于走下了楼梯。

其他孩子过来的时候，她看上去都很开心，还经常唱歌。然后她会为我们烘焙，直到整个厨房被糖霜包、苹果挞、司康和面包挤得满满当当。

还有书。客厅里满是堆成不稳当的高塔一样的一摞摞大部头，她如饥似渴地读这些书。书能够与她交谈。她每天会把背诵诗歌作为讲话的一部分内容。她敲门时可能会说："'屋里有人吗？'旅人说……"[1] 出发去商店时，她可能会神采奕奕地开始说："我现在就要动身出发……"[2] 她在爱尔兰从修女那里接受的早期教育文学气息浓厚，丰富多彩。

"我们将叶芝、弗罗斯特、杰拉尔德·曼利·霍普金斯这些**伟人**的大作烂熟于胸。"她说，"这就好像在你的头脑里拥有非常昂贵的家具。"她还试图将我的头脑也用同样的方法装点起来。

---

① 出自英国诗人德·拉·梅尔的诗歌《月光下的谛听者》。——译者注
② 出自爱尔兰诗人叶芝的诗歌《茵梦湖岛》。——译者注

我母亲在八个孩子中排行第七，我们在车里无聊的时候她经常回忆起自己的童年时光。她和她弟弟帕特里克很亲近，她还有一个最喜欢的哥哥会给她读《丹迪》漫画，并让她坐在自行车的车把上。我差不多十二岁的时候，也了解了她更为晦暗的回忆。她在整个童年里都一直"受到骚扰"。当母亲提及此事，她的声音和眼睛都会沉下去。她说，她那个叫杰克的哥哥和另外一个男孩晚上会从她的卧室窗户爬进去。有的时候，她在放学回家的路上会发现有一个男人等着她，那人是家里的朋友。她告诉我，杰克在我很小的时候就已经离世，他患有精神分裂症，后来因卧轨腿部严重受伤，需要截肢。

　　我不知道外婆是否知道这些事情，但是当母亲最终向另外一位男性亲戚吐露秘密，寻找合适的词语描述此事时，那位亲戚说她疯了，胡乱想象些没有的事情。在她谈起这些时，我几乎听不见她的声音。

　　得知妈妈在儿时就遭受着痛苦，我站到了她的一边，也试着变得乖巧听话。我会在夜里走下楼打扫厨房，这个方法在各类女孩指南中都被提到过。这激怒了她。"你想成为圣人，是不是？"如果我默不作声，那也是不可以的。母亲憎恨沉默，她说这让她想起过去生活中那些男的。

　　一天，一位高个子的陌生人前来拜访。我记得他站在院子里，妈妈不让他进门。她后来告诉我，他们早在孩童时期就已经认识对方，他漂洋过海前来，是为了道歉。

我仅仅见过我的爱尔兰外婆一次。她那时已经八十多岁了，耳朵也失聪了，但是仍然在农场上辛勤劳作。我们去爱尔兰参加盛大的家庭重聚活动。当时有大约二十位亲戚，有的甚至从加拿大远道而来。外婆忙得团团转，查看炉子，往饭桌上放上高高的一大锅炖菜。她仔细清点过孙辈的人数，所以尽管害羞的我最晚到达饭桌，也特别为我安排了一个位置。我立刻爱上了她，尽管我表姐莎莉把橙汁洒到了炖菜里时，外婆叫她全都吃完不许浪费食物，还说不管怎么样最后都会在胃里混合起来。我赞同地点头，而莎莉则对着盘子大哭。

　　她的农舍在山谷里半隐半现，而我对俯瞰着农舍所在山谷的群山里流传的神话和传奇都没兴趣，外婆本人已经足够传奇了。她的父亲是一位渔民，而她曾越过大洋。母亲告诉我，外婆在结婚之前，曾去过美国，还找到了一份管家的工作，赚了一笔钱，赔了，后来又赚到了一笔钱。我注视着外婆身穿粗花呢半裙在房子里四处走动的身影，试着想象自己置身于她的世界之中，理解变得如此坚强是什么样子。

　　妈妈告诉我，外婆并非一帆风顺，她是在一次秘书考试失利之后，被自己的母亲送到美国去的。曾外祖母显然品行坚忍。在她只有三岁的时候，她的父亲死于一场农场事故，而当时她的母亲，也就是我的高外祖母，独自带着六个孩子，因为不能及时交上租金就被驱赶出门了。世世代代的母亲们都在奋力保护孩子们的周全。

我有一段在浴缸里洗澡的记忆，那时候我大概七岁。我洗澡的时候玩一大把帽贝贝壳，每个贝壳上都用特殊的金属银毡头笔画上了笑脸。母亲坐在浴缸旁边。她正在用平静的声音告诉我，她没有要之前的那个宝宝。我想象出了一个大一点的女孩，但是看不见她的脸。母亲对我说了一些关于浴缸的事情，似乎是说浴缸没法用。我喜欢她轻声说话时的嗓音。我当时扑通一声把一个贝壳掉在水里，与此同时我在想，她是在说我的浴缸吗？我的浴缸还好好的，里面很温暖，满是泡泡和贝壳上友善的笑脸，浴缸把我和母亲拧海绵的手都清洗得干干净净。她提到毛衣针，于是我在浴缸里开始思考毛衣针的事情，想象用一根毛衣针戳破泡泡。这段回忆蒙上了一层雾，有时我会怀疑这一整段记忆是否真实存在过，不过我仍然能够感觉到那个浴缸，感觉到它的温度，以及浴缸里的水在慢慢变冷。母亲还在说些什么。你留下了，她说，你没有放弃。我知道我的出生耗费了很长时间。她说的是这个吗？她对我微笑，一个大大的微笑。母亲拔起浴缸塞子时，我护送我的帽贝小人到浴缸尾端，远离出水口。

　　"你是我爱过的第一个人。"在我十五岁时她这样告诉我，"在你来到我身边之前，我受到的伤害太深。"爸爸说不管什么时候只要有一个宝宝，她就会变得不同于以往，变得平静，而我也喜欢想象她对婴儿时期的我的喜爱，即使随着时间推移，我也逐渐想明白她对姐姐和弟弟的爱与对我是一样的，甚至更多。她经常无法忍受我这个"看上去像大猩猩"的异想天开的假小子。她给我买了一件粉色的工装裤，我从树上掉下来的时候它被铁丝网划破了。她还给我买了印有史努比狗的白色套装，我坚决不穿。但是，我已经融入了她的身体里，决定要将世界改造成她满意的样子。而没能成为她心目中的样子让我感到无比痛苦。

我家的房子旁边有一排废弃的猪圈，其中一个猪圈里有一台冰柜。在我高中的第一年，十六岁时，一天放学回家的路上，我买了一盒草莓冰淇淋，吃了一半想把剩下的一半放进冰柜。我握住把手想打开冰柜的盖子，但我的手不由自主地紧紧攥住了那块金属，仿佛永远都松不开了似的，我瞬间被拉到了冰柜顶部，或者说我是被抛上去的。冰柜是带电的，而我像磁铁一样被盖子吸住了，动弹不得。我尖叫不止，但是隔壁我姑姑的谷仓里有一台土豆分选机正在隆隆作响，盖过了我的声音。我慢慢地沿着冰柜的长边颤抖着移动，直到接触到了冰柜边缘摔了下去，我的手猛地一扭，恢复了自由。虽然动作颤颤巍巍，但我还能够站起来慢慢走动。我在家里找到了母亲，她正梳妆打扮好要出门，脖子上挂着五颜六色的珠子。她是要去见一位朋友。

"我刚刚被冰柜吸住了，脱不开身。"我结结巴巴地说。她出神地想着别的事，明显是要迟到了，短暂地听了一下就说她必须得走了。她钻进轿车，开上马路离开了。

那天晚上，她把冰柜的事情跟我父亲说了，他把冰柜修好。第二天我向物理老师波特先生详细讲述了整个事情的经过。他解释说，当我触碰到了金属，240伏的交流电便从我的身体中流过，压过了从大脑发出的电脉冲，导致我的拳头及整个身体每秒钟屈伸五十次。那就是为什么我会颤抖并沿着冰柜移动。他说，我很幸运，年轻又健康，很快就摔下去了。

我喜欢波特先生。他曾经说我为了确定冰的熵而设计的实验极富创造力，是他见过的最棒的设计。他也说过他因为我从不微笑而为我担心。

天蒙蒙亮的时候，我和麦克斯走出汽车旅馆，旅行团里的人还在睡觉。天空是粉色和橘色的，下方的水则是温柔的银灰色。在港口，万里晴空与破碎的岩石防波堤相接，防波堤上停落着长脖子的鸬鹚和暖棕色的鹈鹕。水面正在和风热烈地交谈。我感觉天越来越长了，但是我心神不宁，想起了我的朋友艾琳娜在我旅行前说的话。艾琳娜是意大利人，通晓多种语言，她为了制作纪录片曾经深入墨西哥贩毒集团。我们是在新闻学校认识的。

"不论你做什么，你一定不要在墨西哥迷路，亲爱的。你不会说西班牙语，需要一位向导。你甚至不能**表现出**迷路的样子。如果你看起来像是迷路，麦克斯就会被绑架。"我想起了在工作培训中讲到，风险恶化时根据处境进行报道。指导老师说，总是要提前计划好一条逃生路线。我扫视这个港口，寻找我可以呼喊求助的人。

头一天晚上，朱迪来到了我的房间。她说，多恩告诉整个旅行团的人他不是保姆，并且要建议我找一个保姆。晚饭的时候，麦克斯需要更换纸尿裤，因为餐厅的洗手间坏了，餐厅员工安排我去了隔壁的生态旅游中心。两名微笑的男子在前台向我们挥手示意了洗手间的位置。当我们要出去时，他们自我介绍，说他们是赫克托和赫苏斯。我看见了机会。是的，赫克托说，他们有儿童的救生衣。是的，我可以第二天乘坐他们的观鲸船出海。

"我有一条船，"麦克斯自豪地说，"我的船是红色的。"

"那明天你可不可以带上你的船一起过来，给我看看？"赫克托问过麦克斯，然后对我说，"七点钟在码头见。"我已经告诉了其他人接下来的团队活动我们要请假。没有人说什么，多恩也只是耸了耸肩，所以我没有透露我的新计划。一时间我松了一口气，但是现在我又不禁开始怀疑起来，我这样变换旅行团是不是在愚蠢地冒险。或许我们就应该老老实实待在陆地上。

七点整的时候，赫克托过来了，从一辆后面载着一条船的卡车车窗里向我招手问好。对遭受绑架的恐惧消失了。与他们共乘一辆车的还有从蒙大拿来的灰发朋友埃莉和黛安娜，她们身材健美。黛安娜问可不可以帮忙拿麦克斯的玩具船，埃莉则询问能否拉拉他的手。我们慢慢地驶出港口时，赫克托把麦克斯抱起来，以便更清楚地看到从我们一侧游过的海豚。它们是蓝色和灰色的，闪动着液体般的光泽，在船尾下方顺水而行，转过来侧着身子抬起头好看清我们。我指向昨天我们看见鲸鱼的地方，赫克托当时正在无线电台上说着西班牙语。当我们靠近蓝鲸觅食地的时候，我看见我们团的一行人正在他们的船上。我热情地挥手。赫克托把船开到跟前和驾驶员搭话。

"你在那里干什么呢？"玛丽大声喊着。

"享受美好的时光。"我大喊回去。朱迪向麦克斯挥手打招呼。麦克没有看我们。

大海看起来像是一个凸面，仿佛是要从这个世界溢出去。这里周围全是蓝鲸和长须鲸，还有座头鲸的双股喷水柱。有一头蓝鲸名叫卡拉巴扎，在西班牙语里是南瓜的意思，这源于它尾部白色斑痕的形状。它出现了有三十年了，他们认为它是雄性，因为从未看见过它和幼崽一起出现。卡拉巴扎呼吸了七次，然后竖起尾鳍潜入水中。我注视着那庞大的身躯和肌肉消失在水中。

"游个泳，妈咪，像鲸鱼一样。"麦克斯说。我放声大笑，但是赫克托听见了他的话冲我点了点头。

"真的吗？"我问。

"我们会看着麦克斯的。"黛安娜说，"没问题的。"

我环顾四周，没有鲨鱼。埃莉和黛安娜之前聊到黛安娜已成年的女儿时所说的话，让我感觉能放心地把麦克斯交给她们一整个星期。我如果现在不去游，以后一定会后悔一辈子。我迅速地脱掉衣服，只剩下 T 恤和短裤，在改变主意之前赶紧从船舷处跳入水中，以蛙泳的姿态游到尽可能远的距离，并且用尽我肺部的全部力气大声喊出"爱"，我游到了卡拉巴扎可能会在的位置。通过头骨颤动感受到的遥远的汩汩水声就是我所能听到的全部内容。

与卡拉巴扎的耳朵不同，人类的耳骨在空气中可以高效地探测到震动，在水里却不行。不过我的听力本来也是时好时坏。在五岁的时候，我的听力部分丧失有一年时间，直到安装了人工鼓膜。在我模糊的记忆里有一个消音的、轻声细语的世界，这个世界里的声音像尖钉一样从边缘入侵。我母亲过去常喜欢讲这段故事。我已经通过了所有嘟嘟声的听力测试，但是当她在诊所站在身后叫我的名字时，我毫无反应。当她大喊时，我才会回应。直到那时，医生才相信了她。我的一部分感觉这种水下的静默十分亲切，令我舒服自在。

　　对于鲸鱼来说，听力就是一切。人类是视觉动物，但是鲸鱼栖身于一个经常见不到光的世界之中。聚集在一起时，触觉为先，当它长途迁徙和狩猎时，则主要靠声音和耳朵。海洋里有一个大洋层叫作深海声道，最适合传递鲸鱼的呼叫，它们的对话可以在由海洋温度和压力决定的不同水层之间回弹，并且可以传播数千英里之遥，向上呼喊，向下呼喊，尖叫声、咕哝声、咆哮声、低吼声、打嗝声、心跳声，又或许是鲸鱼宝宝对母亲的咿咿呀呀声。

　　野生鲸鱼的最早录音是 20 世纪 50 年代由威廉·谢维尔录下的 [1]。他当时在美国海军从事与潜艇声呐相关的工作。军方怀疑他们听到的低频哔哔声是苏联在尝试定位美国潜艇时发出的，威廉·谢维尔向他们保证那声音来自长须鲸。在 1970 年，生物声学家罗杰·佩恩的《座头鲸之歌》一经发布，鲸鱼的歌声就在陆地上出人意料地引起了轰动。科学家曾录下一头北太平洋露脊鲸在白令海里唱歌，有枪声、低吟、啭鸣。幸存的露脊鲸少之又少，我们不知道这是为同类而唱的歌声，还是为了寻找一位同类而发出的呼唤。有些鲸鱼还有区域性方言[2]。抹香鲸是群居动物，当它们穿越数千英里的海洋时，会通过对方的叫声辨别它们的身份，年幼的抹香鲸从成年抹香鲸那里学习独特的发音方式。据海洋生物学家和抹香鲸专家霍尔·怀特海所言，抹香鲸生活在庞大的、多元文化的海底社会之中。与之类似的还有大象[3]，再有就是我们人类。

我游泳的时候想象着卡拉巴扎游到在我下方某个很远的地方。我们的身体分别属于鲸鱼和人类，却共同使海洋涌动高涨。从那七次呼吸之中，他已经吸入了好几卡车的空气，然后随着尾叶的一弹，就沉入了黑暗之中。他有可能听到我吗？他可能用低沉的音调呼唤，这种低音能够在海底峡谷之间回荡，传播数百英里远。他或许听力受损，可能在人类用地震勘探的方式勘探化石燃料时遭受了气枪的袭击。这些射出的声波穿透海床，有时能达数百公里之深。勘探测试会持续数月之久，一分钟能有数次。我们难以证明鲸鱼受到了何种影响，要对此开展研究十分困难。但是据说气枪能够粉碎大王乌贼体内的器官，这是从冲上岸边的大王乌贼身上发现的[4]。在西太平洋灰鲸的夏季觅食地库页岛周边的海域进行地震勘探期间，研究人员观察到它们的躲避距离可达二十四公里，呼吸模式也被打乱[5]。气枪会杀死远在四分之三英里开外的浮游动物和它们的幼虫[6]。在模拟实验中，扇贝会承受更高的死亡率，并且可以看到它们在后退躲避那个声音[7]。一旦发现了石油或天然气储藏，会有更多船只前来打扰，还会铺设管线，开始钻孔。弓头鲸和灰鲸这两种鲸鱼都改变了迁徙路线，以避开工业噪音[8]。当有轮船和小型船只在周围的时候，灰鲸的发声更加频密，若是有聒噪的舷外发动机，灰鲸的呼喊也更加大声[9]。换言之，它们不得不大喊大叫。

利用中频反潜艇作战声呐的海军演习与喙鲸的大批搁浅相关[10]。这些鲸鱼似乎暴露于声呐演习四小时之内就死亡了，伴有大脑和心脏这类重要器官的大量出血。美国政府承认"美国海军舰船上的战略中频声呐"是"此次声学创伤或刺激创伤看起来最为可能的来源"[11]。低频声音技术也被用于监测海洋变暖。这些测温实验恰恰使用的是深海声道，也就是鲸鱼沟通交流的热线频道[12]。即便是在评估我们的所作所为带来的损害时，我们也在制造噪音。鲸鱼啊，这个世界不会为你们变得更加安静。

我悬浮在这里，成为科尔蒂斯海的一部分，被沉默笼罩着。接着我注意到了下方一个影子。那是鲸鱼的形状。恐惧席卷全身。我朝着光亮的地方疯狂地踩踢，向小船的方向努力拍水，匆忙爬上了甲板。我听见麦克斯正在和黛安娜叽叽喳喳地说话。

"是的，"她说，"和巴士比起来，我也更喜欢火车。"

我双腿颤抖着向船外看，才意识到压根儿没有鲸鱼，我看见的不过是小船的影子，被太阳卷进深不可测的绿色之中。

"你看起来容光焕发。"黛安娜说。我当然感觉到自己焕发了活力。我的身体因肾上腺素飙升而兴奋。一直以来我都希望能够和鲸鱼同游水中，但是我所有的浪漫思绪都消失不见了。如果一头鲸鱼觉得我讨厌，或者不小心用尾巴拍到我怎么办？我滔滔不绝的话语就像是猴子的喋喋不休，并不在鲸鱼的曲库里。不论在心目中我多么一厢情愿地想象我们有何种联系，我们的祖先都做出了不同的决定。在这里，在鲸鱼的世界里，我手足无措。

绳梯将我的卧室进一步升级为了冒险者天堂。爸爸从拍卖会上拍得了许多东西，这个绳梯就是其中的一件。

"多琳，这可能适合你的树屋。"他说。我们现在卧室不足，父母睡在客厅的沙发床上，这样一来我就不可能在出入房屋的时候不被发现。绳梯的出现改变了这一状况。它有厚木板做的横档，由结实的浅蓝色绳子打上结穿起来，可以轻而易举地套在铸铁床架上。绳梯挂出窗外后，几乎可以够到花岗岩墙体底部。我可以像蜘蛛侠一样爬下去，在最后一小截高度一跃而下，跳到房子后面的小道上。接下来，我就可以悄无声息地溜走，尽量不要踩得碎石嘎吱作响。

我和乔希最爱四处闲逛消磨时间，要不然就是到我的地盘去。我并不经常被回请去她家。乔希的母亲说我是下等人，乔希也对我如实相告。她母亲不认可我光着脚到处乱跑的行为，还说乔希回家时已经忘记了她本来得体的举止，其实乔希和我不相上下，可能还更野。我们有时用公共电话打给家长说我们会在对方家里过夜，然后就可以自由自在地在外面度过整个晚上。我们一起攀登——就是字面意义上的攀登——在这个小岛上的墙、悬崖和被小岛居民亲切地称为"大石"的泽西岛的外缘。在一个大风天气，我们竟一不小心从格罗斯内斯悬崖顶部的青草地上滑了下去，这个地方位于泽西岛的西北角，有中世纪堡垒的遗迹，面朝一处三四层楼高的陡坡。波涛汹涌的海水啧啧舔食着下方尖锐的岩石。然后我们安静下来，全神贯注，紧贴着悬崖侧壁，慢慢地、慢慢地向旁边挪动，焦急地摸索着岩壁，生怕抓空或再次踩空。我们一寸一寸地向上爬，抓牢的同时又不能太紧，以免让本就不稳固的岩石支点移位。

"真是好险。"当我们重新爬回到悬崖顶时我说。

妈妈开车送我的朋友们回家时，我们就站在绿色雪铁龙戴安的后座上，轿车的顶篷被卷起收到后面，车转弯时我们就向前倾。当她带领我们用最高声唱起爱尔兰歌谣时，轿车轰鸣着、回响着。有时爸爸会用摩托车和边上的挎斗载我们，挎斗能紧紧巴巴地挤下两个孩子，过弯道的时候偶尔还会惊悚地侧翻过去。他从一次拍卖会上带回了黄色和蓝色的助力车，于是我们骑着这几辆助力车越过山坡，绕过田地，直到车子坏掉。我和朋友们曾经沿着蜿蜒数英里的浑浊溪流一路匍匐前行到海边，经过花园、田地和树林，在葡萄适能量片的作用下情绪高涨，一路高歌。我们一整天都由这条小溪引领着前行，在最后，已经摆脱了人类世界，成为淤泥里尖叫着闪闪发光的泥巴变形虫。这一切毫无意义却美妙非凡。

在我十五岁左右的一个夏夜，父母的朋友们在家照看我们几个小孩，我和乔希从我的窗户里爬了出去，爬下绳梯。空气里有一丝凉意，所以我们穿上了外套。我们步行到海边，沿着海岸散步、聊天、打水漂、爬过岩石，最后到达了一处叫作勒奥克的岬角。

我们一致认为这个时候游泳太冷了。涨潮时海浪的起伏和嘶嘶声能够抚慰心灵。我们在海堤旁的岩石边缘垒砌了卵石枕头然后躺下，后来又四处溜达消磨了许多时间。

我说："不管干什么，我后背都有一颗鹅卵石。"

"那些卵石太大，太粗糙了。"乔希说，"沙子又太湿了没法儿睡上面。"

我们步行回家，唱着苏珊娜·薇佳、鲍勃·马利的歌，还试着模仿汤姆·威茨的低吼。到家时已经过了午夜。

绳梯消失不见了，我的卧室窗户也关上了。难道是照看我们的人发现了我们的逃跑路线？还是妈妈要给我一点教训？我们检查了户外的厕所，查看钥匙是否在我们常用来藏东西的绿色惠灵顿雨靴里，结果并不在。于是，盖着谷仓里带着霉味的毯子，我们裹着外套并排蜷缩在黑莓那片牧场里潮湿的青草地上。她啃食青草的时候十分靠近我们，听起来好像在吃我们的头发，然后又发出喷鼻声。

"你看见了吗？"乔希说。

"什么？"

"那边，靠近猎户座腰带的位置。"

"我什么都没看见。"

"看！一颗流星。"

我目不转睛，许愿可是我的拿手好戏。"那可能就是个卫星而已。"但是几秒钟之后，又出现了一颗。流星出现的速度加快了，越来越多。我吃惊地目不转睛地盯着这些星星，从黑黢黢一无所有的地方坠落，朝着我们落下，而我们所躺的这片草地现在成为了最完美的观测点。流星一颗颗坠落，实在是太多了，我们不再许愿，也不再数数。满眼都是星光点点，我感觉自己的思维扩展到了无限的宇宙、暗物质和光之中。我意识到，我们全都是一种东西，星星、地球、黑莓、乔希和我，全都由相同的东西构成，只不过是组织形式不同罢了。

"乔希！我们都是星星做的。"

"宇宙，人类。"

正当她哈哈大笑的时候，我抓起一把青草扔向她。

我们后来肯定是睡着了，但是这场流星雨整夜都在我的脑海里萦绕。多亏了绳梯，多亏了被锁在外面。我许下的愿望足够这一生用的了。

我接受不了在返回美国的路上和麦克同车三天。我早起第一件事就是告诉多恩，旅行团离开的时候我和麦克斯要留在洛雷托。我微笑着，尽量让自己听起来轻松随意。我和朱迪一起走去吃早饭，她伸出手去拉麦克斯的手。

"我昨天晚饭的时候了解了事情的全貌，"她说，"麦克告诉我说他不能忍受小孩出现在他的视线里，麦克斯在这里毁了他的旅行。"

"那他自己的孩子呢？"我问。

"我也是这么说的，然后他只是说：'这个嘛，他们现在已经长大了。'我以为你误会了他，这有点讨厌。"

"我没想毁掉任何人的假期。"我说。

在餐厅里排队等早餐的时候，我告诉其他人我们要在这里对他们说再见了。玛丽问我有什么打算。我的回答含混不清，因为我完全没有头绪。多恩对整桌的人说他有一个朋友在这片区域神秘失踪。我表现得不为所动，掩饰了我因此而感到的害怕。我用膝盖挠麦克斯的痒痒，弄得他又扭又叫。这一次旅行他表现得很好，然而麦克不管怎样都会讨厌我们。多恩清了清嗓子，问我是什么让我决定留下。

"这里看起来很不错。"我听起来简直太荒唐了。我没有如实说出我感觉既不自在也不安全，因为我们很明显是不受欢迎的。

"你是和什么人在一起吗？"他问。

"没有。"

"既然你还没有具体计划，我感觉有必要告诉你，一个女人在下加利福尼亚独自旅行是很危险的。"他继续说起他那个朋友的故事，这位朋友从格雷罗内格罗乘坐面包车离开。这辆面包车后来找到了，在路边被烧毁，车内还有一具烧焦的尸体。我说那太可怕了，但是多恩不必为我们担心，我是一名经验丰富的旅行者。我的嗓音尖锐。他们坐在吉普车里倒车离开停车场时，我仍然挥手道别，并且因为真心高兴对他们报以发自内心的微笑。麦克斯给朱迪打了一个飞吻。

回到房间，我打开笔记本电脑，立刻用颤抖的双手订了下一班尚有余票的飞往洛杉矶的航班。离飞机起飞还有两个半小时，汽车旅馆的经理帮我叫了一辆出租车。接下来就是疯狂地打包收拾。麦克斯有样学样地打开迷你帆布包，把他的闪闪和我在格雷罗内格罗买的一套鲸鱼迁徙拼图塞了进去。我找不到我的抹香鲸雕刻护身符了，我买来作为礼物的鲸鱼钥匙链也都找不到了。

"鲸鱼都跑到哪里去了？"我绝望地询问弗里达的自画像。

"在**我滴**书包里。"麦克斯说。出租车到达旅馆小楼外面的时候，我们刚刚收拾妥当。开车前往机场的这一路风景让人叹为观止。岩石和天空，还有颜色斑驳的褐色土地飞驰而过。我们经过了一片仙人掌，这些仙人掌的排列方式让它们看起来像是路边的马拉松跑者。在机场的出发大厅外下车时，我直接递给司机一捆钞票，没有等司机找零就冲下车去。我一只胳膊夹着麦克斯跑进了机场，大包小包和车载安全座椅在婴儿车上对称放着保持平衡。

我们起飞的时候，科尔蒂斯海在下方闪着亮蓝色的光。飞机转弯时倾斜机身，一侧机翼向海洋的方向倒去，另一侧则直指云霄。我感觉整个世界颠倒过来了，水面的美直涌向我将我淹没。我对卡拉巴扎做沉默的道别，想象它就在下方，并在呼吸时将我的感谢一同吸入身体。我想到了灰鲸母亲和幼崽。它们一定是离开潟湖了。随着它们游到更深的水域，我对它们的担心就像对它们的爱一样难以抑制。

乌特恰维克：归属

北纬 71° 17′ 26″

西经 156° 47′ 19″

　　穿越海冰时，我坐在比利的雪地摩托后座上，看见了光线变化，天色暗下去了一点。空气是白色的，能见度极低，而且一路颠簸。卡里克捕鲸队队员的车队在我们前方时隐时现，散落在这条道上，就像是五线谱上的音符。划桨的皮艇和那条铝制追鲸船看起来已经在水上了，在雪橇旁漂浮着。大风咆哮着横扫过我们这一队人马，为我们扫清了视线。我借来的羽绒连指手套和兔子靴防寒效果极佳，能够扛得住零下五十摄氏度的低温。我猜在这阵大风里我们很可能已经接近这个温度了。我穿了三双袜子，戴了三双手套，还穿了好几件保暖内衣、羊毛裤和滑雪裤。然而让我免于冻死在这里的还是茉莉亚借给我的羊毛皮大衣，当然还有比利，我的脸紧贴着他的后背免遭寒气侵袭，若是我在他身后四下窥探，那股寒气就会直接刺透我的巴拉克拉法帽和滑雪镜。太阳低沉的角度和春天时一样，将整个世界变为蓝色。我的身体很暖和，但是刚一想到我们行进的冰面下方静静涌动的海洋黑暗深沉，我就全身发冷。

"小心裂缝！"比利大声喊道。整个捕鲸队时时刻刻对那些我察觉不到的信号保持着警惕。他们全都从小就开始狩猎，熟知冰的每一种形态。与这些专家为伍，我的自理能力几近于无，我甚至不会说能够准确描述这片地貌的语言，我的地位沦为与幼童相当。

Tuvaqtaq，即海岸带坚冰，与海床紧紧相连，而陆地的概念早已被远远抛诸脑后了。比利调转雪地摩托呼喊招手的时候，我的脸和手已经麻木，仿佛不长在我身上了。队员们绕回来。一名男子已经停下来，正在检查他一路拉过来的装得满满当当的雪橇。雪橇的滑板在来时的小道上翻越一处陡坡时颠坏了。船只在每一处 ivuniq，也就是冰脊，攀爬下落时几乎是竖直的了。没有检查雪橇滑板一定是某人的失职，而且被迫停留会让脆弱的我们暴露给严寒、北极熊，以及海冰上可能会出现的其他威胁。我的旅伴们并没有去指责谁。他们形成了一个团队，一同顶着震耳欲聋的大风修理雪橇的滑板。他们搭起了一个帐篷，将雪橇上的东西卸下检查损坏的部位。我在一旁观看。范向我打手势示意我应该到帐篷里去。

"我能帮忙。"我愤愤不平地大喊。气流的尖鸣声盖过了我的声音。没人能听见我说的话，于是我向伊拉伸出手，他正拿着锯子。伊拉迟疑了一下把锯子递给了我。一些队员怀疑地注视着。我尽了最大努力去锯这个开裂的滑板，几分钟后把工具还回去了。一些本来警惕或充满敌意的队员脸上的表情缓和了。范自打我们听见电台中的通知后就一直无视我，也没有查看我能否搭上车就匆忙离开了，现在他对我肯定地点了点头。雪橇修理好以后，队员们回到了各自的摩托上。

"赖利，带着皮艇跟我走。"范拖着载有铝制小船的雪橇大声喊道，"多琳，和比利一起。"

"你还好吗？冷不冷？"比利开动发动机前大声喊道。

"都挺好。"我嚷嚷着回应。

"抓紧了。"

我抓住他，但是不再像之前一样把比利的毛皮大衣攥得那样紧了。

经过数小时的跋涉，我们到达了冰间水道，这条水道将海冰一分为二。一道刺眼的白色将上方和下方的世界合为一体。那里没有棕色，没有黄色，没有关于陆地的一丝一毫。这条水道如同一条灰色的带子，是唯一颜色不同的东西。表层的水在我们眼前凝固。而更远处有水翻腾，仍是液态，但总体上是冰占了上风。当雪横扫过时，我们迅速搭建帐篷。我目测水道大概有半英里宽，你可以看见另一侧。我跟着捕鲸队队员们四处走动，想帮上忙，模仿他们的动作。他们劈砍冰的边缘让它变得光滑，好为弓头鲸提供一个诱人的去处来呼吸。我得到了准许可以上前帮忙，用一根长杆把大块的冰用力推到一旁以便让洋流带走，但是没能做多久，因为范非常害怕我会失足滑倒跌落水中。如果掉进水里我必死无疑，不是被卷到冰下就是在短短几分钟之内被冻死。我寸步不离地跟着捕鲸队。

　　白色的世界，白色的帐篷，白色的毛皮大衣罩在我们的皮草外面。眼前的景象足以催眠。这白色是我们的伪装，防止鲸鱼看见猎人们。我们用大片的冰块搭起了一道屏障，竖起的冰块好似一排门齿。这排冰可以把队员们和捕鲸叉都掩藏起来，防止动物们从水下抬头往冰面边缘窥探。你在冰面上可以把人们看得清清楚楚，他们的动作，他们的意图，他们如何在这种空间中自处。这里没有施展阴谋诡计的余地。我感觉自己的感官已经被削减到了极致，努力地集中精力面对每一时刻的到来。这里的雪不会变得泥泞或是融化，它保持着柔软的、羽毛般的状态。我们用锹挖出一条小道方便在长凳和帐篷之间行走，帐篷搭在了离冰间水道六米远的位置，远离鲸鱼的视线。每个人都小心翼翼地移动，以保存热量。在这里，出汗不是件好事，因为一层层衣服之下的你会被汗水浸湿而受凉，双脚尤其需要保持干燥。

　　"Alappaa？你冷不冷？"是出现频率很高的一个问题。"Ii"代表是的；"Naumi"代表不是；"Utuguu"代表有一点点。

　　队员们在我拍摄他们的时候大声笑着，在水道的边缘跳着小舞,假装他们要跳入水中。范跪在一张驯鹿皮上,手握鱼叉角度朝上,指向水面。

"丙烷加热器,丙烷炉,熔化冰块取水。"赖夫在炊事帐篷里制作咖啡,表现得尤为快活。五个人躺在睡觉用的帐篷里。鉴于白天和夜晚并没有实际区别,这里的作息规律就是没有规律。漫长的一天昏暗下来,然后又变亮,周而复始。我不知道现在是几点钟。我们遵循的是狩猎时间,钟表毫无意义。任何一个点钟都有人醒着,保持戒备整装待发,观察天气和冰面,观察每一处移动、每一处变化。"这里的冰是冰川冰。"赖夫说,"很久很久以前已经形成的陈冰,是淡水,不是咸水。"他提议我可以去找点冰过来,发挥点用处。

范说:"去找看起来光滑的凸起,就像头顶上的大肿块一样。"这里的雪很厚,我陷下去有半米之多,但愿没有裂缝或是窟窿。我从雪橇上拿了一个鹤嘴锄,目光锁定了一个和缓的小丘,爬到顶上向远处俯瞰那黑黢黢的水道。我用手里的锄头击打小丘的顶部,鹤嘴锄的金属部位滑到了一边,只有一些碎屑叮当落下。我更加用力地猛击,嘴里念念有词评论着动作,给自己加油打气。鹤嘴锄弹落在地,什么东西也没有。我又试了几下,最终有一块冰松动了。在白雪之下,忽然闪现出蓝色,我找到了陈冰。我将锄头举过头顶,然后用尽全力砸下去,裂出了几片碎片。"别再和冰聊天了。"范大声喊。我最终堆起来满满一桶大冰块带回帐篷。赖夫递给我一个猪扒三明治,猪扒边缘带有一圈厚厚的脂肪,他和伊莱一同分担炊事工作。"素食主义者?"赖夫吐出了这个单词。眼前的东西和味道让我觉得有点恶心,我犹豫了片刻,但是看见他的表情后便接过三明治,谢过他,然后开始咀嚼,努力把注意力集中在咸味上,试着忽略脂肪咬起来的嘎吱声和肉的汁水。我用鼻子来通气,并尽快大口大口地吞下,在每一大口之间还啜饮滚烫的速溶咖啡。

范在冰面上放了一个指南针。若是指针的方向有任何变化,就是在提示我们,我们的营地已经脱离了陆地往海面上漂去。我乐此不疲地反复查看这个指南针。我还测试了我的卫星电话,给伦敦那边打去,然后再把它挪走放到帐篷里,将它抛诸脑后。当我在户外的时候,做任何事情都要思考和计划。在生存上,我需要小心北极熊、裂缝,以及指南针上出现的任何变化。在视觉上,我需要注意周围是否太亮,否则就会雪盲。呼吸时,最好背对着风。去厕所,或者更准确地说是到小冰丘后面释放自己,在极寒之中做这件事要想不走光或弄湿我的皮草,需要打起十二万分的精神确保精准。湿的衣物会结冰,所以我谨慎地蹲下身子,把大衣撩得足够宽,但又不至于宽到让刺骨的北极风灌进来。睡觉也需要经过深思熟虑。捕鲸队队员是允许睡在外面的长凳上的,但我不行。当我打瞌睡的时候,他们就命令我赶紧进帐篷里去。

"你会被冻死的。"范说,"你不是因纽皮雅特人。"在公共帐篷里找个地方睡觉也有一个习惯的过程。范的鼾声大得滑稽,尽管他开玩笑说伊拉的鼾声是最大的。

"她躺在杰弗里旁边。"有人在咯咯笑着，没有意识到我已经醒了。杰弗里和另一位队员各自为了出庭回过城里一趟，是关于和酒精相关的罪行。但是在这片海冰上，没有酒精。这里是远离酒精和毒品的圣所。

队员们说的是跳跃的如同断奏一般的因纽皮雅特音节，就天气所发生的变化和看见的东西在 VHF 电台里交换信息。他们描述着不断变幻的天气条件，有精准的具体单词描述冰的不同厚度和年份。大多数单词的发声位置似乎是在喉咙的后方，或是可以安全地在口中用舌头发出来，这样可以远离严寒。像"q"这样的硬辅音可以顺利传播出去。像今天这样等待的日子，并不需要大喊大叫。

"大家下午好。"VHF 电台开始播报。大家齐声说下午好作为回应。整个社区的精神都凝聚在这里，每个人都间接地是捕鲸队的一部分。"下午好，到莱维特基地领取糖果……莱维特捕鲸队好运，W-W 基地全体人员祝你们好运……Quyanaqpak（非常感谢）爱丽丝阿姨，也祝你的捕鲸队好运。"其间还短暂地提到了海象。范肩上扛了一杆枪，把枪放在船尾来保持平衡，他则低头朝着西边看向瞄准镜。

赖夫问："我看起来像个 tanik 吗？"他在我们到冰面上大约一周时回市里去看望女朋友，现在刚回来。"一个白人。"他为了让我听懂翻译出了这个词，"今天有人说我看起来像个 tanik。肯定是因为我棕色的工装背带裤。"他把帽子上的耳罩向下拽，说：

"一个真正的北欧佬。"

"我们怎么知道有鲸鱼过来了呢？"我问。赖夫咽了口唾沫，从嗓子眼挤出一口气，发出低沉的呼哧声。

"你会听见它们的声音，接着你就会看见黑色身影。然后这些家伙就会兴奋起来。"

"年纪大的大块头们听起来像是发动机，冰面会随之震动。"我无法想象这一幕，我不确定真的会有鲸鱼到来。

克雷格·乔治以及一大批科学家和原住民捕鲸人都认为弓头鲸极有可能是地球上最为长寿的哺乳动物[1]。雌性弓头鲸每三到四年产崽一次，孕期比人类要长三个月。弓头鲸寿命可能超过两百年，这让它们成为一台时光机。1981年，在阿拉斯加北岸最西部的村庄温赖特捕获的一头鲸鱼的脂肪里，人们发现了一个象牙做的鲸鱼叉镖头，镖头上有个金属尖。在那之后，又在搁浅的鲸鱼体内发现了更多传统的石制或象牙制的鲸鱼叉镖头。与人类学家收集的鲸鱼叉对比后，这些鲸鱼叉镖头的使用年代范围被缩小到一百三十到二百年以前，是在与欧洲人发生来往之前。通过研究刚刚搁浅的鲸鱼的眼球，克雷格和他的同事们也能够测定每头鲸鱼的年龄。眼球中的晶状体含有一种蛋白质，会随着鲸鱼的一生发生变化。有一头1995年捕杀的四十八英尺长的雄性鲸鱼，据估计有二百一十一岁。因纽皮雅特人早已知道弓头鲸极为长寿，将它们的寿命划定为"人类寿命的两倍"[2]。因此猎人们并不为此感到惊讶。

长达两百岁的寿命意味着一头体形庞大的老弓头鲸是见多识广的。它逃脱过小型皮艇和大型捕鲸船的追击。它听着海洋日渐喧闹，而且足够幸运地躲避了船只的袭击。或许它也注意到了商业捕鲸停止之后弓头鲸种群的恢复，据克雷格所说，这无疑是过去这个世纪里最伟大的保护成功的故事之一。

　　"它们是坚忍、适应能力极强的动物。"他说，"但是它们一头扎向了不确定的未来。"虽然北冰洋正在变得愈发高产，但是没有人知道弓头鲸或它们的猎物能够在多大程度上适应气候变暖、海水酸化。专家之中，担忧和乐观参半[3]。弓头鲸演化成了适应冰面的鲸鱼，而统计模型预测，北极地区在 2030 到 2040 这十年间可能会变得夏季无冰[4]。随着人类捉蟹捕鱼的活动向北推进，一些人说被渔网缠结将是全世界须鲸都将面临的最大威胁。有太多因素会削弱鲸鱼家族，我们都不需要自己给出最后一击，就能够危害弓头鲸，甚至让其彻底灭绝。如今的鲸鱼将会成为我们的先驱者，只要它们还依旧生存在这个世界上。

　　我坐在白色冰墙后铺了皮革的长凳上等待着。比利走过去站在一堆大约六米高的冰上，他是一名岗哨。越过冰间水道看向对岸，那边一望无尽的白色一直向北延伸到北极点，我试着定位北极熊的身影。比利已经在一次回市区途中在小道上遇到了一头。那头北极熊挡住了他的去路，然后向他靠近。他说，他跑到了雪地摩托的另外一侧，然后向空中开枪将它吓退。

　　"那里，那边有一头。"赖利说。

"看见那边高高的冰了吗？就在那里！"比利说。

我只能看见冰。

"在那边。眼睛顺着冰向上越过那个小丘，再过了蓝色的冰就是。"范说。我仔细端详他的脸庞，寻找他可能是在嘲弄我的迹象。"那边还有一头。"他说，"你找一下那个黑色的鼻子。"

赖利将教育我什么是等级结构视为己任。显而易见，我在最底层。这意味着我需要保证咖啡壶一直装满咖啡，并且确保取水用的冰一直供给充足。在这里永远有需要观察的东西，即便仅仅是猎人观察水道、冰或天空。我也看向他们所看的方向，试图看见他们所见的东西。学区办公室一个慷慨的女人给了我一本写给年轻捕鲸人的书[5]。这本线圈装订的小小指南用因纽皮雅特语和英语解释了天气术语、弓头鲸形态学、捕鲸装备和屠宰方法。捕鲸队队长可以通过不同的测试给还是学生的年轻捕鲸人评分，比如绘制一张去捕鲸营地的路径地图，写捕鲸日志，记录天气和冰间水道的条件，以及观察鲸鱼并完成表格。用这种方式，捕鲸便可以融合进学校课程之中。我靠近范，试着用我自认为正确的术语指出一块区域的冰。他扬起眉毛看着我错漏百出的努力模样，然后拒绝评论我涂鸦的路径地图。我把书放到一边，回去继续观察和倾听，收集多年冰，同时做咖啡。

这阵风干冷轻快，冰间水道的表面在泛蓝的夜色中翻腾。然后，鲸鱼到访。

我还未见他们就先闻其声，他们嘶嘶的呼吸声响彻夜空，不时划破这片宁静。这声音如此惊人，如此与众不同，就这样闯入了这个世界。我们已经不再是这个旋转的岩石球体上唯一的生物了。他们在冰间水道现身了，是白鲸，每一头白鲸的呼吸都带着胜利的喜悦，这是耐力、潜行、智慧、群落、演化和运气的胜利。富有韵律感的"舵轮"在水下转动。白鲸母亲身体庞大，通体白色，如幽灵一般沿着水道游动。白鲸宝宝就像他们身边的灰色小齿轮。他们仅有一丁点的时间暴露于空气之中，只有一点沙哑的抽气声，后背翻动一下。他们的目的地在遥远的前方。我在水道边缘录下了他们的呼吸，对着他们拍摄了几个小时。这是另一种智慧在引领它们，一种我无法参透内里的智慧。我们仍然在等待。

这次晚班是我所经历的最为愉快的一次。队员们打牌时，帐篷里萦绕着窃窃私语。我每一把牌都会输。比利给我讲有一次一头大灰熊把他的船咬成了两半。

"真讨厌。我讨厌灰熊。"我回答后，又继续熔化冰来取水。然后我停了下来。我刚才说什么来着？我现在又变成什么了？

帐篷外面，月引潮涨，海水涌上冰面，发出了低沉的声音，搅荡着空气与水的相遇激起的扰动与重量，隆隆回响，天体的力量施加于我们扎营的这块冰面上。碎裂、吞没、起伏、爆破、叹息，这条冰间水道十分吵闹，但是我们在边上必须保持安静，因为鲸鱼的听力太敏锐了。比利和我已经转移到了长凳上，正在观看白鲸通行。

"有时，"他对着夜晚低声说道，"我们会看见一头灰鲸，Aġvigluaq。"这是我最为奇怪的一段记忆，根本不能算是记忆。这些单词蛰伏多年后，我才真正听懂了它们的意思，仿佛是第一次听说一样。

一个海豹的侧影漂过去了，好像肉身已经被剥离。电台里低声传出因纽皮雅特语。比利一边吸烟一边咳嗽，一堆烟蒂在屏障旁聚集起来。他站着，把咖啡渣倒在这一堆烟蒂上面。帐篷里，其他人在休息，他们穿戴着全套户外装备躺在那里，与外面的白色山丘相似。范含混地对着电台交谈，我听见了茱莉亚的声音。我没有听见任何信号，但是忽然间每个人都到了小船旁边。比利握住aqu，也就是船尾，准备好将小船推下水。全体队员向西看去。电台上发生了许多事情。

"第一头鲸鱼捕鲸队，7-1，早上好。"一个女人的声音说。

"卡里克捕鲸队，7-4。"茱莉亚在呼叫。比利离开船，前去应答。

"他们在上游。"他说。

"所有东西都是在上游。"范轻柔地说，话里透着沮丧。但是正当他说话的时候，一个弧度和缓的黑色后背滑入了视野，在冰间水道里很远的地方。那个东西看起来有一辆或两辆公交车那么长。队员们的动作一下子静了下来，流畅又默契。范向后瞥了我一眼。我并没有要动的意思，他便点头表示肯定。我不被允许上船，即便是靠近船都是不可以的，我若是上船对我自己和他人来说都会是一个危险。鲸鱼向远处舒出一口气，范回到长凳上。整个营地的人都找到舒服的位置坐好重新观望起来。虽然我已经很想睡觉了，但是我绝不能忍受错过任何东西。我从帐篷的位置走出去一小段路，凝视着冰间水道，轻声对水面哼唱我外婆的歌。这是为了让自己从疲劳中转移注意力，也是为了给这最古老的狩猎活动及其猎物献上我所能想到的唯一礼物。

"她向家的方向走去，天上一颗星在闪烁，如夜晚的一只天鹅，缓缓从湖面上穿过。"[1]

比利注视着我。意识到捕鲸队的人可能会听见，我自觉地走回去，希望不要有人因为我制造了噪音而恼怒。我爬进帐篷里，打算睡觉，避免招惹麻烦。一走进帐篷，我便转过身，抬起入口的门帘向外看。范就在小艇旁。我能够看见一头鲸鱼圆滚的后背，就在离我刚才伫立歌唱几米远的地方。这头鲸鱼转圈并再次浮出水面，骤然喷出清晰的水柱。

"Iŋutuq，年轻的雌性弓头鲸。"比利低声细语，"它在找什么人。"

猎人们爬进小船。

"那边有一把步枪，"范指向雪橇说，"以防有北极熊出现。"

---

① 出自爱尔兰民歌《她穿越市集》（*She Moves Through the Fair*）。——译者注

他此刻不是在开玩笑。

他们从冰面上离开。这头鲸鱼再次上来呼吸，涌出完美的圆弧，如同海洋一般的深色，只能通过其后背一气呵成的光泽才能分辨出来。我看不到水下庞大的身躯，它被大海掩盖住了，大海吸收了全部光线，不留毫厘。这头鲸鱼向后转圈，转向帐篷的方向。队员们安静地划桨，鲸鱼叉停留在空中，鱼叉尾部的尖头如同茎秆上的一只眼睛。那艘小艇忽然间让我感觉自己十分脆弱。我无能为力，于是立刻开始担心起会发生的种种意外。覆盖在小艇上的皮毛可能会有一个洞，船身可能会翻，如果队员们捕到了鲸鱼，鲸鱼可能会把他们卷入水底，也可能用巨大的尾叶猛击小艇。我一动没动，但是心脏疯狂乱跳，仿佛我不是猎人就是猎物。黑色的后背再次在水面上滑过。接着这头鲸鱼消失了，队员们没能足够接近它打出一枪。

那天更晚的时候，一头长约十五米的巨大成年弓头鲸游过来，像间歇喷泉一样喷出水柱，这一次又是游到我刚才低声唱过歌的地方。我感觉如果我在冰面的边缘上用一条船桨去够它，我就能抚摸到它。我好奇鲸鱼是否喜欢这首歌，它抒情和缓，余韵悠长，或许是这歌声在传播的时候曲折回旋，类似鲸鱼的某种叫声。队员们又要爬上船，但是这次他们还没来得及下水鲸鱼就到了冰面之下，已经游远了。

"你是我们的唤鲸人。"范说。接下来我再进帐篷的时候，他们已经在皮质地板上给我预留了一个空位。有人递给我——在此之前每天都在为别人做咖啡的我——一杯装在搪瓷马克杯里的咖啡，我止不住地咧开嘴笑。他们哈哈大笑，我把脸藏在自己兜帽的软毛里。一头鲸鱼从冰面下方游来，就从我们营地的正下方。或许它已经听见了我们的声音，因为它是直线游过来的，离冰面边缘很远。从那个角度，我可以隐约看见冰下的庞大身躯，在它短暂地进入视线之时可以看到它后背周围的涟漪，接着又消失了。

就在水道上游一点的地方，还有一支捕鲸队做着与我们完全相同的事情，乘着白色皮艇下水，全部身着白色，兜帽上的灰色毛领还有那暗沉的灰色海水勾勒出了他们的轮廓。这一幕场景，数百年如一日。注视着他们时，感觉时间都不再稳定确切，变得模糊不清。

考古证据显示公元 1300 年前后气候变冷，捕鲸社区便集中聚居于仍然能够可靠地通向冰间水道的北极海岸地带。他们必须拖着船只在冻结的大海上走数英里的路程到达冰间水道，而捕到的渔获也必须要长途运输回村庄。人们学会了居住得更加密集，保持协作，而不是随心所欲地自主迁移。

世界又聚焦于当下。范在冰面的边缘，其他队员在屏障旁等待，比利在船旁边。所有的东西都是一样的，除了我。我穿着兔子靴，拖着沉重的步伐在冰上四处走动想要打破咒语。在冰间水道的边缘上，并没有离得太近，我低头望向那外太空一般的地方，只不过我们在这里已经见到了其他智慧生命。我想象着海豹和海象发出的各种声音，呜咽声、噼啪声、隆隆声、尖吠声、颤鸣声。当然还有灰鲸的低吼声以及它们之间的和声。我希望可以把这些声音都听个遍，并好奇这些对话是否在这几个世纪的时间里发生了演变。"我们吃午饭吧"这句话可能没有太大变化。

弓头鲸正在远行的途中，在迷宫一般的冰面之下轻快地滑过一条条海峡。它们的后背沿着冰封的海洋的最高处留下了一条痕迹。利用已经在冰面上穿透的小块地带和窟窿，它们可以透过小裂缝呼吸，因为它们的喷气孔位于山一般巨大的头盖骨的顶部。

弓头鲸拥有极为适合游泳的脑袋。按比例来看它的嘴比任何动物都要大，上方照射下来的一道道光束布满浮游生物，弓头鲸微张着的嘴就像置身其中的一个移动火山口。鲸鱼滤食看起来安静祥和，但是它们颌部闭合时产生的扭转力巨大。为了维持体重，一头成年鲸鱼一天要吞下重达两吨的食物，将通过鲸须滤食的微小生物转化成脂肪和肌肉。

鲸须是进化的产物，它使大型鲸鱼在滤食和远距离迁徙的同时得以长到庞大的体形。弓头鲸属于鲸鱼下目中的须鲸小目，这一类鲸鱼在大约两千五百万到三千万年前失去了牙齿并长出坚硬的鲸须板，鲸须板和我们的头发及指甲一样由角蛋白构成。在巨型极地鲸鱼弓头鲸的体内，两侧上颚各有一排约三百二十根的鲸须板。这些鲸须长得比其他物种体内的鲸须都要更多，有一些甚至超过四米。有时，多只弓头鲸在水面移动，排成 V

字一样的箭头队形一同进食。这样，领头鲸鱼口中若是溢出猎物，便会被后面的鲸鱼捕获。它们长得极为富态，有着白色的下巴和腹部斑纹、漂亮的黑色皮肤，还有可达半米厚的脂肪。就弓头鲸来说，所有的生命统计数据都很高，但种群数量却降低了。商业捕鲸开始之前全球弓头鲸的数量估计最低有五万头[6]。在商业捕鲸真正结束的 1921 年，全世界范围内仅有不到三千头了。弓头鲸和海象的消失引发了 19 世纪 70 年代白令海圣劳伦斯岛上的恐怖饥荒[7、8]。

现如今它们的数量大约为两万三千头[9]。弓头鲸幼崽在接受哺乳期间生长迅速，而因纽皮雅特人一贯使用一岁大的弓头鲸的肋骨作为渔网上的渔坠，因为这些肋骨既坚硬又厚重。在停止供应营养丰富的母乳后，鲸须尚短的鲸鱼幼崽便无法维持同样的生长速率了。直到它们长到五岁，骨骼中的脂肪和骨质都被吸收以形成它们巨大的头部，以及口中的那片"丛林"。在此期间，它们的肋骨会失去百分之四十的重量。西鄂霍次克海中的虎鲸从这个薄弱环节捞到了好处。有一架无人驾驶飞机拍摄下了这样一幕，一群虎鲸袭击一头有它们体形三倍大的幼年弓头鲸，这头鲸鱼的身体过于庞大不会沉入海底。虎鲸的雌性首领猛击那头鲸鱼的肋部，撞断它的肋骨，与此同时其他虎鲸堵住了它的去路阻止它逃跑。在此前就曾发现幼年鲸鱼的尸体上有看似虎鲸袭击造成的伤痕，但是虎鲸采取的战术一直不为人知，直到这次撞击战术的袭击被摄影机捕捉下来。伤疤愈合后在弓头鲸的黑色皮肤上会留下白色痕迹。每十年都会有更多符合虎鲸袭击特征的伤痕被人们发现，这可能是因为人类的观察增多了，虎鲸数量增多了，还有就是水面更加开阔，无冰雪覆盖的时间增多了。

一旦弓头鲸长到四五岁大，鲸须的尺寸意味着它觅食的量足够让身体再次生长。成年弓头鲸的长度可达十九米，重量可达一百吨。原住民猎人们曾目睹过弓头鲸用巨大的头骨撞破将近半米厚的冰面。它们的智慧和悟性同样惊人。在《北极梦》一书中，巴里·洛佩斯写到了一艘英格兰捕鲸船"坎布里亚人号"，这艘捕鲸船 1823 年偶遇了一条十七米长的雌性弓头鲸，这头弓头鲸正在格陵兰岛和努纳武特之间的戴维斯海峡中的薄冰之间睡觉[10]。鲸鱼醒来了，缓缓绕着这艘船游过一圈，接着将脑袋压在船头，开始将船只向后推去。船员们被吓坏了，一时间呆若木鸡。几分钟过去之后，他们才抄起鲸鱼叉并杀死了它。洛佩斯在书中也描述了弓头鲸感觉到被鲸鱼叉叉中时的反应。它"如此疯狂地潜入水底，以至于在三分半钟的时间里带出了一千二百码[①]长的绳子，直到撞入海床，折断了脖颈，将脑袋埋入蓝黑色海泥里足有八英尺深"[11]。

风大了起来。冰间水道中的海水变得不安，有些地方被浪卷起了涟漪。这片海洋容纳了移动的活物，它似乎是有意识的，渴

---

① 约合一千零九十七米。——编者注

望更多的动作。恶劣的天气在帮助弓头鲸，它们浮出水面时也愈发难以被看见。鲸鱼叉划破空气，停在 sivu，也就是船头。是我凭空想象出来的吗，冰间水道的对岸看起来似乎近了些？无线电台和营地里忙碌起来，大家说着因纽皮雅特语。队员们突然间出现在了营地的各个地方。这并不是我的想象。大片的浮冰正朝着我们的方向漂来，接近我们的营地。眼前的海水仿佛在沸腾，这条水道正在快速合拢。帐篷几分钟之内就被拆除了，生活用品已经打包收好。我快速摁下一张皮艇的照片，是比利做的那艘小船，在被拖回到雪橇上之前，在这个蓝色夜晚停放在冰面的边缘。然后我拿出了摄影机，被眼前的戏剧性激发出了新闻动作。

"把那个东西放到一边去。"范一瞬间就出现在了我的旁边。"帮忙打包！"我急匆匆地四处走动，寻找工作，抓住帐篷的一边仿佛要开始将它折叠起来。

"嘿，别管那个。"有一个人大声喊道。四面八方的雪地摩托开始撤离。比利已经在将皮艇拖走。"多琳，和赖夫一起走。"范叫喊着说。我跑向赖夫骑上他的雪地摩托，但是我们两个人，还有我们拖着的雪橇加在一起的重量远远超出了发动机的负荷，雪地摩托纹丝不动，我们被落在后面了。然而冰间水道合拢的速度愈发快了。赖夫跳了下去。我的天哪，我要被抛弃了吗？

"快！快点离开这个鬼地方！"赖夫大吼一声。我在起伏的冰丘中间看不到任何道路，也不知道应当如何驾驶这个东西。我仅仅做过它的乘客而已啊。但是我急需逃离大喊大叫的大块头赖夫，以及正在不断逼近的冰面。在我转动把手飞冲向前，并在摩托冲上斜坡时奋力把控方向的时候，他跑去跳上了其他人的雪橇。我扫了一眼无边无垠的白色，还有在右手边一条道上的其他雪地摩托，紧接着大风就好像生气似的猛烈拍击我的脑袋，摩托还突然间向下一沉。我开得太快，又太远，朝着我认为可能是陆地的方向移动，一直仔细观察我进步的捕鲸队队员们几个星期之后还在笑这件事情。

"你挺拼的。"回到北极星街上的厨房里，整个捕鲸队都围坐在饭桌前，范这么对我说。我们没有捕到鲸鱼，但是其他捕鲸队有所收获，并且所有人都安全归来。茱莉亚已经做好了炖驯鹿肉，这是用他们上次狩猎后储存在冷冻柜里的一块肉做的。她递给我一碗。我注视着碗里冒出的热气，心里惦记着橱柜里的花生酱和水手男孩牌饼干。经历了在那般冷的地方外出打猎，并且学习了这个地方的历史后，我对这碗炖肉并没有道德上的抵触，只不过我的身体可能仍然在抗拒。我从小勺里轻轻地抿了一小口汤汁，担心自己会反胃。但是我在冰面上的时光铸就了一些看不见的变化——这炖肉尝起来浓郁又美味。

比利对我点点头说："你在冰上干得不错。"

"你走的时候我们会想念你的。"范加上了这么一句。看着他，我想起在最初的那几周里，我一直有满腹的疑问想要问他，而他的固定回答总是一声粗鲁的"等等吧"，还要伴随着夸张的叹气声。那个时候，那个女人，感受到了一整个世界的疏离。

杰斯利征用我参加他的计划——戏弄他即将到访的兄弟哈里。我要在飞机到达的时候假扮成一名出租车司机，站在机场等候，手里还要拿着一张写有卡里克的牌子。我们去机场时一路上都在为这个计划笑个不停。狭小的到达大楼里，乘客们鱼贯而入，大多数人都立刻被拥抱环绕。我注意到一个留着髭须的白发男人，他定定地站住，在大厅里四处张望。

"哈里·卡里克？"我大声喊出，"这边走。北极星街，对吧？"我刻意用了一种干练的语调。哈里缓缓点头，然后默默无言地跟着我走向门口。我们经过一根柱子时，杰斯利大笑并高呼着从柱子后面跳出来。哈里脸上如释重负的表情也让我笑出了声。我们几个人在回去的短短路程中都不住地大呼小叫，嘎嘎笑着。那个晚上，杰斯利和哈里每次和我对视，我们都要再笑一遍。与北极星街上的卡里克家族一起，我也是笑料的参与者了。我是其中的一员，我是其中的一员，我是其中的，一员。

几天以后，比利带我回到我们逃离的那个位置，给我展示两层楼高的 ivuniq（冰脊），这是在冰间水道两侧的冰面相互碰撞后形成的。这是一种固体形式的风暴，有成堆成堆的碎冰。我们美丽的营地已经消失不见。我充分理解了我们逃脱的是什么。我在冰的碎块上攀爬，直到比利明显紧张起来。他说"Kiita"，他摆了一下头，意指离开。

我一言不发地跟着，一反常态。在外面这片冰雪之中，我的存在全仰仗这片风景的仁慈，我从未想象过能有一片风景如此美丽动人又如此充满敌意。在这里，外面的世界已经不再像我儿时那样是我的避难所。随心所欲地想跑就跑在这里或许就意味着死亡。这片冰面不仅催眠了我，还摧毁了我的防御，侵袭了我的独立性。这里无处可逃，而在捕鲸队与他们的冰、他们的鲸鱼，还有他们的社区之间，拥有一些我极度渴望的东西。我不得不放弃我一言不合就脱缰而逃的习惯。

与我的期待相反的是，我在这里发现了归属感。

从帕洛斯弗迪斯到蒙特利湾

北纬 33° 46′ 6″ 到 36° 46′ 59″

西经 118° 20′ 57″ 到 121° 50′ 3″

洛杉矶南部,帕洛斯弗迪斯的悬崖直入太平洋。我们到访鲸鱼在墨西哥潟湖的繁殖地已经几个月了,现在终于回到了美国,开始了我们的第二段旅行。一路向北的灰鲸母亲和宝宝成群结队地来到这里,当我扫视水面时,任何一处波动都会使我心跳加速。文森岬自然中心的导游卡罗说上个星期有人目击过灰鲸。我们到达的时候卡罗像老朋友一样招呼我和麦克斯,还给我们展示了寻找鲸鱼的最佳观海位置。那是海鸟的鸟瞰视角,眼前尽是纯净的蓝色。海洋和天空都心绪平静。当我通过望远镜凝视着一个闪闪发光的圈时,咸咸的微风带来远处更加凛冽的大风的低语。

"该我了,妈咪。"麦克斯去够望远镜,然后快速看了一眼,"没有鲸鱼。它们走了。"他又回去继续给他的玩具面包车和仙人掌做模拟对话了。我们昨天从伦敦乘飞机到达洛杉矶。能从在国内为我俩建立一种可行生活的苦苦挣扎中解脱出来,让我缓了口气。我们要用一个月的时间完成迁徙之旅的第二段,所以接下来的行程安排很紧,要乘坐火车、巴士和轮渡。这是我们的第一站,也是一个著名的观鲸圣地,鲸鱼普查也在这里进行,但是目前为止我们只看见了波涛起伏的大海。没有灰色的后背在水面上方拱起,也没有心形的喷水柱。

一百五十年以前,沿海的捕鲸人也怀揣希望扫视着这些水域。他们追逐鲸鱼所用的小船以桨和单帆作为驱动力。捕鲸活动极其危险,被鲸鱼叉叉中的鲸鱼能把小船在海上拖出去好几英里远。但是对于那些人来说,一桶桶鲸油换回的报偿让这件事值得冒险。

我和麦克斯吃了一些从酒店自助早餐上拿的贝果。我问卡罗鲸鱼普查的志愿者们今天在什么地方。"哦,数量清点工作昨天就结束了。"

我正嚼着贝果,定住了,顿时食欲全无。我本来展望的一天是和鲸鱼观察员聊着天,麦克斯骑在我的膝盖上数喷水柱和尾叶。我是怎么做到把日期弄错的?我打电话给协调普查的鲸类专家阿莉莎·舒尔曼 - 詹尼格,尽量让自己听起来不要太情绪化。阿莉莎是一位海洋生物学家和教育工作者。自 1984 年 1 月开始,她便组织了几支志愿者队伍,在 12 月到 5 月下旬之间,每天在日出到接近日落的这段时间里清点鲸鱼。今年,他们统计了

1152 头向北去的鲸鱼，包括 138 对母鲸和幼崽。这次是自阿莉莎的这项工作开始以来，母子对数第七高的一次。我们在下加利福尼亚半岛亲吻并抚摸过的鲸鱼一定就在这向北的大潮之中。至少在它们的"马拉松"长跑沿线，有人在那里观看，为它们加油打气。

学童们的尖叫声响彻整个崖顶花园，宣告着在我们身后有班级在参观这个展览中心。我已经仔细审视了每一堆巨藻，确认那不是头鲸鱼，然后不情愿地把望远镜放到一旁。我们查看了陈列品。这里陈设着巨大的灰鲸模型，我勉强认为这可能聊胜于无。一个模型上有几个窗口，你可以打开看到里面的大脑、胃和一个蜷缩的小胚胎。它看上去好像是睡着了。麦克斯欢欣雀跃，我却有点反胃。

我的初衷是让这次和鲸鱼的旅行以某种方式一直陪伴他，并给予他力量，即便他现在太小了无法准确地记忆。我们在一起的生活并非一个一帆风顺的开始，我们不得不兜许多圈子。我将其描述为一场冒险，而我们如此紧密相连，经常能读懂对方的心思，但是我仍然希望看见麦克斯能在这个世界上找到自己的一席之地。在经历了妇女收容所的禁锢之后，我希望他拥有一个广阔且无拘无束的世界，塑料鲸鱼并不是我所期望的东西。不过，注视着他蹦蹦跳跳地和卡罗穿过一个模拟海底洞穴，我意识到他正把这些模型和我们在潟湖里对着唱歌的鲸鱼联系起来。他正在探索外面的世界，还有他自己的大脑。与此同时，我又满怀渴望地偷偷向大海望去。我那身披藤壶的海怪到底去哪里了？

噢，我的天哪，也许我们错过了整个迁徙。

我打电话给在更北一些的彼德拉斯布兰卡斯角工作的韦恩·佩里曼，问他是否看见了灰鲸。他是美国国家海洋和大气管理局下的西南渔业科学中心的海洋生物学家，而且如我所料，他头一天目睹了三对母鲸和幼崽。他告诉我，鲸鱼现在推迟了向南的迁徙，以便有更多的时间在北极觅食，而它们现在离开繁殖地潟湖的时间提前了。

它们提早向北进发了，这一定是我们错过它们的原因。气候变化打乱了它们的行程，现在也打乱了我们的行程。我们不得不争分夺秒去追赶它们。

韦恩表示，清点数量对于评估鲸鱼的种群健康来说至关重要，而幼崽的数量则与北极觅食地的覆冰情况相关联。如果海水变得更加温暖，那么鲸鱼喜食的栖息于海底的小型甲壳类和端足类动物就会变少。如果雌性鲸鱼在怀孕期间的某一阶段没有达到临界体重，就无法足月分娩。韦恩继续告诉我们，鲸鱼在迁徙的路途上一路觅食，尝试其他的食物来源。有一些留在北极过冬。它们的选择表明海洋中正在发生根本性的变化，这也使它们成为指示物种。通常来说，指示物种生活在一个特定的生态位，像苔藓一样，苔藓可以从大气中吸收有毒物质，并能帮助监测空气污染。若是这样的话，我猜测在地球上下来回漫游的灰鲸是所有指示物种之母。

卡罗和麦克斯聊着汽车从海底展览的另外一侧走出来。卡罗下班了，主动提出要载我们回酒店。

"卡罗有一辆大汽车，妈咪。"麦克斯说，就好像我需要他劝说才会同意似的。我们是乘公交车过来的，但是司机在好几英里外的加油站就让我们下车了。剩下的路我们搭上了一对夫妇的顺风车，他们很友好，当时正在给车加油。我询问卡罗下午接下来的时间她要去做什么。

她回答说，"我预约了拍 X 光片，是看乳腺癌的。"我更加感激她了，她如此慷慨地花时间和精力陪麦克斯玩耍。我们蜿蜒行驶过沿海鼠尾草灌木丛时，她坦言除非一块伴随着巨大喷水柱的蓝色经过，否则自己根本无法发现鲸鱼。她送我们下车的时候，我与她拥抱告别。

"这里要更多沙子，妈咪。"麦克斯整个下午都在指挥我建造一座沙堡。我们明天将登上列车北上前往蒙特利，在那里与鲸鱼会面。但是麦克斯在把沙子归拢到位时，提出了一个更为大胆的建议。

"我们要追上鲸鱼，妈咪。我来给你造一条船，好不好？"

"海岸星光号"列车快速北进。这个名字之于列车，之于这次梦幻之旅都无比浪漫，沿线零星散落着冲浪、游泳的人，海滨别墅，还有一连串清风房车像鱼一样闪闪发光。每隔一会儿，大海就会从沙丘后面突然探出头，接着又消失在疾驰的闪烁光带后面。我拿出"托马斯和他的朋友们"的迷你列车模型，还有一些纸笔。这是我为接下来的长途旅行准备的物资。

"给我画轨道，妈咪。"麦克斯说，"我要直升机停机坪。"我画出一个圆圈满足他的要求，里面有一个大大的字母 H，然后让小小的直升机哈罗德在上面着陆。"嘟嘟嘟嘟嘟。"我想起了朋友们对我带着两岁宝宝旅行的那些顾虑，生活不规律，每晚睡不同的床，如此种种。但是我们一路奔波的时候麦克斯如此心满意足，这方面他和我简直一模一样。

正当我们接近迁徙路线上的下一个目的地时，我开始紧张了。到时从列车上下来后会有复杂的换乘，先要换乘公交车，然后再乘坐出租车到达我们在爱彼迎上预订的民宿，到达民宿的时候天应该已经黑了。鉴于鲸鱼也正接近蒙特利湾，它们同样有理由感到不祥。

在这里，大约是它们每年迁徙路径四分之一的位置，大陆架落入了蒙特利海底峡谷。它的规模堪比地质奇观美国大峡谷。这也为海里的顶级掠食者虎鲸提供了绝佳的深海埋伏场所。这些与众不同的黑白色狩猎者的体型大约只有成年灰鲸的一半，不过它们因成群结队狩猎而获得优势，并以幼崽为捕食对象。在深不可测的海水的掩护中，它们有机会从下方偷偷接近。一些洞察此事的灰鲸游过这里时会紧贴着海岸线，但是其他灰鲸会穿过峡谷，冒着幼崽的生命危险。我好奇的是，它们在着急赶路吗，还是说它们只是不知道有更好的方式？

杀人鲸的战术是把幼崽和母亲分开，并让它溺水。我在英国的时候提前给著名的鲸类动物专家兼观鲸船长南希·布莱克打电话聊了一下。她告诉我游客们认为能目睹这个场景是旅行中的高光时刻。麦克斯在下加利福尼亚抚摸灰鲸宝宝的场景还历历在目，我不希望我俩有谁看见这一幕。光是想到深色的阴影暗暗逼近灰鲸幼崽就足以让我手心冒汗。我不知道如果我们真的看见了这样一场伏击，我该如何解释。但这是鲸鱼之旅中的关键一步，我不可能避开。

"婴儿车，妈咪。包，妈咪。这个，在这里。"在蒙特利车站，在麦克斯的指挥下，我和我们的行李都坐上了公交车。我把我们巨大的帆布背包举上车的时候他鼓励我："聪明小伙，妈咪，太棒了。"我们仿佛一下子驶入了安塞尔·亚当斯拍摄的照片之中，纹理分明的大海上，光束用力穿透厚重的灰色云层撒下一道道光。躬身的柳树垂下绿色的流光。"那些树有长长的头发。"麦克斯评论道。我们到达预订的位于海滨市的民宿时已经是晚上了。我们的房东是单亲妈妈泰瑞和她的女儿加比。麦克斯被她们的小狗贝拉迷住了，他说："我，旅行小狗鲁弗斯。"当麦克斯四脚着地跟在贝拉身后一边爬一边汪汪叫的时候，它看起来很迷惑。结束了旅途的艰辛，我应该可以美美睡上一觉了，然而这一晚的大部分时间我都清醒地躺在床上，看着麦克斯呼吸。

我们在一个繁忙的周日早晨来到了渔人码头，与其他游客还有海鸥一起走在海滨的木板路上。在我们面前的是名字不太吉利的"海狼号"，掌舵的是一位看起来威风凛凛的女人，她戴着墨镜，那一定是南希船长了。风在呼号，我们坐船乘风破浪时麦克斯高兴地发出细长的尖叫声。不过几分钟后，我就在船舷处吐了。我分不清这是因为晕船还是担心。一位女士抚了抚我的后背。我跟跟跄跄地回到船舱，护着麦克斯走在我的前面。一名船员告诉我再出去一下，但是我需要找个地方躺下，否则就撑不下去了，那样的话麦克斯也得掉到海里去。我找到一张空桌子和一条长凳，然后尽快平躺下来。我把麦克斯拉到胸前，用胳膊搂住他好让我们二人挤在桌子后方。

"你是累了吗，妈咪？"他问了这个问题后便顺从地打起盹来。南希船长在扬声器里说我们可能会看见一些在末尾的灰鲸。好吧，虽然我们看不到，但至少它们在这里。我在地板上一阵难受，然后就睡着了。

回到码头时我醒了，也把麦克斯叫醒。其他乘客说没有虎鲸，也没有任何血腥场面。出现了几对座头鲸母子，这让大家十分欣喜。只不过没有灰鲸出现。我们仍然需要去追赶它们。

下了船让我心情放松不少，虽说我面前的陆地好像还在移动。南希船长站在防波堤上，她的上方有一个虎鲸形状的风向标，我们聊了不出几句话，就能明显看出杀人鲸是她生命的激情所在。南希几十年以来一直在研究它们，她对虎鲸有堪称百科全书式的了解。她说，虎鲸生活在母系氏族中，极富智慧，由一位年长的雌性虎鲸领导，通常是祖母辈的。虎鲸有三个生态型：远洋型、居留型和过客型。远洋型虎鲸食用鲨鱼和大型鱼类。居留型虎鲸只食用鱼，并且经常与海豚和海豹和平地生活在同一片海域。过客型虎鲸以海豹、海豚和鲸鱼这样的海洋哺乳动物为食，这一型便是巡视深海峡谷拦截灰鲸的那种虎鲸。南希船长认为它们仅凭听觉外加回声定位便可以找到灰鲸。

"我们如果跟随一些虎鲸，它们突然间就会来到灰鲸母子的上方，我们甚至还没来得及发现灰鲸。"一群最多可达二十五头的虎鲸会集结在一起，不过南希船长通常看见的是四到五头经验丰富的雌性虎鲸完成全部工作。"它们会发起很多猛烈撞击，十分残酷，令人惋惜。但是这种鲸鱼之间的对决让人大开眼界，非常值得一看。"南希说，身为顶级掠食者的杀人鲸通常是获胜的一方。

"不是全胜？"

"不是全胜。我敢说大概有百分之二十的灰鲸会逃过一劫。"她曾目睹过灰鲸以十一节①的速度逃跑，这是它们平时速度的两倍还要多。虎鲸尝试堵截它们，对它们发起一次次突然袭击，但若是灰鲸能够游到更浅的水域，这些袭击者就会放弃。1998 年，观鲸船船长理查德·特努洛目击了五头杀人鲸组成一群围攻一对灰鲸母亲和幼崽的场面。他目睹鲸鱼母亲翻滚过来使自己后背朝下，幼崽则爬到母亲身上躲在鳍状肢之间，避开了虎鲸 [1]。今

---

① 约为 20.4 千米 / 小时。——编者注

天在船上的时候，我就是以这种方式抱着麦克斯的，虽然我所担心的虎鲸只存在于想象之中。理查德看着这对母子反复翻滚，同步呼吸，然后又回到原来的姿势。幼崽被咬了，但是受伤不重。灰鲸母亲也使用了观鲸船的船身作为掩护，几小时之后虎鲸放弃了。

我说我很高兴今天我们没有看见袭击。

"那是天性。"南希说，"我们还吃牛呢，不是吗？"

"我是素食主义者。"

为了省事我干脆没有提及我吃过的那些鲸鱼肉。我和这些虎鲸串通一气，然而它们的存在也受到威胁。身为顶级掠食者使你在面对食物链里累积起来的毒素时十分脆弱，而出没于北太平洋，靠近华盛顿州和英属哥伦比亚的虎鲸体内的毒素累积级别一次又一次打破之前的纪录[2]。活体组织检查发现了多氯联苯（PCB），这是用于制造电气设备的，20世纪80年代，我们意识到它们的毒性以后便已经将其禁用了。多氯联苯会干扰激素，引发癌症，此外还会影响生殖并抑制免疫系统[3]。

"对的，我们一直在告诫那些杀人鲸要做素食主义者。"南希假装叹息道，"它们也有家庭，它们也需要喂养幼崽。"在她身后，麦克斯正企图把墨镜推到防波堤的一处裂缝之下。

"你对那些途经蒙特利的灰鲸有何建议？"我问道。这是职业习惯，用出其不意的问题使采访对象卸下防备。南希看起来近乎一位杀人鲸发言人。也许她能够泄露一些不为人知的秘密。

南希大笑。"它们需要紧紧跟随船只。是那些年轻的灰鲸想要抄近道。"南希认为它们可能不知道虎鲸在那里虎视眈眈。年长的、经验更丰富的灰鲸会选择绕远道，不发出声响，几乎不浮出水面。"我们管这叫作潜游。"她说，"这些灰鲸试图偷偷溜过，保持隐蔽。"

我太懂隐蔽了。这是我的独门绝技，早在儿童时期就已经掌握，总归是会有用武之地的。在BBC，每过几年我就要去参加一个由前海军陆战队队员开设的敌对环境课程。这对在冲突地区或危险区域工作的员工是门必修课。我们学习了如何判断火力方向，还有如何避免引爆地雷。我们在演员身上练习急救，他们可能躺在冒烟的汽车残骸里，也可能躺在一片漆黑之中。在最后的考验里，我们总是遭到伏击和绑架。

绑架的经历十分可怕，我总是得用整个星期来担心这件事。你必须配合演出这场戏。那些人知道怎样使人惊慌，而你不能大喊"停下"。然而，你可以说你有哮喘，用强力防水胶带紧紧在后背贴出一个巨大的X，我就是这么做的，希望他们会对我宽容一些，虽然我自儿时起并没有过严重的哮喘发作。到了那一天，我们会得到一个复杂的路线图，要按照这个路线走，去采访一位虚构的民兵指挥官。我们在两侧有灌木树篱环绕的道路上颠簸行驶的时候，一群头戴巴拉克拉法帽的人会跳出来包围吉普车。他们蒙上我们的眼睛，把我们带到某个地方，把感觉像是枪一样的东西狠狠顶在我们后背上，还迫使我们跪在地上好几个小时。这时会有一个短暂的时机，我们应当趁机和一名比其他人稍微温和些的守卫谈谈足球或是分享香烟，通过这些方式和他结交。接着最难对付的那位回来了，我们不得不各自为自己的性命求情，之后他会假装枪杀我们并告诉我们如何增加活命的机会。

在课程前的讲座中，我们已经学习如何成为一名灰色"隐形人"，这样才不会被挑中成为第一个被处决的人。我暗自偷笑，沾沾自喜。这项技能我已经搞定了，对我来说易如反掌。我太不引人注目了，实际上，当他们伏击我们乘坐的车辆时，蒙住了每个人的眼睛，推搡着他们跌跌撞撞排成一队，而我只得又咳嗽又招手示意我也在这里。我当时就在众目睽睽之下站在吉普车尾旁。

作为一名记者，这一点十分有益。似乎我有某种本领能够突然冒出来，问出一个使人吃惊的问题。受访者有时会哈哈大笑，发现自己的回答比原来想的更加坦诚，或者有时候他们甚至根本不想作任何回答。

2006年秋天，美国地球物理学会在旧金山举办秋季会议。我在会议中心外的一个停车场站了将近三个小时。阿尔·戈尔在会议中心里，正就气候变化发表演讲，呼吁科学家们行动起来。他要求他们和公众进行更加有力、积极的沟通。会场里掌声雷动。问题是，他拒绝了所有媒体的访谈请求，连美国新闻网也不例外，一个采访也不接受。我猜想他有可能会试着从后门经停车场溜走。天气很冷，但是我不能进楼里拿外套，因为那样可能就要错过他。停车场里仅有的另外一个人是拿着无线对讲机的保安，对讲机里偶尔喊出几句我无法听清的信息。

"你为什么不到里面暖和的地方待着？"保安观察了我一会儿之后问。

"我在等阿尔·戈尔或许能从这边出来。"

我们聊了聊保安的孩子们。他的儿子快要上大学了。我本来感觉信心满满而且意志坚定，但是几个小时过去了，我现在只觉得自己又冷又蠢。很明显没有别人觉得在这个停车场里会上演任何有意思的事情。我叹了口气，准备进里面去了。这时保安咳嗽了一声。我抬眼一看，他正看着我，指向停车场对面的侧门。我走过去，然后发觉自己已经站在阿尔·戈尔面前的路上了，他当时正在别人的引导下小跑着出来。我大喜过望，微笑地看着他。

"您好！我来自 BBC 国际频道，可以问您几个问题吗？"阿尔·戈尔的安保团队分开了，我把麦克风直接伸到他愠怒的通红面孔前。

"不接受采访，我该离开了。"

"有人真正听进你的发言吗？"我们大步穿过停车场的时候我这样问他，希望他无法对这样的挑衅置之不理。他停下脚步，转动眼球，然后接着开始讲话。奏效了！我激动得忘记了打开迷你光碟录音器，于是错过了他的第一个回答。我笨拙地用冻僵的手指旋开按钮。我们正在面对一场史无前例的气候危机，他说。我设法接住这句话。为什么这条信息难以被接受，我问道。他谈到科学和大众文化之间的区隔，谈到科学家使用的专业语言使大多数人无法理解这些事情。

"我们人类现在对这个星球的所作所为可能带来十分深远的后果，现在比以往任何时刻都更加迫切地需要把已发现的事实转化成能够理解的语言，以便我们能为将来做出更具智慧的决策。我现在必须走了。"他俯身钻进车里。

"你还会再次竞选总统吗？"我问。车门砰的一声关上了。

那个晚上，阿尔·戈尔的声音通过我的卫星电话漂洋过海到达伦敦，传给了我在国际频道新闻编辑室的同事们。他的声音把气候变化送上了当晚新闻头三条的位置。那个令人梦寐以求的新闻位置，能够触及世界各地的数百万听众。在很长一段时间以来，我头一次可以安然入睡。

2003 年在尼日尔河三角洲，我站在另一位男子面前举起麦克风，他并不想和我交谈，眼前的这名男子是壳牌尼日利亚分公司执行董事克里斯·芬利森，他企图转身离开。

"我已经在这里等了几天了，只想和你聊一下。"我上前挡住他的去路。我独自乘坐公共航班来到尼日尔河三角洲，而他刚刚从私人飞机上走下来，身边跟随着一群挑选出来的记者。我那天早上从哈科特港令人窒息的交通拥堵中突出重围。摩的、小轿车和公交车与行人争抢每一寸空间。一辆由全副武装的摩托车队护送的锃亮轿车一路鸣笛穿过人群，人群四散开来。

"石油公司管理层的孩子们被护送着上学去。"站在我身旁的一位男子解释说。石油工人遭到绑架，管理层的孩子们一定也处境危险，但是这个景象看起来仍然十分荒唐。过了一会儿，一位女士开始怜悯我，问我想去哪里，然后一边对人们大喊挤一挤腾点地方，一边把我猛推上一辆已经超载的公交车。

我用了一个星期时间乘坐汽艇和当地一位叫作丹尼尔的社区工作者在尼日尔河三角洲的河湾和村庄四处走动。我听人们谈燃除天然气、石油泄漏和倾倒工业废料带来的污染。一名激进分子请我为她祈祷。

几天之后我正在与克里斯·芬利森见面。激进分子的骚扰轶事造成了负面影响。全副武装的安保人员开始让我紧张了，他们拦截车辆，守卫着大楼。克里斯急着要走，我也如此。他穿着西装看起来很热。

"我想和你聊一下，我已经在这里等了几天了。"我重复道。

他说好，我有几分钟的时间可以接受采访。他告诉我，他们与各个社区团体之间有历史悠久的、盘根复杂的关系，而且壳牌尼日利亚分公司也给予了援助。"极为可观的数目。"他说。他的声音听起来在恼怒中又带着一股厌倦。

我问他，他能否理解人们的愤怒，人们在这个地方深陷贫困，与此同时周围却有如此巨大的石油财富被别人榨取？

他说他可以理解这里人们的失望心情，但是壳牌对解决这个问题并不负有主要责任。石油产业并不能为每个人都提供工作。"我们纳税了，我们也购买了开采权，而政府则必须在这片区域为大部分发展活动提供资金。"他告诫我必须牢记的是，民主在这里是新生事物，它才出现四年。他说他相信一切都会变好的。我注视着他离开。

我已经不再认识当时那位年轻女子了，她独自行走于尼日尔河三角洲，无所畏惧。她挡住有权有势的男人的去路并挑战他们的权威，她认为她可能带来改变，她认为她在为正义而战。但是她一定还存在于某个地方，我一定能够找到她。如果灰鲸在经历了如此种种之后最终能够重新学习，并且复苏，我当然也可以。表面上看，它们安静，并不夺人眼球。它们面对游客时不会像座头鲸那样展示预料之中的跃身击浪和尾部拍击。它们不具备体形更大的大鲸鱼那样的盛名或美貌，也不具备虎鲸那样的惊人外表和令人闻风丧胆的名声。它们很容易被人们忽略。然而它们一直以来都在坚持着我们所知的哺乳动物世界中最长的迁徙，它们就这样悄悄生存下来。

麦克斯围着顶部有虎鲸风向标的那根杆子绕了一圈又一圈，然后晕头转向地摔倒了，坐在地上紧紧闭着眼睛。

他大喊道："看，妈咪，我藏在我的眼睛后面了。"我咯咯地笑出声来，但是马上就停止了，因为南希船长正在告诉我1992

年她第一次看见一头虎鲸袭击一头灰鲸的事，这种事情在当时几乎闻所未闻。自那次以后，这种现象在稳定增多。

"也许这个种群不得不重新学习如何去做这件事情。"南希船长说。虎鲸的寿命长达九十岁，所以一些年长的雌性或许还记得很久以前是如何猎杀灰鲸的，并且可以教给年轻的鲸鱼。人类、虎鲸、白鲸和一角鲸这样体形更小的鲸鱼是仅有的几个已知会经历更年期的物种，其原因是演化之谜。不过杀人鲸祖母在这里或许可以解释其原因，她们的智慧和经验都能派上用场。正因为她们不再繁衍，才能有时间和精力为了整个家族的利益去狩猎[4]。南希认为灰鲸因商业捕鲸而被大量杀害后，虎鲸群不得不另寻食物来源。如今，灰鲸受到法律的保护，数量已经恢复到大约两万头，于是杀人鲸又开始重操旧业了。

"虎鲸猎杀灰鲸的技巧愈发纯熟。"南希说，"我们最早看见猎杀发生的时候，杀人鲸要耗费六小时才成功拿下幼崽。如今我再看，三四十分钟足够了。"

在我今天晕船的时候，乘客们看到的座头鲸也属于须鲸科。人们曾多次目击它们在其他座头鲸遭受虎鲸袭击时前来救援，而且它们也会帮助其他物种。去年夏天在蒙特利湾，由十头过客型虎鲸组成的小型虎鲸群正试图把一头灰鲸幼崽与母亲分隔开来，这并非罕见。但令人惊奇的是，此时出现了两头座头鲸，它们停留在很近的地方，似乎尽可能地虚张声势。这一小群虎鲸抓住了精疲力竭的幼崽，将它转过一圈又一圈防止它呼吸。这两头座头鲸游到近处，甘冒受伤的风险时不时挡在幼崽和虎鲸之间，并一直泼溅海水，发出喇叭一般的鸣响，这是通过突然喷出水柱发出来的刺耳的巨响，有一点像气喘吁吁的大象。南希注意到了这声音。她和阿莉莎·舒尔曼 - 詹尼格乘上船前去观察，在海上停留了将近七个小时。她们到达不久灰鲸宝宝就被杀身亡，灰鲸母亲也离开了，但是那两头座头鲸却留下来，还有其他座头鲸加入。虎鲸在吞食幼崽尸体时，成年座头鲸不断骚扰它们，南希说它们"发出喇叭一般的鸣响，喷出水柱，尾部拍水、翻滚，立起脑袋"。阿莉莎也表示"这些座头鲸看上去十分悲痛"。

座头鲸为何有这样的行为不得而知，不过我们非常倾向于将它们看作无私的拯救者。在一次事件中，一头座头鲸甚至还把一头德氏海豹安稳地放在胸脯上避险。包括南希和阿莉莎在内的科学家认为鲸鱼在不知道是何种动物遭受虎鲸袭击的情况下也可以回应虎鲸的发声，一旦它们到达附近，便会表现出保护行为，这种行为是它们保护同类行为的"溢出效应"[5]。

娜恩·豪泽是一名海洋生物学家，在库克群岛进行一项鲸鱼相关的研究项目，她曾经经历过鲸鱼诡异的近身行为。一天她正在清澈湛蓝的水域里浮潜时，一头座头鲸接近她，朝她游来。这头鲸鱼仰身腹部朝上，白色的腹部被蓝色衬托着，接着优雅地一个转身将身子正过来与她碰面，四目相对互通心意。娜恩抚摸了那鼓起的下巴，触摸了它伤痕累累的尾叶尖端。它开始拱她，将她托出水面，并试图将她护在巨大的胸鳍之下。娜恩以为她要没命了。但是当她看见一条巨大的鼬鲨就在近处时，她明白过来座头鲸是在将她从鼬鲨的眼前推走。不过娜恩并不相信拟人化的动物行为。她曾说："在科学中这并不是良好的习惯做法。"[6]多数科学家认为，如果你确实想和某一动物熟络起来，你需要以它自己的方式来理解它，而不是将人类的性格特征投射到它身上，并且应当特别小心不要给它赋予人类的感情和意图。但是，那天发生的事情让娜恩无法用科学来解释。她说，如果是其他人告诉她这个故事，除非有影像为证，否则她不会相信。但是事情就这样发生在她身上。

我对动物行为拟人化的态度也十分矛盾。我们并非唯一一种拥有感情[7]、记忆、语言和社会的动物。承认动物具备这些特点并非将它们拟人化。我不难相信一头鲸鱼能够共情，或是表现得友善。对于我来说，座头鲸和有獠牙的掠食者之间发生的故事和陆地上发生的故事十分相似。有些人想要撕下你的一块肉仅仅是因为他们看见了你。同理，一些人只是为了帮助而提供帮助，他们会突然间冒出来并发挥重要作用。

但是我在儿时就希望动物们能够顺应我在自己头脑里给它们划定的位置，忘记它们到底是谁以及它们需要什么，这让那时的我陷入了麻烦。或友好或吓人，或大或小，非人类的天性都需要自由地维持原本的面貌，脱离我们为它们所画的夸张漫画，才能让我们健康地共存。我是从黑莓那里得知的这些，也付出了痛苦的代价。

麦克斯站在那里一动不动，注意力非常集中。我明白那个表情。南希正在告诉我如果因为北极发生的变化而导致灰鲸数量大跌，那么虎鲸也将面临危机。

　　"臭臭。"麦克斯向我宣布。我的时间到了。南希与下一群观鲸客一起驶向大海，而我给麦克斯站着换了纸尿裤。现在我做这种事必定已经有一百次了，且能将时间压缩至几秒钟。我把这一包有味道的东西塞进双肩包等有合适的垃圾桶再扔，然后我们去逛了一家纪念品商店。麦克斯拿起一个塑料的虎鲸钥匙扣。

　　"把那个放回去。"我说。在他抓起玩具海龟、水獭、可伸缩章鱼时，我又重复了几次。商店里的塑料陈列品和蒙特利的海洋生物一样丰富多彩。

　　"鲸鱼也会拉臭臭吗，妈咪？"麦克斯一边问我，一边检查着一个橡胶座头鲸的尾部末端。我告诉他，是的，而且鲸鱼的臭臭能够养活极小的海洋植物，其他所有动物都会吃这些植物，这些植物还会产出供我们呼吸的氧气。麦克斯大为震惊地看着我，"吃臭臭吗？"我们沿着码头漫步，吃着从路边小吃摊买的炸薯条。这是约翰·斯坦贝克的国家。乘上一辆经过罐头厂街的有轨电车时，我试着想象斯坦贝克描写的沙丁鱼罐头厂的"诗歌和恶臭"①，但是这些工厂早已消失不见。

　　第二天，我们要去赶早上的火车，房东泰瑞提出送我们一程。

---

① 出自约翰·斯坦贝克的小说《罐头厂街》，讲述加利福尼亚蒙特利一条街道上的故事，展现了大萧条时期底层阶级的精神面貌。——译者注

我在她的厨房里烤了面包片当早餐。麦克斯则化身为旅行小狗鲁弗斯，直接从盘子里用嘴叼着吃，还从一个大杯子里舔水喝。我挤出了一点时间安排之后的行程，给阿拉斯加航空打去电话。

"有飞巴罗的每日航班吗？"我询问航空公司的客服代表。我没有听见她的答复，因为麦克斯冲着我汪汪直叫，把他嘴里的面包屑吐出来溅得到处都是。

"嘘！"我说，"你在添乱。"

"不好意思您说什么？"电话里的女人说。

正当我解释说我是在和我两岁的孩子说话时，麦克斯把水打翻了，流得满桌都是。"狗屁。"他大声说出来。我设法在用一块抹布把水擦干的同时，拿住电话并写下航班时间。

"你可以对妈咪这么说，但是对其他人都不可以。"我告诉麦克斯。阿拉斯加航空的那位女士笑了出来。

挂断电话的时候，我意识到我预订了错误的日期，不得不在出发赶火车之前再打电话取消航班。泰瑞开车带我们穿过萨利纳斯谷，这是斯坦贝克长大的地方。这里被誉为美国的沙拉碗，还是加州最为重要的农业地区。西蓝花散发出来的一股过期食品的臭味渗入车里。东面和西面都是大山。这片谷底曾经是一片狭窄的内陆海。我抬头看去，想象鲸鱼在我们的上方移动，又感觉到了像潜水一般的一阵眩晕。我询问泰瑞她是否知道鲸鱼曾经在此处游泳？她是一名历史老师，指出斯坦贝克在《伊甸之东》一书中写过他父亲在山谷下五十英里处的地方挖了一口井。第一层表土和砂砾出现了，接下来是白色的海沙，里面满是贝壳和鲸骨。

它们曾经是在这里，那些古老的鲸鱼们。

我们追随鲸鱼迁徙之旅的下一站是俄勒冈的迪波湾。在那里，我会去见卡丽·内韦尔，她是一位著名的生物学家和观鲸导游，我希望她对灰鲸的了解能堪比南希船长对虎鲸的了解。我们的列车滑行进站时，麦克斯兴奋得蹦蹦跳跳。这趟列车是开往奥尔巴尼的双层长途过夜列车。我们发现我们睡觉的隔间在下层。两端的座椅向下滑形成一张床。旁边的空间刚好够放下折叠起来的婴儿车、车载安全座椅和一个大帆布背包。我们快速经过一个铁路平交道口时铃声响起，麦克斯冲向窗户。

"交叉口，我爱火车我爱交叉口。"他大喊出来。今天白天、夜晚一直到明早的时间里，这方隆隆作响的客舱就是我们的全部宇宙。

"我们要去追上鲸鱼，妈咪，太棒了！"

我们在列车腹中睡下。一开始我的脚朝上，头冲麦克斯的脚趾，然后转过来变成头朝上，仿佛是准备好被分娩出来的，黑暗中大车摇摇晃晃，隆隆作响，我的儿子就在我的身旁。

我们经过了虎鲸。但是我们在下加利福尼亚轻抚过的那些鲸鱼们怎么样了？我永远不会知道它们是否成功了。我向夜晚祈求，请让它们仍然在向北游去的途中，我们全都一路向北。

乌特恰维克：多琳·卡里克

北纬 71°17′26″

西经 156°47′19″

"报道气候变化的记者在一年中的特定时间来这里体验生活，录下我们的人落入冰窟，录下我们的草皮房子从悬崖上坠落。他们很喜欢北方人身上具备的某种猎奇性和性感。"我在理查德·格伦位于乌特恰维克的办公室，现在我有种在被斥责的感觉。

作为一名训练有素的地质学家，理查德为北极斜坡地区公司工作，这是《阿拉斯加原住民土地赔偿安置法》（ANCSA）于1971年成立的土地所有者协会之一。这项法案第一次真正在联邦政府和各族群原住民之间达成了协议。这些地区公司一共接收了大约十八万平方千米的土地，并获赔了九亿六千三百万美元。它使民族自决成为可能。这也否定了原住民土地权的合法性，即原住民对土地或领土的固有权利。ANCSA是双方妥协的产物，既承认了原住民的土地诉求，也力求满足州、联邦和私人石油公司的利益。解决原住民的诉求意味着石油开采得以进行。阿萨巴斯卡的一个内陆村庄史蒂文斯村是几个获得法院禁令的村庄之一，该禁令叫停在了他们在土地上的输油管线建造工程，直至土地所有权被厘清[1]。资源开发使这片土地对于美国经济来说变得十分宝贵，它被纳入了资本主义体系之中，由联邦政府通过公司制度的运作将社区权利分配给个人股东。在此之前，这片领土仍然属于用益物权①，也就是说所有人都可以使用这里的土地，只要他们不造成破坏。如今，土地使用须遵循法定所有权，并要受制于为利润而发展和为生计而保护这两个相互竞争的目标。

几个星期以来我一直想采访理查德，但是他很忙。前段时间他作为撒维克（Savik）捕鲸队的副队长外出狩猎去了，Savik是刀的意思。他还是一名政治家和冰川学家，按照他自己的话来说就是拥有"一堆学位"。他母亲是因纽皮雅特人，父亲来自内布拉斯加州。他在成长过程中往来于乌特恰维克和加利福尼亚州之间。他穿着挺括的白衬衫坐在办公室里，看上去和他在雪地摩托上身穿毛皮大衣、头戴无檐帽一样舒适自在。我紧张地架起相机，反复检查是否按对了开始录像的按钮。理查德坐在那里注视着我，他的沉默制造的气氛和他之前看手表一样让人紧张。

"我们这些人都生活在危险边缘，从来如此。"理查德告诉我

---

① 指以物的使用收益为目的的物权，非所有人对他人所有之物享有的占有、使用和收益的权利，包括土地承包经营权、建设用地使用权、居住权等。——译者注

他的因纽皮雅特祖先生活的那一小块土地距离城镇目前的位置有十五英里，即使是在那些日子里，那个位置也已经开始被侵蚀了。在包括普拉德霍湾在内的沿海平原一带的土地上，都有理查德祖先的遗骨，不仅有古人，还包括那些在 20 世纪初死去的人们，那个时候因纽皮雅特人尚未开始埋葬死者，人们的遗骸都留在地面上，往往是在他们离世时的住所里。如今的不同之处在于因纽皮雅特社区建起了电力电缆、房屋、用于处理废水的大型露天污水塘，而不仅仅只有建在冰原上的草皮房子、皮革帐篷和冰窖。搬迁变得更艰难，成本更高昂了。

理查德声音温和，但情绪暗流涌动。他的气场极强，非凡的智慧让人无法忽视。他并不需要停下来思考。他的重音、语速和表情一直没变过，他的态度举止表明他在此之前已经被迫就这个问题解释过无数次了，而且他很不乐意再重复。他曾在华盛顿的国会听证会上作证，支持在北极国家野生动物保护区进行陆上石油勘探。

"我们努力做到两全其美。这就好比同时做着两份工作，努力在因纽皮雅特世界和现代世界都做个好人。就像是在两头讨好。"

"这么靠北的地方没有其他产业。"他说。本地政府从石油之中得到收入。学校和卫生中心也都是靠石油得到财政支持。他说，在社区内部，有各种各样的意见，不过他个人认为自己是支持在这个地区发展石油和天然气的。土地可以是神圣的，驯鹿群可以茁壮成长，而石油开采也同样可以进行。他说话的时候我不时点头，做记者这一行就是这样，因为业内认为这样可以让受访者安心，认为他们所说的内容是有趣的，好让他们一直说下去，又不会干扰受访者的声音。我边点头边想，理查德根本不需要我去点头。

他中途停下来时，我问他如何看待老一辈人关于"终有一天海洋上将不再有冰"的预言。

"我从没听说过。"他言之凿凿。他继续讲述那一次冰面从海岸带坚冰上断裂并漂走，将撒维克捕鲸队也一同带走的故事。他并没有将此事归结为气候变化。

"我几年前曾经漂走过，需要直升飞机救援。对我而言，这并不是什么全球变暖，而是我们那天没有足够小心注意到发生的情况。我们的职责就是持续记录冰面、洋流、风、温度和裂缝的任何变化。确认我们在这里是否安全。"他希望他们在海冰不断变薄的当下所看到的变化不是单向的，而是振荡的变化模式中的一部分。他说他眼中的科学是指向真相的方向的一根手指，有时多少会有点偏差。他爱多年冰，用因纽皮雅特语来说是piqaluyak。多年冰厚重结实，适合狩猎，还是纯净甘甜的淡水来源，取之不尽。

我告诉他，我曾因为多年冰太美而想要在那里一直待下去。

"它看起来如此宁静，会麻痹你，让你误以为立足于永恒之上。"他回答说，"当你上去扎营时，你希望它可以一直维持这个样子，然而并不能。就像生命中的所有事物，不可能恒久不变，而你最好是做好准备随时迅速撤离。"

理查德说比起气候变化，他有时更加惧怕音乐电视网(MTV)给青少年带来的影响。文化的变化、语言的丢失、自尊的沦丧、社会问题、吸毒和自杀。"这会触及我们每一个人。秋天是开始于 10 月 10 日还是 10 月 12 日，草地在夏天是否会变得更绿一些，冰离得有多遥远，究竟是五十英里还是七十英里，这些事情对我们来说的确重要，但是还有其他事情同样重要。"

后来理查德不得不回去工作，我们没有更多时间继续聊下去了。

步行回北极星街的路上，我仔细思考理查德说过的话。我惊讶于他竟然没有听说过上一辈人对海洋无冰的预测，杰斯利以及和我交谈的长者们都不假思索地详述了这个预言。比起气候变化，理查德真的更担心 MTV 吗？文化缺失带来的破坏不可否认，人们因此而自杀，所以这毋庸置疑应当首先关注。我提醒自己，理查德是石油勘探的公开倡导者。正如他所言，没有其他产业在这里经营，农业更绝无可能。20 世纪 90 年代末，我作为本土商贸记者的第一个重要报道是抗议福特达格纳姆工厂工人失业的野猫罢工 ①，福特达格纳姆工厂是埃塞克斯一家具有代表性的汽车工厂。我无法忘怀工厂大门外人们的面孔。1999 年 4 月，我对英

---

① 指未经工会同意的罢工，在许多国家被认定为非法。——译者注

国石油公司老板约翰·布朗提出的第一个问题便是关于并购美国大西洋里奇菲尔德公司之后的裁员问题。这个问题很简单：人们需要工作。这个问题也很复杂：石油公司作为阿拉斯加的主要用人企业，必定在这里有巨大影响力和权力。至于理查德着重强调的自杀、自尊的丧失以及文化的缺失，这些难道不是和气候问题一样都是同一个故事中的一部分吗？它们都是关于一种存在方式是如何艰难地对抗强势文化的欲望的，这个强势文化想要定义并占有所有人类的意义和存在，它打破了因纽皮雅特人与土地及语言的连接，剥削每一种事物、每一处地方，而不在乎它究竟毁灭了什么。

我还准备了很多问题留待理查德解答，但是我已经被范告诫不要如此频繁地盘问别人。有一个因纽皮雅特词语paaqłaktautaiññiq，意指避免冲突。这是一种根深蒂固的价值观。历史上，在这里生活的人们依靠良好的合作来确保生存。不合作就会死。人们练就了隐忍的性格，压抑着不满的情绪。苛求太多并不是这里的处世方式，尤其是作为一名访客。但是在与理查德聊过之后，我一直难以摆脱一种感觉，仿佛自己被刻意误导了。

我向外面冰封的大海望去，那里的阳光似乎更加耀眼了。我怀念起坐在比利的雪地摩托后座上的那几次长途旅行；我怀念猎人们说因纽皮雅特语时的声音，怀念注视着他们观察天气，怀念海洋的声音、鲸鱼呼吸时的长叹、它们后背的翻滚。我怀念去取多年冰的经历，怀念淡水的味道。我怀念一转身总能看见范或比利在那里准备给我解释什么，或是确认我一切都好。狩猎时注意力高度集中让我无法过多思考，而现在我恢复了往日的生活，不过还带着久久不能缓解的喉咙痛。一回到茱莉亚的家，我就冲了杯咖啡坐在厨房里的餐桌旁，但是我无法放松下来，不停地起身看向窗外的天空，仿佛它会向我透露些什么。我想起了我的伦敦生活。城市，混凝土，通勤，会议计划，电脑屏幕，为了让自己看起来得体的套装，还有我想要打动的主管。这一切似乎都无关紧要，我只想和卡里克捕鲸队一起回到冰面上去。

我擅长模仿雷鸟的叫声。那些胖胖的松鸡科小鸟在夏天的时候是花褐色，到了冬天是白色。你可以通过张大嘴巴，用力使气流从喉咙后方通过，来再现它们发出的低沉的咯咯声。制造出这样的噪音让人十分有满足感，我从小就喜欢这么做。我母亲觉得这个声音让人极度恼火。谁能想到这个技能有一天也会派上用场，给一位猎人留下深刻的印象呢？

比利告诉我，当他在卡里克营地这个家族猎场时，常常是方圆数英里之内唯一的人类。"只有我和星星。安静，祥和。"因纽皮雅特人在漫长且食物丰富的夏天会来到苔原上。在一年中的不同时间，驯鹿 tuttut，鹅 niḡlich，雷鸟 aqargit，这些动物十分充足。茱莉亚说，因为天气发生了变化，所以我们能否回到冰面上还是个未知数，捕鲸队里有些人正在计划一次猎鹅。

"都谁去？"我问。

"伊莱和比利，也许还有别人。"

"我能一起去吗？"

茱莉亚耸了耸肩，说："我们等着瞧吧。"

我太羞怯不好意思直接问，于是默默等待，一想到自己可能被丢下就忧心忡忡，一旦听见门厅里有靴子的声响就立刻蹦起来。我试着说服自己应该动身前往加拿大北部了，去探索那边的人们是如何看待气候问题的。我上网搜索航班，但是刚匆匆扫了一眼时刻表，就关掉电脑到雪地里闲逛去了。我认定猎鹅是个千载难逢的机会，去听取内陆人对气候变化的看法。我在遗产中心又雕刻了更多物件。佩里给了我一块鲸骨碎片，这块碎片既致密又沉重，很难雕刻。雕刻进展缓慢，鲸鱼的形状慢慢地显露出来，完工时，与其说这是一个完整的雕像，还不如说更像一个抽象的符号，就好像这块骨头里出现了一个单词。我把它交给了茱莉亚，她立刻将作品摆到了她的玻璃藏珍阁中。

一天早晨，比利进屋时我正把鼻子埋在咖啡杯里，贪婪地吸着咖啡的香气。

"嘿，你都去哪儿了？"他说，"你一直都不在这儿。我们要出发去卡里克营地了。伊莱和利奥也一起。你来吗？"

"噢好吧，我也许会去。"我试着让自己听起来无动于衷。

他耸了耸肩就转身要走。茱莉亚盯着我，脸上好像写了一个大大的问号。

"你是说现在吗？我也去，等等我。"我跑进自己的房间拿上户外装备和相机。我能听见茱莉亚和比利的大笑声。

"两小时之内出发。"他喊着说。

我再次坐在他后面，被挡住风雪。我已经忘记了这有多冷。这一次，一路上的风景是更加容易辨认的白色，就像是一个下过雪的足球场，只不过这里没有球场。这片雪地绵延无边。乌特恰维克成为地平线上一抹不规则的灰色污渍，接着地平线上什么也看不见了，满眼只有雪。比利告诉我，他从父亲那里知晓了去营地的路线，他一边说一边指出作为地标的不同白点。对我来说，这一切看起来都一模一样，是致命的风景。

卡里克营地有一间可以睡下十个人的小木屋，主屋里沿着墙壁摆了一排床铺。茱莉亚的长子利奥已经在小屋里了。我们每人选了一张床铺。在北极春天的微光里，星星也都消散不见了。苔原正在显露出来，雪地上裂开柔嫩的绿色伤口。伊莱在和我打牌，比利在营地周围忙碌着，清理出作为营地厕所的蜂蜜桶。他说他不需要帮助。我听见雪地摩托的轰鸣声。第二天早晨，他说我们必须离开了。他连夜检查了这个地带，看起来情况不妙。

"如果我们现在不走，就会被困在河的这一边。"他解释说，"在零上四十度的温度①，海水来势汹汹。雪几小时就化了，用不着几天时间。"他表面平静，但是没有一丝笑容，我们三个人认真听着每一句话。他叫伊莱用 VHF 电台与父母通话，让他们知

———————————

① 这里指华氏度，约合四点四摄氏度。——译者注

222

道目前的情况。我们会尝试在河的另一边猎鹅，这样才能回到市里。这意味着我们必须露营。

伊莱打电话给救援基地，向接线员解释了当前的情形。"最后的结果就是我们可能今晚就得回去，有可能在午夜过后，雪冻实的时候，现在这里的雪很软。"他又重复了一遍："午夜离开，前往乌雅加里克。"救援基地的某个人通过嘶嘶的声音回答了些什么。茱莉亚和杰斯利没有在无线电上回复，接线员说他会把伊莱来电的消息转达给他们。

几个小时之后，我在无线电上听见了杰斯利在呼叫。

"嗨，我们刚到家。"

"嗨，爸爸，我们今晚返回，也许去乌雅加里克，往北去。"伊莱说，"这里的冰雪现在确实在融化。"无线电里的声音断断续续的，我们听不见杰斯利的回答。伊莱又说了一遍："我们会等到温度凉下来一些再出发。这里的雪很软。我们今晚要去乌雅加里克。"

"好的，收到。"杰斯利说。没有闲聊寒暄，没有"小心"或"保重"。没有人激动。而我已经惊讶得瞪大了双眼，这对我来说太疯狂了。对于卡里克家族来说，这就是狩猎的方式，是生活的方式。

我们等待着夜幕降临再离开。利奥决定直接返回乌特恰维克。现在变得更冷了，虽然天色并不黑，但整个世界都晦暗下来，带有危险的意味。河流是一道粗粗的白色线条横亘于裸露的绿色苔原，当我们接近这条河时，比利和伊莱让雪地摩托加速前进。这条河并非无法通过，河上仍有一层薄冰支撑着表面覆盖着的白雪，而我没有能力判断出下面有水。比利后座上载着我在前面领路。我们在一阵轰鸣声中过了河，转回来查看伊莱的情况，他差点就成功了，但是当他接近对面的绿色河岸时，雪地摩托的后部陷进去了。

"我来了。"比利大喊。我从雪地摩托上下来，注视着他骑回去，从包里取出一根绳子拴到两辆雪地摩托上以便将伊莱拉出来。事后我再回想起这件事的时候，才意识到如果比利不在那里，后果将不堪设想，我和伊莱是多么依赖比利，我又感到多么安全。

在有鹅聚集的乌雅加里克，是没有小木屋的。我们在这儿扎营，在帐篷里排成一排睡觉。当外面的风大到鸟都无法飞行时，我们又开始打牌了，玩换牌游戏，皮纳克尔和拉米纸牌，现在我偶尔能赢一两把。我变得更好了，不仅在于牌技更好了，还在于自己过得更好了，在这些时光中享受自己，享受他人的陪伴。我的词汇量也增加了。Illiviñ 是"轮到你了"，Iiqinii 是"害怕的"，Atchu 是"我不知道"，Nalaiñ 是"平静下来"，Atta 是"保持安静"，Attai 是"漂亮"。我想多学一点。我了解到，伊努克提图特语中蕴含的世界观与我的完全不同，这是加拿大境内的一种因纽特语。成长期间学习这门语言的孩童不会将动物分门别类。这门语言里没有通称，不会说"海豹"或"熊"。每只动物都有自己独特的名字。一条北极红点鲑，一头竖琴海豹，一头年轻的环斑海豹，一头北极熊，都是如此。这门语言里有"呼吸者"，表示海洋哺乳动物，还有"陆行者"，表示陆地动物，但是在人类和动物的生命之间并没有区分，没有单词对应"它"[2]。这暗示了生命的平等性。我希望了解在因纽皮雅特语里是否同样如此。

比利告诉伊莱他担心天气如果变得太暖和，鹅和驯鹿可能就不在这片苔原带迁徙了，这正是我大老远从伦敦来到这里要调研的。比利放松下来，对生活进行沉思，而这变化就藏在他头脑的核心位置。然而我手边没有任何可以记录他的东西。我多少有点把那些调研全部弃之不顾的念头。我在这里已经不再是为了调研，我在这里只是因为我想要在这里。

当风逐渐偃旗息鼓，比利离开营地去寻找鹅的踪影。我和伊莱一起前往他祖父打造的藏身之地。我们在等待的时候窃窃私语。

"你听见它们在叽叽喳喳。"他说，"接着你必须得定位它们。它们可能在任何地方，试着通过声音找到方向。如果它们顺着风走，风会将它们的声音传过来，这让声音听起来比实际上近很多。"

"我听不见它们。"

"你戴着帽子呢。"他大笑起来。

"我知道，天气太冷了。"

伊莱和比利在藏身处等了好几天。这些天里我们打了更多的牌，要不然就是睡觉。

"我要录下你的呼噜声。"我开玩笑说。

"你不打呼噜，"比利说，"我们都不知道你是不是还活着。"

他像杰斯利一样，总是咯咯地笑，声音低沉。

"想要我像伊莱一样制造噪音吗？你们自己选。"我说。

"Naumi, Naumi." 比利摇着头说。

我们看见了一只 ukpik，也就是雪鸮，看起来就像是被白雪覆盖的苔原向空中抛出的一大块斑点。在远处，还有一头年轻的 tuttu，北美驯鹿，用细长的腿支撑着自己，粗短的脖子上围的一圈白色软毛如同轮状皱领一般，黑色的脸庞在白雪的映衬下活像个标点符号。不过现在还不是猎驯鹿的季节，而是猎 niġliq——鹅的季节。所以我们就看着那头驯鹿幼崽，直到它察觉到了什么地方不对劲，受惊逃跑了。狩猎规范十分严格，其节律须遵循动物的繁殖周期。我曾读到过在 20 世纪 80 年代时，尤金·布劳尔已故的父亲哈利重新审视了季节性狩猎的限制，因为一头鲸鱼向他托梦提到此事。

哈利那时病得很重，住在安克雷奇的医院里。当时正是捕鲸季，各个捕鲸队都到冰上去了。哈利告诉他的传记作者卡伦·布鲁斯特，当他感觉自己已经"死了"[3]的时候（他原话就是这么说的），一头鲸鱼宝宝来到他的面前。他描述了这头幼崽是如何背着他到冰面之下，一直到达狩猎地点的。它告诉哈利它的母亲是如何被逼到走投无路最后被刺中的，"它们是如何受伤，遭受痛苦的"[4]。这头鲸鱼指出正在狩猎的男人们，其中包括哈利两个儿子的面孔。它告诉哈利它的身体储藏在哪里。哈利在医院里住了两个半星期。重新恢复意识后，他向尤金详细叙述了他的所见所闻。尤金发现所有事情都与事实情况对上了，包括幼崽的身体被整个放到了冰窖中储藏，这间冰窖正属于鲸鱼幼崽指认的那名猎人。带着幼崽的鲸鱼母亲本不应该成为捕猎对象。哈利告诉尤金春天捕鲸的截止日期从那时起变成了 5 月 27 日，因为大多数幼崽都会在 5 月过后出生。

在哈利的世界里，鲸鱼拥有灵魂，而它们的身体承载着人类族群的整个社交世界，所以他在梦里倾听鲸鱼的话语。

比利一直关心我的情况。Alappaa？我冷不冷，我饿不饿，我累不累？当我趴在苔原上，面对着一把步枪，直直对着枪筒录像时，他会突然冒出来责备我。"那个家伙可能随时擦枪走火。"我也想要狩猎，想要做出贡献，于是他任由我借走了他的枪。我小心翼翼地瞄准，扣动扳机，然后被震飞到后面。

伊莱扔了一个雪球供我射击，虽然这次我没有摔倒在地，但也没有击中。于是比利永久收回了他的枪。

有一只鹅，他没有一击致命，那只鹅扑腾着落在了地上，躺在那里虚弱地扇动翅膀，与此同时它幸运的同伴们叽里咕噜地消失在远方。比利无视了它，他的目光仍然聚焦在天空。我不忍看见它慢慢死去，于是走过去，直视着它的眼睛。

我对鹅说："我很抱歉。"当我想到鲸鱼奉献出自己身体的时候，我又补充了一句，"谢谢你。"或许这也适用于鹅吧。我怎么能杀死它？小时候，我经常把老鼠、兔子、小鸡等受伤的动物带回家给我爸爸解决。但是爸爸现在不在这里。我捏起它的脖颈，但是无法折断，因为它太柔韧了，我将它对折，但是这只鹅仍然在呼吸，声音尖厉凄惨。我紧紧抓住弯曲的脖颈，将膝盖压在它的躯体上逼出空气。这花了很长时间。

比利说他小时候曾设陷阱捕捉过旅鼠。他们将捕到的旅鼠卖给科学家用于喂养雪鸮。他解释了这个方法，这会用到绳子和棍子。我不懂，但是我对旅鼠颇感兴趣。

"旅鼠就是那些会自杀，从悬崖上往下跳的动物，对不对？"

"从悬崖上往下跳？ Naumi，旅鼠不会这么干。"

我心想，这样的话，比利一定没有去过那座悬崖。"它们会跳，我在电视上看见过。它们就这么跳下去了。"

他耸了耸肩，没有继续争论下去。当然，他是对的。后来我读到，在《白色荒野》这部电影中，迪士尼的摄制人员通过刻意安排上演的恐怖事件渲染了周期性的旅鼠集体自杀之谜[5]。他们显然知道旅鼠们在种群数量激增后，会迁徙寻找食物，有时则会游泳横渡河流，而溺水时有发生，这对于 1958 年的影院观众来说，不够吸引眼球。他们从马尼托巴省的因纽特孩子们手中买来了这些小动物，带到阿尔伯塔省，拍摄它们在被雪覆盖的转盘上奔跑，将它们扔下了悬崖并用摄影机从下往上拍摄[6]。在这些小小的啮齿类动物明显自己扑进海里之时，电影旁白自以为是地将旅鼠的动机和思考过程以人类的方式解读："它们成为某种执念的牺牲品——一根筋地只想着：前进！前进！"[7]

伊莱请我再唱一次我对鲸鱼唱的那首歌，但现在我拥有了听众，变得难为情起来，需要别人说服。我唱完以后，比利注视了我很久，于是我躲进帐篷里去。正当我打盹的时候，听见一声拖长的低吼从外面传来。是一头熊！我尖叫着跳起来，仓皇地从帐篷门帘钻出去，然而那只是伊莱在打嗝。他又笑又叫，模仿着我冲出帐篷时脸上的表情。他去打猎的时候，仍然咯咯笑个不停，于是比利和我便留在了帐篷里打牌。他用手肘支撑着身子半躺着发牌。他用夸张的动作拍下最后一张牌时，我躲了一下。

"你太容易受惊了。"他这么说，就像评价他捕猎的一只动物一样评价我。我努力压制这种反应，这是我童年时对任何意料之外的触碰或声音的条件反射，现在回想起来，黑莓那么多年来也是这种反应。眼前这个男人一动不动，洞悉了一切。我死死盯着牌看，能够感觉到他正在注视我。我与他四目相对，他的深色眼眸在寒冷的空气中燃烧，像地心深处一样炙热。"我有时在夜里看着你雕刻的鲸鱼，"他慢条斯理地说，"就会想起你。"我坐在他身旁，想着他在夜里想到我。他的平静给予了我勇气，我再也无法克制，倾身向前亲吻了他。他的回应从容不迫，甚至有点缓慢。他没有突然行动，他的力量显而易见，但是含蓄克制。接着，从远处传来一辆雪地摩托的嗡鸣，它逐渐靠近，变成巨大的轰鸣声，是伊莱回来了。比利退后，一言不发地观察我。我双腿颤抖着起身迎接伊莱，我不确定这样好不好。在帐篷里，伊莱睡在我俩中间，这让我如释重负，但是当我听见比利的呼吸声变得缓慢均匀时，也让自己的呼吸跟随着他的节律，陷入梦乡。

"你是有史以来第一个来这里露营的白人。"我们出发返回乌特恰维克之前比利对我说。行李箱里装着大约三十只鸟。伊莱解释说这些鸟要给茱莉亚、比利的妈妈、捕鲸队、其他亲戚以及没有人为他们捕猎的老人。一开始比利让我来驾驶雪地摩托，在我们停下来时假装受惊摔下了摩托。后来我骑在他身后，头靠在他的后背上，双臂搂着他的身体。

我们到达北极星街的时间比事先说好的要晚五个小时。茱莉亚见我们一直没到便开始担心起来，并请一直处于警戒状态的救援基地向在苔原狩猎的人发起无线电通话，询问是否有人看见我们。我在搜救名单上的名字是多琳·卡里克。卡里克家族接纳了我，我从未感到过如此幸福快乐。

比利住的小房子位于 Nanook 街，也就是北极熊街。实际上这顶多算是间大一点的陋室，和隔壁他母亲的大房子相形见绌。从茱莉亚家走去那里需要半个小时，会经过遗产中心，然后沿主干道行走，这条主干道穿过了一条狭长的陆地带，陆地左侧是冻结的潟湖，右侧是广袤的白色海洋。这段路我走得十分缓慢，享受着靴子踩在雪地上的嘎吱声，沉醉于明亮、广阔的天空。当我越来越接近比利家时，步伐会变得轻快，内心感到一阵轻松，左转经过弓头鲸街上的银行，接着右转，然后继续向前，经过教堂及山姆和李中餐厅，这家餐厅舒适温馨，棕色和白色的房顶像姜饼屋一般。在飞机起飞或降落时，那里可能会有一阵突然的晃动。比利居住的这一侧邻近机场，提醒我在这里的时间是有限的。比利家附近的国家气象局站点每十二小时会放出一个探空气球，有时，我走近他家门口时，巨大的气球会飘上空中变成一个小黑点，然后消失，仿佛天空在委婉地提示我，又一天过去了。

　　要进入比利的家，你要穿过一个狭小的 qanitchaq，这个空间刚好够你跺掉靴子上的雪。外面的大门从来不锁，如果他在家里而且醒着，里面的门也不会锁。即使锁了门，我也有一把钥匙可以开门。屋里只有基本的生活用品，一看便知主人主要在户外生活。进屋以后，右手边是一个炉子和一个小立式冰箱，里面有扇门通向一个小卫生间。屋里没有浴室，比利想要淋浴就得去他妈妈家。大碗橱上放了一台电视机，旁边还搁着一台收音机。电视机上放的是屋里唯一一件装饰品——我雕刻的小鲸鱼。入口的左手边是一张餐桌，被一扇大窗户照得亮堂堂的，尘埃在透过暗红色窗帘涌入屋内的阳光之中漫游飞舞，比利总是只拉一半窗帘。餐桌后方是一张床，如果他没有坐在椅子上或是在门口迎接我，就会在这张床上，穿着牛仔裤和运动衫，一只胳膊枕在脑后躺着，双腿交叉在脚踝处，香烟的烟雾从他的手指间缭绕升起，在太阳的光束里与尘埃共舞。我总是要花上片刻来适应这个事实，他真的在那里，实实在在、真真切切地，等着我。

　　与他共度过如此多的户外时光，他身上总是裹得严严实实，再看见他穿着普通的家居服，尤其是袜子，就会萌生出一种奇怪的亲密感。在他的屋里,没有那么大空间让我们保持距离。如果我们想看电视,就得坐在床上。我们会去山姆和李餐厅,我会因为和他一起出门而骄傲得冒泡泡。我们也会一起分享一份他用烤箱加热好的大胃王冷冻餐。这一切都如此平常,与外出狩猎的日子相去甚远,但我却只想和他待在一起。不过我很担心。我说,我就要离开了,而且我不想伤害他。

他耸了耸肩说:"不用担心我。"

第二天早晨,我们会被烟囱里的颤鸣声和抓挠声叫醒。"讨厌的雪鸟。"他穿着短裤站在椅子上,用扫把的把手向上往通风口捅,还要在里面叮叮当当转上几圈。雪鸟在美国南方过冬,每年夏天飞往北方。它们和我一样都是新来的,听起来仿佛是为回到比利的屋顶,和他如此之近而欢呼雀跃。我确实为他担心。

"偷客贼。"在比利步行送我回到北极星街后,茱莉亚对他说。我有一种罪恶感,必须开始工作了。那天下午,她、伊莱和我在厨房里给鹅拔毛。在她的指导下,我把它们的皮撕开、剥下。她已经原谅我在苔原上几乎忘记打电话给她的事了。

"我的伦敦闺女。"她说,"看,砂囊!它在胃里留了一些菜叶子给你。"她举起一些看起来像是青草的东西,开怀大笑。因为卡里克家已经迅速终结了我的素食生活,他们也乐于拿此事打趣。

"把这些给冲洗下来就可以了。"伊莱说,"你不用付钱,这个是免费的。"

"谢谢，相当浓郁的苔原风味。"我说。他问我在超市花了多少钱买沙拉。我告诉他，我不敢看价格，收银员要多少我就递过去多少。实际上我最近没有再买了，沙拉对我来说开始变得寡淡起来。

"这是我的 niġliq 汤。"茉莉亚舔着嘴唇，抓住一只死鹅的脖颈高高举起。

"Niġliq。"伊莱发出高亢的狩猎呼叫。"继续，多琳。"他说。

"呷咕噜咕噜咕噜噜。"我和他坐在藏身处里的时候自认对这个很擅长了。一次，一只鹅从头上飞过时似乎是在回应我。但是茉莉亚和伊莱爆笑。我要求他们告诉我谁的呼叫声更胜一筹。

茉莉亚圆滑地说："一个听起来是从伦敦来的，还有一个听起来是巴罗的。"茉莉亚给我起了一个名字，把她的因纽皮雅特名 Singaaġauluk（新佳佳乌璐）送给了我。她还送给我一件卡里克捕鲸队的捕鲸夹克，夹克的正面绣有她的名字，现在也是我的名字了，背上还有一条鲸鱼尾，印满了捕鲸队最近捕获的鲸鱼的长度——五十一英尺五英寸。

比利和我在救援基地打牌消磨时光时，我自豪地穿着这件夹克，猎人们也在这里闲逛、打台球，同时在无线电旁值守。如果任何人失踪了，志愿者会发起搜寻行动。我得知，有一次比利在雪中寻找失踪人员太久导致自己冻伤了需要治疗。我渴望拍摄下救援基地的影像记录，但是不敢开口询问。这里没有其他女人，而我担心如果硬要做这件事会被赶出去。

我们经常只是在城市里闲逛。比利给我展示他年轻时发生过意外的那个砾石坑。他是在做摩托特技时发生的意外。"就像伊夫·克尼维尔[①]一样。"他说。他现在仍然有一条受伤的瘸腿，本来应该是小腿的地方实际上只剩下骨头。我第一次看见这条腿的时候大受震撼，但是很快就习惯了。和他在一起，我的心中平静安宁。我从来不知道自己还可以这样。

我们一起前往他姐姐的家。他姐姐是范的伴侣，我们一起看篮球赛。和他的家人见面感觉很好，但是我在她宽敞美丽的大房子里感到很不自在。为什么比利住在那么狭小的空间里，而她却住在这里？然而这里似乎没有人在乎这件事。比利告诉我他在普拉德霍湾的油田里工作过一段时间，但是觉得很难，当老板的那些人可能为人刻薄，工作辛苦极了，而且他也不喜欢离开家。他还做过建造房子的木匠。他到底是如何生存，靠什么为生的，我并不太清楚，虽然我知道每一个人都会从北极斜坡地区公司得到一份定期的股息。话说回来，他本就是一名自给自足的猎人。他从未假装过什么。

因纽皮雅特语是比利的第一语言，这门语言现在已经越来越少见了，但是当我问他交通标志上的某个单词如何发音，请他为我翻译时，他却沉默了。他含混不清地说他儿时一部分时间上学，余下的时间去打猎，这种生活让他很混乱。我这才开始注意到他

---

① 美国摩托车骑手和特技演员。——译者注

现在的生活并不容易，或许他的生活从未容易过。当他在 20 世纪 70 年代开始上小学时，人们已经不再因为儿童说母语而惩罚他们了。但是我想起了我在幼儿园体验过的无聊、胁迫、屈辱和恐惧。我从来没有在其他语言环境下学习的经历，但是一直需要克服听力障碍，而且经常搞不明白发生了什么。对于一个在自己的家庭利用自己的语言观察、行动和学习的孩子来说，他习惯于用母语来描述他们的狩猎活动、土地和家园，而"混乱"一词听起来似乎将这种困境轻描淡写了。这些孩子后来又不得不学习另外一种语言，接受另外一种文化的教育。

他的因纽皮雅特语名字是 Uvyuaq（乌维阿克）。你怎样拼写这个名字？这个名字有什么含义？我强烈要求他讲一讲，但是他不愿详细说，我只好作罢。我转而向他展示我给他造的船拍摄的照片，小船当时在冰间水道的边缘准备就绪。他仔细看着我相机的取景器，那艘小小的船就在里面。

"我要把这张照片打印出一张大的来，"我说，"裱起来。"在他和茱莉亚的帮助下，我给这张照片起了一个标题——"Uvyuam Umialiaŋŋa"，翻译过来就是乌维阿克造的小船。

我初识比利的头几个星期，在他做这条小船的时候，他告诉过我是从父亲那里学习的这门手艺。他不需要依靠读书来造这条皮艇，父亲就是他的书本。我曾见过比利辨识冰、云、洋流、温度、风、土地和鲸鱼。我观察到了每一个人，而总是他来接通无线电与别人交换刚刚发生的变化，分享信息，让所有捕鲸队联合在一起有效地组成一个超级大脑，保证安全并增加狩猎成功的机会。

在白茫茫的冰封天地之中，在我们一起捕鲸猎鹅的日子里，我对风景的感觉与对他的感觉交织在一起。他无法和冰，也无法和苔原上广袤的天地分离。这里就是他的家，他的一部分，而他也是这里的一部分。

比利不需要阅读文字。他能够读懂整个世界。

至于我，当时的我无处可去，除了爱上他，我别无选择。

从迪波湾到圣胡安群岛

北纬 44°48′30″ 到 48°32′6″

西经 124°3′47″ 到 123°01′51″

我被电话吵醒，瓢泼大雨正打在汽车旅馆的窗户上，我摸索着找到听筒。

"今天没有船出海。"一个声音说道。我甚至还没来得及问好。是谁打来的？没有人知道我在这里。那声音继续说道："这是海岸警卫队的命令，因为海浪太大了，今天没有观鲸活动了。"那个声音最后终于说他们是从前台打来的，通知我莫里斯会在博物馆等我。

"莫里斯？"我问，"博物馆吗？"

我惺忪的眼睛注意到麦克斯正在脱下一个满是臭臭的纸尿裤。接着电话挂断了，留下我彻底清醒过来，处理臭臭，顺便消化着刚才这则信息。我的心情一片灰暗。我们早餐吃了灰暗的粥，户外是灰暗的雨、灰暗的天空、灰暗的大楼。没有该死的灰鲸，只有汽车旅馆外花坛里的一只大塑料鲸。我一路冒着雨闷头向前走，被几个人引到了一个看似并不存在的公交车站。

"那上面写着'公交车'吗，妈咪？"麦克斯的声音从婴儿车的塑料雨披下传来。他看起来像是一条圆形鱼缸里的金鱼，指着前方柏油路上的几个大字母。那里的确写的是"公交车"，也许这纯粹是他的猜测，但是如果他在这次旅行中开始学习认字，那我就又有理由来驳斥批评的声音了。就在这时，开往迪波湾的公交车呼啸着从我们身旁驶过，路边水坑里溅起的水花把我淋得浑身湿透。三小时后才会有下一趟车。

此次旅行中，这一部分的行程是最难计划的。当我在泽西通过电话制定好交通线路时，迪波湾商会的姬蒂仅凭一声"你好"就认出是我了。迪波湾大约是在迁徙路线上三分之一的位置。如果天气良好，这便是俄勒冈观赏灰鲸的最佳位置之一，但是没有观鲸活动我都不知道该如何带麦克斯玩。更糟糕的是，我本来计划要见的生物学家发邮件表示歉意，因为她有急事已经离开了。

我身心俱疲。前一天晚上我们在天色渐暗时到达，赶到奈伊海滩在海浪之间玩耍。在一家小餐馆里，我点了素食汉堡和薯条作晚餐，还给麦克斯点了用马里恩莓做的脆皮水果馅饼。这里满是围坐在桌边欢笑的人，我却感觉尤为孤单，没有可以一起聊天的成年人。麦克斯享用他的甜点时，我就像观察其他物种一样审视着周围的面孔。

"还需要我帮您拿点什么过来吗？"那位女服务员出现了。她声音里透出的温暖让我一时间无法作答。

麦克斯抬头看向她，严肃地点点头，停顿了许久才开口说："一头鲸鱼，谢谢。"

"看来有人饿坏了。"她一边说着一边收走我们的盘子。我咯咯笑起来，而麦克斯因为意识到自己闹了个笑话绽开一个大大的笑脸，咧开的嘴里满是冰淇淋。这些时刻，这些最棒的时刻，有时比那些困难的时刻更让人伤心，因为没有熟悉的人可以分享这些喜悦。但是我坚定地对自己说，一对对灰鲸母亲和幼崽全凭它们自己成功完成了迁徙。我们也可以。

我们已经很长时间没有看到鲸鱼了，它们或许也是我臆想出来的东西。但是当大雨拍打在路面上时，坐在另外一个公交站，我可以有把握地说这段旅程毫无梦幻色彩。我从追鲸这一路上了解到，鲸鱼绝非什么神秘的物种，它们极度务实。有种种理论解释它们如何在海岸线一路上辨识方向，穿越变幻莫测的危险洋流和暴风雨。其中一个理论是说，它们惊人的听力使它们得以跟随海岸边海浪的声音，或者是跟随巨藻床上出没的动物的响动。一部分科学家猜测它们会利用星星或地标，在浮窥时头跃出水面查看峭壁和海滩。还有理论认为，它们受到了地球磁场的指引，或者大脑中极可能存在磁铁或氧化铁的微小粒子，能够探测到磁场等值线。有的人猜测它们由海底的深度或轮廓结构指引。它们在迁徙期间也表现出了互助行为，曾有人观察到它们停下来等待落单的一头或一群鲸鱼，然后一同上路[1]。有人假设它们可能会留下一条类似于某种气味的化学痕迹，供其他鲸鱼跟随。这些方法都帮不到我。我依赖的是国家铁路客运公司和公交车时刻表。

我们最终赶上公交车时，即使还在雨中，迪波湾也依然美丽。一个巨大的标志指向"鲸鱼，海洋生物和鲨鱼博物馆"。我们躲进博物馆大楼，一名男子上来迎接，介绍自己是莫里斯。所以眼前这位先生就是电话中的声音提到的那个人。我告诉莫里斯我们在沿西海岸向北追寻灰鲸，但不太顺利。

"啊，那真是亚哈船长本人了。"他说。

"他难道不是想杀死鲸鱼吗？"我对《白鲸记》的记忆非常模糊了，十几岁的时候我试图读这本书，但是从来没有读完。

博物馆里有一些舷窗，麦克斯把头探出舷窗观看水下生物的陈设。海星模型慵懒地爬上假石，还有大大小小的蛤蜊和螺贝。我们就好像置身于海滩，只不过一切都被附上了标签。我和麦克斯继续向前，走到悬挂玩具鲸鱼的展区，灰鲸和虎鲸并排在一起，仿佛它们是好朋友。

莫里斯说，灰鲸母亲必须足智多谋，才能安全地带幼崽游过迁徙中的这一段路程。

"每年我们都会接到热心民众打来的电话，他们担心鲸鱼宝宝在沙滩上搁浅。"莫里斯解释说，成年鲸鱼将幼崽放在沙洲之间的浅滩躲避杀人鲸，杀人鲸无法察觉翻腾的浪花之中的鲸鱼幼崽。"这是一道隔音屏障。鲸鱼宝宝们就在它们面前隐身了。"莫里斯说，"母亲们智胜了掠食者。"

我很快就出院了，在孩子出生仅仅十二个小时后。我原本计划在爱尔兰生下宝宝，在那里我有一对姨妈和姨夫对我视如己出。而帕维尔想让我留在伦敦，这样他就可以见见孩子，但是我无法继续留在我租住的房间里，也很长时间没能还上我购买的公寓的贷款了。在泽西，作为一名近期回乡人员，我需要支付医疗保健费用，其中也包括生产时的医疗费。最终，这些考虑都停留在了理论层面，因为宝宝提早到来了，在伦敦。帕维尔在我生产之后，短暂地在医院现身了一小会儿，又在第二天带着一大捧鲜花回到医院，当他提着装着麦克斯的安全座椅时，我尴尬地捧着这束花跟在他身后。我们去了他家。但是，他说第二天我要另找地方住宿一晚，他并没有给出具体原因。只不过到了第二天早上，麦克斯的皮肤颜色变得很奇怪，而且几乎吃不下奶。我打电话给一位助产士寻求建议，也试着对帕维尔解释我的担忧，而此时的他在房间里怒气冲冲地来回踱步，茶色头发披散下来像一头狮子。他说我在找借口逼他让我留下。

"没用的！"他咆哮着。

"你听起来无精打采的。"电话另一头的女人说。她说，第二天会有一位助产士前来家访。我把家访的地址给了她，那是我朋友的地址，我们到时候会在她家，而她正在外度假，我发短信联系了她。她短信回复说，我当然可以在她的公寓借住一晚。帕维尔开车把我们送到那里。我意识到我还没有吃东西，就请他停车买个比萨。他一言不发地在一家外带餐厅停下车。我不敢再说话了。那个晚上，我在朋友的公寓里尝试给麦克斯哺乳但是一直无法成功，这时我弟弟从他当时居住的加拿大打来电话，祝贺宝宝出生。我告诉他我描述不准确宝宝的肤色。我是红绿色盲，这意味着我在辨认某些色彩时有困难。

我说："这个肤色看起来就是不太对劲。"

"快去急诊。"他说，"现在就去。"我们立刻被收治了，并且在特别护理病房住了足足一个星期。严重的黄疸，每小时查一次血。一位善良的尼日利亚护士在凌晨时分为我加油打气，帮助我熬过了学习母乳喂养时的痛苦。帕维尔来探视了。我说我觉得我们得改变行为方式，毕竟我们现在已经为人父母。他说这都是我的错，是我同意了离开他家并住进一间空的公寓。他转身大步向外走去，推开了病房的双开门。我求他不要离开，向他道歉，承认一切都是我的错。一个星期之后，麦克斯和我出院了。我们回到了他的家。又过了几天，他出门度假去了。

我在帕维尔空荡荡的房子里双臂轻轻怀抱着麦克斯，后背靠在墙上，这面墙正对着那幅装裱起来的比利的皮艇的照片。我送给了帕维尔一幅，他将照片挂在了卧室门旁狭小的楼梯口那里。我在蓝色的夜晚凝视着小船，凝视着在我们逃离来袭的浮冰前的那一刻。在我身后，一个装饰面板咔哒响了。让我惊讶的是，它像一扇门一样缓缓打开，后面有一段楼梯通向一个像阁楼的房间。帕维尔从未对我提及此事———一间密室。我不寒而栗，仿佛马上就会发现一些关于他的可怕真相，一些能够解释所有问题的真相，包括他为什么要在麦克斯才出生一天就赶我们出去。这是他自己的蓝胡子密室。我定在那里，回头看了看比利的船。你得离开这里，那幅照片警告我，快逃，就像你在浮冰即将袭来之前那样。但是我需要了解这一切。

我大气不敢出，轻轻抱着麦克斯，小心翼翼地一步一步走上楼梯。这间阁楼又空又冷，尽头放了一堆箱子。我已经感觉自己很蠢了。我从几步之遥的距离瞥了一眼里面的东西，那是些整齐存档的美术作品，可能是帕维尔的。我呼出一口气，离开了阁楼，紧紧地把暗门关严。我真的必须控制自己的想象力了，不能再编造关于帕维尔的故事，否则一切都会被我搞砸。我咒骂自己。那只不过是一扇设计巧妙、节省空间的门。父亲的角色转变一定触发了帕维尔的复杂情绪，而我没能及时理解他。我打扫了房子，擦洗了浴室。他会喜欢的，他度假归来的时候一定会对我另眼相看。

我当时只是在自欺欺人。帕维尔度假归来，通知我在周末前离开。我指出医生还没有判定麦克斯已经痊愈，我认为现在旅行对我们来说太不明智了。帕维尔则说爱尔兰也有医院。我打电话给爸爸，问他能否过来陪我们乘渡轮。他立刻订了一张机票。当他敲响帕维尔房子的大门时，我又变成了那个被他扛在肩上的小孩。我并未发觉我是在实施一项大逃亡，仿佛这一切是由他人精心策划出来的。

"这个，"莫里斯高深莫测地说，"是电影《大白鲨》里真正的明星。"他举起一条鲨鱼被架起来的脑袋，鲨鱼的颌骨上满是剃刀般尖利的牙齿。他解释说，这是一条公牛鲨，比大白鲨更骇人，但是没有大白鲨那么大，也不如大白鲨上相。莫里斯的热情感染了麦克斯，他正在咬我的大腿，假装自己就是一头鲨鱼，让我惊讶的是，他也感染了我。博物馆布置得十分用心，近处的一个陈列柜里摆放着恐龙蛋化石，标签上显示这些化石有六千五百万年的历史。在这些蛋等待孵化的时候，灰鲸的祖先们在做什么？

遗传学家将古代灰鲸头骨中的基因组与现代灰鲸的相比对。古老头骨中的基因多样性，意味着一度有大约九万六千头灰鲸在这片海洋之中[2、3]。据说灰鲸的东部种群数量至少是现在的三倍。一些遗传标记的多样性较低表明有近亲繁殖，这告诉我们这部分灰鲸种群从少量幸存者的基因池中进行了自我重建。研究者通过观察遗传物质也能够分辨出它们是在什么时候萎缩的。我想查尔斯·斯卡蒙从未想到过，他会在这个物种上留下如此浓墨重彩的一笔。但是伴随着食物短缺以及掠食者数量的增多，他同时代的捕鲸者很可能是造成灰鲸数量锐减的一个原因。而如今萎缩的基因池可能会削弱它们适应变化的能力。

博物馆里有一张灰鲸的谱系图，展示出了基因的相似性，以此可以推断出在更新世末期和全新世时代这一段更加温暖的时期，当海冰较薄时，灰鲸有在大西洋和太平洋之间穿过北冰洋的迁徙活动。大西洋上的幽灵种群，至今已经灭绝几个世纪了，仍然在通过下至几百上至五万年之久的化石对我们诉说它们的故事。在瑞典和英国也都发现过它们的骨骼。当前的模型预测灰鲸的活动范围和分布模式将会转向两极，并且可能重新入住大西洋[4]。近些年来，在以色列、西班牙和纳米比亚的海岸附近都有人发现过灰鲸个体。2021 年，有人在摩洛哥的海上目击过一头幼鲸，这头鲸鱼后来又游过了那不勒斯、罗马和热那亚，到达法国南部海岸，它很可能穿过了一系列的古代繁殖地。大西洋之前还是灰鲸的家乡，现在已经发生了翻天覆地的变化，如今这里遍布船运航线，遭受噪音、石油开采、钻井和商业捕鱼作业的侵扰。海平面上升可能会提供更多的浅海栖息地以供灰鲸觅食，但前提是海洋酸化和变暖不会引起灰鲸的猎物大批死亡。

我衷心祝愿灰鲸拥有它们的化石所讴歌的所有韧性、忍耐力和适应力，甚至更多。至于麦克斯，在变革如雪崩般来势汹汹的未来，他将怎么办？我可以祝愿他什么？我祝愿他在所有的黑暗时刻，都拥有来自鲸鱼的支持，愿它们响彻海洋的歌声围绕着麦克斯。

我起床时天一片漆黑。四个月大的麦克斯只有小小一团。我把他从床里抱到车载安全座椅上时他还在睡觉。帕维尔威胁过要把我告上法庭，命令我回到他家，就是那个他曾经要求我带着病恹恹的、才出生一天的孩子离开的家。他要我立刻回到伦敦，还要求得到一半的监护权。他在电话里抱怨过，说他对麦克斯的吃穿没有发言权。

"但他是吃母乳的。"我说。他穿的宝宝衣服绝大多数都是别人给我的，我告诉帕维尔。

我非得回去吗？我询问了三位律师。一位律师身在爱尔兰，当时我正在爱尔兰和姨妈姨父住在一起。另外一位律师在北英格兰，那里有我自大学时期就认识的朋友，而第三位律师是泽西岛义务提供的最优秀的家庭法辩护律师。在麦克斯刚出生的头几天里，当帕维尔叫我离开他的房子时，我和伦敦的一位律师谈过这个问题。

"如果你带着宝宝去泽西，"她说，"他可能会有所动作，指控你绑架。"我没有再给这位律师打过电话。我试着把她的字字句句抛诸脑后。但是它们仍在我脑海中回荡，像黑暗中掉落的大头针一样细小而触目。

三位新律师则是支支吾吾了一会儿。接着突然间他们的建议统一了。他们说，回家吧，回到你长大的地方。泽西的律师说，你在那里会变得更加强大。达勒姆的律师说，你可能会想立刻出发。爱尔兰的律师说，他把你和麦克斯都扫地出门赶到大街上了，你好好想想吧。在帕维尔又一次发来短信要求我回去之后，我的恐惧占了上风，我预订了一张一大早的机票，并在出发前一晚给他发了电子邮件告诉他我的动向。在黎明时分，我选了一个合适的时机逃跑了，头也不回。当我还是个孩子的时候，我曾观察过黑莓的反应，它何时受惊，何时脱缰猛跑，而现在也轮到我自己了。我到达泽西的当天，便前往律师办公室申请了同住令①。

云层间显现出一个光斑，麦克斯和我从莫里斯的博物馆里冲出去看海。空气温暖湿润。接着又下了一场倾盆大雨，把我们逼进了一家小餐馆。克莱德·拉姆德瓦尔在店内，供应"**不日成名的店内特制浓汤**"、炸薯条和布朗尼。克莱德说他已经退休了，这是他女儿的小餐馆。他在特立尼达长大，十几岁的时候离开那里，坐上了一艘开往智利的轮船，在船上刷盘子。十年后，他成为从沙特阿拉伯到巴西的油轮上的航海工程师。

"我只是想不花钱看看这个世界。"他说，"那你呢？你在这里做什么？"

"我们跟随辣些灰鲸迁徙。"麦克斯说。克莱德和我都过了一会儿才恍然大悟。"我是一头鲸鱼！"麦克斯叫着，鼓起脸颊长长地呼出一口气。

"太好了。"克莱德说，"那么现在，这头鲸鱼想要吃点什么？"

我说："鲸鱼们都喜欢浓汤。"我抓住这次机会喂麦克斯一些薯条、麦片粥和花生酱之外的东西。"有时，当它们喝完了浓汤，"

---

① 明确儿童的共同居住人是谁，日常应由谁照顾。——译者注

我对克莱德强调说，"它们会得到一块布朗尼。"

麦克斯看起来将信将疑。克莱德坚持说是这样的，鲸鱼们经常光顾他的小餐馆，总是先喝完浓汤，再吃布朗尼。

一对夫妻走了进来。落座时，他们告诉我，他们是来庆祝结婚六十周年的。我祝贺了他们，那位男士便问我结婚几年了。当我吐露我是一位单亲妈妈时，他们眨了眨眼，就像发现了一个外星人。"别担心，"他说，"下一个才是真命天子。"

我心里想，谢谢您，但麦克斯就是我的真命天子。那位女士一直目光犀利地盯着我们。"他会改变你的人生。"

"您说什么？"

"你的男孩，他会打破你的人生轨迹。"这都是在说些什么？"看看会发生什么吧，拭目以待。"这位女士说。真奇怪，我以前在什么地方听过这话，但想不起是在哪里了。

外面的海洋由各种色调的灰色组成。天空仍然在下大雨。我们乘坐公交车回到了汽车旅馆。我们离开的时候，有一道银灰色的线跨过海面，此时麦克斯已经在我腿上睡着了。我将他抱上床，把行李打包好，以便第二天早早出发，他说梦话的时候，我看着他的嘴巴动来动去。

我坐在塑料椅子上，房间里有一块政府机构惯用的绿色拼接地毯，我对面是洛拉，泽西皇家法院的家庭联络官。洛拉有一头黑亮的秀发，还有在海滩上晒出来的金棕色皮肤。

"你的小马是什么性别？"洛拉的工作是仔细审查我，判断出我是否有能力成为一位好母亲，因为帕维尔说我不行。他给法庭写了一份供述，列举了他不能信任我抚养孩子的理由。

为了第一次聆讯，我去寻求了先祖的帮助。我翻了姑姑的衣橱，借走了泽西奶奶的黑色大摆斗篷。我抱着麦克斯，绕着曾祖父建起一座房子的小渔村走动。我们被奶奶的斗篷包裹着，我祈求得到保护。作为回应，这座小岛在聆讯的那天早晨释放出一股灰蒙蒙、湿漉漉的浓雾。飞机无法降落，帕维尔被困在了盖特威克机场。

第二次聆讯，他安排通过视频连线提供证词。他指控我绑架，因为我来到了泽西，这是一个独立于英国本土的司法管辖区。他递交了一份供述，就是洛拉手中那份。帕维尔无需接受审查，被审查的只有我。我写过一份关于他的五十页的稿件，但因为我是记者，他们就说我在编"故事"。这是我在接待处等候的时候，洛拉的同事说的。坐在洛拉的对面，我感觉自己像橘子一样被剥开皮，掰成瓣。麦克斯此时五个月大，在我身旁的地板上坐着，准备试着爬一爬。我意识到忘记给他带玩具了。我看起来一定不像个特别棒的母亲。我无法照看麦克斯，因为听到洛拉的问题时，我整个人都僵住了，目不转睛地盯着她的嘴，仿佛她接下来的单词从唇间冒出来时我就能直接读出来，这样可以减少在声波追上光时听到这些单词带来的冲击。我的脚掌生疼，我感觉到害怕或是震惊时，脚总是有反应。我将双脚稳稳扎根于地面，密切关注着它们，确保它们不会开始向大门移动。洛拉口中没有出现更多单词了。我的小马是什么性别？这就是我必须回答的问题。

"雌性。"

洛拉在椅子上挪了一下。麦克斯在她身后缓慢爬动。他正朝着一个空的垃圾桶慢慢地、坚定地移动。

"雌性。"她重复道，"你知道他为什么会写到这个吗？"

我没有回答。麦克斯现在已经够到那个垃圾桶了。他将它捡起来放到了自己头上。洛拉继续照着帕维尔的供述读下去，在其中，我被指控与家中的小马发展出了一段畸形的关系。我除了照看它以外，很明显还训练它当作性满足的工具。帕维尔声称，这头动物无力抵抗、尽在我掌控之中的样子使我兴奋。

我想象帕维尔深夜怒气冲冲地在电脑上敲出这些东西，很可能已经喝醉了。我想知道如果黑莓是雄性的话，洛拉会问些什么。她正看着我，等待我的回答。我必须得说点什么。我必须得解释。我不知道如何解释。

"我曾经有一匹小马。"我平静地说，"她叫黑莓。她在我的童年里占据了很重要的位置。"然后，我的声音更加平静了："她死了。"

洛拉清了清嗓子。我看向麦克斯，想起来现在最要紧的是什么。"我在骑这匹小马的时候有过几次高潮，在大约……我们养了她大约有十年吧。当时我并不知道那是什么，我那时年少无知。我在亲密的时候将这些告诉了帕维尔。"好了，说完了。她可以开始审判我了，审判我的全部，审判那个懵懂无知的小孩，那个所谓的成年人，这见鬼的一切的一切。

"所以他是选取了这段信息加工成了某些不为社会所接受的内容吗？"

"他把这段信息篡改成了完全不同的内容。"我迅速说出来。难道她心里还不明白吗？

"你知道这是为什么吗？"洛拉解释说有研究显示，对动物残忍的人更容易有虐待儿童的行为。"他这是在质疑你是否适合照顾孩子。"

我还记得帕维尔说过他和朋友们虐待的那只小猫。"我们假装它是……你们怎么叫那个乐器来着？"他将双手拉开，又合上。

"手风琴？"

"对。"

我曾经想象少年时的他，紧紧将那只猫抓住，任凭它痛苦扭动，弯折它的躯体，任凭它凄厉尖叫。

他说过："最终还是给它逃跑了。"

我注视着他整个嘴唇的开合，心想：这个男人算是毁了，但是爱总会治愈他的。我想到了我们之间的性，被循序渐进地注入暴力的性。我被他的魅力深深吸引，他贬低我，指责我故作矜持、毫无经验且性冷淡，我学会了默默承受，在其中迷失了自己。我一阵恶心，不知道我还能否重新相信自己。麦克斯把那个垃圾桶从头上拿开，咯咯地笑着，把它放到地上滚来滚去。在我的脑海里，我在我俩周围设置了一道带刺的铁丝网围栏，把其他人全部挡在外面。

洛拉说她在第三次庭审之前会进行一次家访。我们当时住在我父母的房子里。在家的时候，我睡得很少。有麦克斯要照顾，有工作要见缝插针地做，还有我的妈妈，每次我和麦克斯要小憩一会儿时她都要把我们叫醒。她记不住别这样做，而且我们打乱了她的生活规律。有一天下午，她发现我在厨房里煮面条，就在门口盯着我看，满脸的不高兴。她有时候会因为麦克斯叽叽喳喳的声音而平静下来，或者身体上的接触也能使她平静，比如用胳膊搂着她的肩膀。但是那天麦克斯饿了，情绪暴躁，我又因为疲惫而闷闷不乐。

我只能说出一句"嗨"。我没有办法同时照顾他们俩的情绪。她一声不吭，乒乒乓乓地摔盘子。我在脑子里列出了麦克斯能吃又不需要特意烹饪的食物，尽快把面条做好给他。

"我需要消失。"她坚定果断地走出门去。爸爸跟随其后，拍着她的后背哄她，他的手都在颤抖。我从厨房落荒而逃。这就是我自小就认识的母亲，只不过她现在失去了记忆，情况就更糟糕了，而且因为我有了一个宝宝，就更难不去打扰她了。

我担心洛拉的家访会出什么岔子。我的父母坐在沙发上，洛拉在椅子上坐下，面谈开始了。

"我是外婆。"我的妈妈反复说这句话。她抱着麦克斯坐在膝盖上时，眼里在发光。病情赋予她记忆的时间仅仅足够她爱上她的外孙。她对麦克斯柔声低语，"现在，你，是会改变一切的那个人，是不是？"麦克斯认真地注视着她，去够她的脸。

我走出去散步，好让洛拉和我的父母单独谈谈。古老的农场建筑看起来很美，花岗岩在太阳的照射下熠熠生辉，现在正是树木最为繁茂的时候。他们结束谈话后，我背起麦克斯，领着洛拉走上台阶，来到我布置在楼上暖房里的游戏室。透过玻璃，你可以看见一棵高过这间房子的巨大栗子树，以及通向田野的乡间小径。

洛拉环顾四周。阳光透进来洒在儿童摇床上，地上散落着玩具。一位朋友寄过来这些东西——一个装满干豆子和闪亮碎片的塑料瓶。洛拉仔细查看了自制拨浪鼓。"你自己做了一些感官玩具。"

我低头看向她停在铺满碎石的院子里的小轿车，车顶上有一块冲浪板。我想象洛拉乘风破浪的样子。她走出暖房，叮叮当当地走下金属台阶，我在后面跟着。"你也许会发现你不用再为麦克斯寻找一位父亲角色的人物。"她说，"你们就这样继续生活下去。"她的语调还是那么专业、干练，但是说的话却变了，我满腹疑惑。她道了声再见便钻进了轿车。我挥手道别。她刚刚说什么来着？她是否认为我或许一个人就足以抚养麦克斯？她是站在我这边吗？接着她已经顺着车道驶出。我以为自己内心平静，但是当我走回暖房想和麦克斯坐一会儿时，还没够到椅子就两腿一软瘫倒在地。

我的闹铃在第二天早晨四点钟响起。回奥尔巴尼车站的公交车四点半就发车。我在纽波特的房间里四下张望，一大早的兴奋劲儿开始退去。我们这趟旅途的绝望感逐渐显露出来，而我感到精疲力竭。但是，鲸鱼们应该已经醒来，开始游动了。我需要跟上它们。只要我一直前进，就没有什么能干扰我们。

　　我们从奥尔巴尼过来时的公交车司机告诉我，今天早晨他当班，可以在汽车旅馆外接上我们。他信守承诺，让我们不必摸黑走到公交车站，我心中十分感激，给他的小费比车费还多。车上还有一位乘客，只有一个人影。这里还有公共交通工具存在就已经很幸运了。

　　"妈咪，这是一辆可爱的公交车。"麦克斯坐在安全座椅上对我说。我们回到奥尔巴尼车站的时候，天还黑着，而我们还要等待三个小时，才能乘火车前往西雅图。我们看着远处的货运列车从黑色慢慢变成铁灰色，又逐渐变成更清晰的黄色。一位男子出现了，打开了通往候车室的大门。我们跟随他进入室内，但是这里也一样冷。我坐在弧形的木质长凳上，麦克斯坐在我的膝盖上。至少我还有一个宝宝可以抱在怀里，而不是自己一个人缩在长凳上，那样看起来就太奇怪了。还是说，带着一个孩子在这种地方才让我看起来奇怪？我不确定洛拉若是看见我现在这个样子会怎么说。我好奇此刻站长是否正在报告他的车站里有一个带着孩子的流浪汉？我坐直身子，悄声让麦克斯喋喋不休的声音小一点，以免引起我想象中的旁观者的注意。我本来应该好好梳梳头发，把鞋子上的沙子擦干净。在我内心崩溃时，麦克斯不以为意，正在全神贯注地观看列车来来往往。或许我还不够理智，也不够坚强，不足以照看好一个孩子。或许这趟旅程只是用来逃避责任的，逃避那单调沉闷的生活。绝大多数人有一个客厅、一些玩具，还有一个当地的公园就能将就过下去。我希望自己也能知足，少冒一点险，少一些迷茫。在我不知所措心乱如麻的时候，我和渐亮的天色作了一个约定：只要我能够成为一个对自己儿子来说足够好的妈妈，我就放下一切，一切的一切。

我们接下来要朝着普吉特海湾的北部水域前进，这片水域经常有一头雌性灰鲸出没，研究人员亲昵地将这头鲸鱼称作埃尔哈特①。当我坐在车站里时，她就在附近，很可能是在淤泥里翻找着什么。埃尔哈特创建了一个新的鲸鱼族群，被称为"探测者"，他们发现了一种新的食物来源——靠近海岸的幽灵虾。海洋生物学家约翰·卡拉姆勃基蒂斯在 1990 年首次发现了她，并观察到其他鲸鱼跟随其后。埃尔哈特和其他鲸鱼在春天里花了大约三个月的时间吮吸泥浆汤，过滤掉潮间带的虾，然后继续前往白令海和楚科奇海。这是一套危险操作，因为鲸鱼有时距离更深的水域还有足足两公里，一旦他们误判了方向或是时机，很容易在退潮时搁浅。内陆水域则更为繁忙，泥浆里的毒素含量可能会更高。但是这片区域或许是某种紧急情况下的食物储蓄所，在其他食物

---

① 阿梅莉亚·玛丽·埃尔哈特是第一位获得飞行优异十字勋章和第一名独自飞越大西洋的女飞行员。——译者注

来源短缺的情况下，可以帮助那些知晓此地的鲸鱼。并非所有先驱者都循规蹈矩如出一辙，这也是他们成为先驱者的原因。有时他们可能只是看起来很迷茫。如果我想要改写我的故事，或许，像埃尔哈特一样，我必须去冒险。

"抱抱。"麦克斯要求道，在我的腿上扭来扭去。"我的妈咪。"他的脸颊向我凑过来。地球转动了一点点，迎来了清晨的第一缕阳光。我视之为失败的那些事情，麦克斯却毫不在意，他对我的信任比我自己多得多，而我也在随着他的期待一同成长。话说回来，什么才算是失败呢？这只有我一厢情愿的判断。鲸鱼就在海上，步履不停地穿越风暴。追随它们就是一堂课，在这堂课上我们学到了人生还有第二次、第三次、第四次、第五次机会，你相信拥有多少机会就有多少机会。

麦克斯将抹香鲸护身符举到我面前，唱起歌来，迎接清晨的太阳。他是在传话。

"鲸鱼，我们来找你们了。"

"那边有家咖啡馆，叫老友餐馆，如果你们需要吃点早饭的话可以上那儿去。"车站站长指向窗户外面。"咖啡确实不错。"老友餐馆提供可颂，还有一个比我还高的旋转蛋糕台。

"我可以吃柠檬蛋糕吗，妈咪？"麦克斯垂涎欲滴地盯着一块巨大的明黄色"艺术品"，它缓慢地旋转，庄严地进入我们的视线。

"请先吃完你的可颂，马克西姆。"

"我已经吃完了，妈咪。"麦克斯重复了这句话三遍，愈发声嘶力竭。

我没有心情和他斗争，便说："你可爱吗？"

"可爱。"

"你聪明吗？"

"聪明。"

"你是一块棉花糖吗？"

"不是。"

我享受着他的笑容，还有这悠长的幸福时光。如果这对他来说已经足够，那么这对我来说，则已经绰绰有余了。我们远离了妇女收容所狭窄的四壁，远离了帕维尔，现在正享用着蛋糕作为早餐。

我的计划是今晚到达海边的阿纳科特斯。这将作为我们去海上的跳板，也是通往圣胡安群岛①的大门。我的计划是从这里搭乘轮渡前往加拿大，同时在海上寻找迁徙的灰鲸。在开往西雅图的列车上，我意识到我们时间卡得太紧了，得打车去公交总站才行。我们在阿纳科特斯的公交车驶离前几秒钟才上车。麦克斯已经很累了，扭来扭去。在他终于坐进安全座椅入睡时，我们二人都解脱了。

随着我们沿着太平洋海岸继续向北前行，脚下的土壤也变得

----

① 美国西北部太平洋沿岸的群岛，以观鲸活动著称。——译者注

更加贫瘠，人们也更加依赖大海。支持着海洋生命的夏季浮游生物如同大海中一片广阔、弥散的云，陆地上没有能与之相媲美的事物。这里是原住民捕鲸者的家园，鲸鱼塑造了这里的人类文化，并帮助其延续下去。在读到这片区域的马卡部落的捕鲸人资料时，我得知他们在出海捕鲸之前都会模仿灰鲸。他们会潜入海中的深处，在水下逗留尽可能长的时间。他们浮出水面时，会喷出满嘴的水，并尽力模仿出鲸鱼的声音。一则20世纪20年代的记载说到，意志最坚定的潜水者会强迫自己潜得尽可能深，直至耳朵里淌出血来[5]。我原本希望理解成为鲸鱼是什么样的感受，去面对埃尔哈特的挑战，但是马卡人的故事提醒我这种希望是多么渺茫，也提醒我，当人类试图进入鲸鱼的世界时，仅仅是一次潜水的工夫，我们的身体就会开始崩坏。我们永远无法理解它们的深度。

"起床，妈咪，该起床了。"麦克斯的脸紧紧贴在我的脸上。码头上的阳光像猫一样爬上了我们的窗帘，轻抚我们的脸颊，将我们唤醒。出门时，我询问了酒店前台有没有看见灰鲸，她冷冰冰地告诉我目前附近没有灰鲸出没，但是在埃弗里特以南大约五十英里的地方有人坐船看见了"探测者"族群。

我无法相信我们再一次与鲸鱼擦肩而过。

我们找了一家松饼店吃早饭，然后在熙熙攘攘的轮渡码头左冲右突地穿过人群。今天，我们要朝着圣胡安群岛最大的城市星期五港进发。我们没有特别的理由要在那里逗留，但毕竟今天也是星期五，索性就在那里停留一下。麦克斯很不耐烦，虽然他平时并不经常耍脾气，但现在正处在崩溃的边缘。轮渡缓缓驶出海面时，我们与美国大陆挥手告别。这趟穿越罗萨里奥海峡和洛佩斯湾的行程是一种视觉享受，各个岛屿上散落着一丛丛赏心悦目的森林，它们在宁静的蓝色汪洋中漂浮而过。麦克斯在甲板上跌跌撞撞地奔跑，我去包抄他，准备将他捉住，我的膝盖下蹲，双臂张开，好像在做一个橄榄球的擒抱动作。我期待好好休整一番，于是订了一间生态旅馆犒劳自己。我们从星期五港的水滨小路乘坐公交车，抵达旅馆的那一刻，我身体里的每一个细胞都变得轻快起来。这间房子坐落在一个由苔藓覆盖的花园中，由工匠精心建造。木地板条发出嘎吱嘎吱的声音以示欢迎。我们的房间里，橘黄色的丝质窗帘勾勒出窗外绵延的绿色风景，上面叠着一层潮涌般的紫色薰衣草。远处有黑暗的、虬结丛生的森林。麦克斯睡觉的时候，我坐在窗户旁的地板上，尽情享受紫色和绿色的安宁。

我们早晨第一件事就是搭乘轮渡离开，前往我们的下一站温哥华岛。我们早早地来到楼下的厨房，加热蛋糕卷作早餐。厨房里有喧闹的鸟鸣声，还有一个身穿鲜艳的紧身莱卡服的女人在洗盘子。麦克斯蹒跚走进来的时候，她露出好奇的微笑。她在水池里涮洗马克杯时说，她正在准备去和男朋友划独木舟。

"就你们两个吗？"她问。

"是的。"

"真不错。我也是一个单亲妈妈，有四个孩子。"

四个？她到底是怎么养活他们的？

"你做什么工作？"我问她。她说她是一名精神科医生。"有三个孩子是我亲生的，还有一个是收养的。"养子的生母吸毒，所以请求她收养这个男孩。

我感觉她可能在脑海里猜测我的故事，便直接告诉她了。

"我和他一起上了家事法庭。"我冲麦克斯点了点头，他正坐在小凳子上，边看着窗外边吃他的蛋糕卷。

"那真是不容易。"

我换了一个话题。"我们正在追随灰鲸的迁徙，但是找不到它们的行迹。"我想笑笑，但是发出来的笑声很刺耳。"这个地方是不是特别棒？我只住了一晚上就想把家搬进来。"

"那为什么不在这里重新开始呢？"

"哦，我年纪太大了，都四十了。"

她说，她是在四十岁的时候来到这片群岛的，那时候她和丈夫分开了。他患有双相情感障碍。离婚以后，她的朋友都站在了他那一边。

"他是个自恋狂吗？"我问。

"哦，是的，有很强的控制欲。你那位呢？"

"一样。我是说，我认为是一样的，可能性很大。"我不愿再去细想和帕维尔有关的事情了。这一切感觉就像是一个我曾深陷其中差点无法逃脱的泥潭。

"秉性善良的人寻找同样善良的人。"她说，"我正在寻找这样善良的人，"短暂停顿，"并且和他们睡觉。"

我透过窗户看见一位英俊的男士。他调整了一辆面包车上的绑带，面包车顶上载有一条独木舟，然后他环顾四周。她透过玻璃冲他招手。他走进来，还与麦克斯击掌问好。他们离开时，她走到门口回过头来对我眨眨眼，并递给我她的名片。"大房子，空房间。如果你感觉摇摆不定或者要开始新的生活就过来住住看。"

他们在外面亲热的时候，我尽力控制自己不要盯着他们看。他们坐上面包车时发出了爽朗的笑声。善良的人，善良的人，我给麦克斯收拾停当准备出发时脑海里一遍又一遍重复这句话。我想知道我是否驾驭得了她的那身莱卡服，还有她的笑声。

这么一大早还没有公交车，于是我们打了辆出租车回到港口，登上了开往温哥华岛西德尼镇的船，我们将在那里经过边境检查进入加拿大。鲸鱼们在滑过政治边界的时候显然不会将这些东西放在心上，但是我很紧张。我把手伸进包里去摸装有我们法律文书的塑料夹。片刻之后，我再次摸索，检查这个塑料夹是否还在，而这一次我将它握在了手中。作为一位单亲妈妈，经常有边境检察官用怀疑的目光打量我，并且经常要我提供证明表示我已经获准和自己的孩子一同旅行。我们也排上了西德尼镇的护照检查队伍。轮到我们的时候，移民官员拿起我的文书查看。页面顶部写着：泽西皇家法院。我时常担心人们以为泽西是我杜撰出来的。

这只是一个小岛，既不属于英格兰，也不属于法国，而且许多人从未听说过它。这位官员不慌不忙地看着，我紧张得喉咙深处都泛酸了。

开庭期间，我暂住在一处妇女庇护所。帕维尔有可能在岛上的时候，我不愿意住在父母的房子里，而且在聆讯时，这里的员工会提供人手照看麦克斯。这是一座粉刷淡雅的大房子，有高高的天花板，有家具配置颇为古典的宽敞浴室，还有一间豪华厨房。在被捐赠给慈善机构以前，这里一定属于某个富豪。

在那里，即便是在凌晨一两点，总是有人可以说说话，而那一晚是约兰塔当值。约兰塔带有一点波兰口音，而且不苟言笑，说话直截了当，几乎是公事公办。她让我想到了外科医生。我一般都是在麦克斯吃奶睡着后和他一同入睡。但是那天夜里，我需要找个人聊一聊，而我信任约兰塔。我从床上起身，在黑暗中缓缓走下宽阔的、铺着地毯的楼梯，敲响了办公室的门。羞耻感像厚重的窗帘一样笼罩着我，我开始对约兰塔倾诉，谈的是性。

我们家从不会讨论性这个话题。当我十七岁时，母亲度假归来发现我在客厅里和衣睡着了，还躺在一个男孩的臂弯里。她拿了一摞萨缪尔·贝克特的书让他读，借此将他赶走。她接着告诉我，所有男人都是坏种，又带着嫌恶的口气说，他们光是因为公交车的震动就能勃起。

"你父亲和其他人都不一样，多琳。"她后来有一次向我澄清。我只是从字面上理解了她的意思，但是并没有完全弄清楚她的言

262

外之意。即便当我最终体验了性，也从来没有更充分地讨论过。所以我现在是第一次开诚布公地谈论此事，倾诉的对象是约兰塔。我说到了我和帕维尔之间的情事，我如何想与他亲密，以此获得被保护的感觉，让自己属于他。他告诉过我，他出生在寒冷的北方，这句话本身就让我紧张得双腿发软。

他提到小时候驾乘雪橇，看到我的反应时放声大笑，说："这双手是握住驯鹿缰绳的手。"他说他是一名政治异议分子。在采访过这么多勇敢的被政治迫害的人以后，我终于躺在了其中一个人的怀抱里。眼前这个男人理解为了自由与真理而遭受苦难究竟意味着什么。他经历过最糟糕的境况，对世间的理解也更为透彻。我甚至不再需要拥有自己的观点，他的观点要比我的更好。"如此渴望被触碰，"他低声耳语，"又如此担惊受怕。"他察觉出了我的脆弱。我就像是吸在磁铁上的铁屑一般。他的枕边密语是温柔而催眠的长篇大论："你是我的小姑娘、我的小猫咪，我不允许你逃走。"我对约兰塔敞开心扉时，也对自己的顺从感到无比羞耻，这种羞耻感喷涌而出，形成了有毒的滚滚乌云，让我窒息到说不出话来。我竟曾经容许他，协助他，为他找借口去摧毁我自己，还如此心甘愿地放弃自我。但是他有时又能如此温柔。我以为他会改变。

"我感觉自己太愚蠢了。"

约兰塔点点头，仿佛她此前就已经了然于胸。"这些人很少会改变。但是，多琳，别人变不变都无所谓，你可以改变。你已经做到了，在这一点上你赢了。"

我告诉她，帕维尔对我的指控里包括他在供述中杜撰的关于黑莓的那部分。

"是这样，在东方集团的那些国家里，也就是我和他的出生地，和马做爱是色情电影里很常见的题材。"她说出这番话时透着厌倦，"这是因为叶卡捷琳娜大帝。"我双颊发热，我以为是觉得尴尬，但接着就发现是愤怒在我的喉咙中燃烧。把你的脏手从黑莓身上拿开，我在脑子里对帕维尔说。带着你愚蠢的色情电影从我脑子里滚出去。我这么想的时候，如释重负。

那种安静，那种没有其他人在场的感觉，让我和约兰塔相处的这段时间成为我的专属礼品，是悄然落入我生命中的意外收获。是时候重新规划一切了，让黑暗从我的生活中散去。

"这种感觉就像人们只想把麦克斯留在身边，但是不想要我。"我低声说道，"好像他们希望我消失一样。"白天的时候我绝不可能说出这样的话。白天我只会微笑，继续忙碌于各种琐事。

"你怀胎十月，多琳。"约兰塔说，"他是你的。"

我回到楼上。这番对话消失于夜晚之中。羞耻感和扭曲捏造在黑暗中被驱散。我走进自己的房间，回到麦克斯身旁。我们躺在一张单人床上。他不想睡在宝宝的摇床里，我也不想他睡在那里。这里温暖舒适、柔软、安全。我吻遍了他的脸。我此前一直担心亲吻他太多，于是克制自己，不敢表达对他的喜爱，仿佛这是什么错误似的。我悄悄跃出了一大步，跃入未知的世界，对自己重拾信心。我真正获得了他，也获得了我在他身边的一席之地。

第三场聆讯未曾提及洛拉的报告。帕维尔没有出席，他给法院寄来了另外一份供述，同意我取得麦克斯的同住令。这前后耗费了我六个月的时间和所有的积蓄。我没有工作，没有钱，也没有家，但是我的宝宝能够与我共同生活了。

加拿大的边境检查官直呼麦克斯的名字向他问好，估计是试探他的反应。麦克斯跳过了问好直奔主题。

"我们要去坐船找灰鲸。"他说。边检官扬起了眉毛。我接上话头继续说下去，描述了鲸鱼的迁徙，我的语速很快，说得十分详细，以防止边检官发问。

一个小小的声音插进来时，他的目光从我这里转移到了麦克斯身上。

"鲸鱼喝浓汤还吃布朗尼，然后，他们就臭臭了。"

这位边检官祝我们在此停留期间一切顺利，招手示意我们通过。赶乘前往萨瓦森的下一趟轮渡的路途又是一次全速冲刺。当我们来到乔治亚海峡大概中间的位置时，一头座头鲸在我们附近浮出水面，摇摆着它的尾巴。甲板上数百人冲向窗边，气氛极为热烈。我对这头座头鲸只是随意点了点头，我要继续等待我的灰鲸。

在进入温哥华中心地带的架空列车上，麦克斯坚持要坐在前面的位置，于是我们飞进了这座城市。我们在青年旅馆扔下大包小包和安全座椅。现在旅途变得更容易了，我们已经放弃了所有常规习惯，找到了属于自己的节奏，而现在我感觉到随着我们不断北上，这个世界也变得更加友善。我已经不再是旅行之初那个全副武装的女人了，看到周围的一切都觉得可疑。我们在沙滩上玩耍，收集小树枝当船只。后来我们又沿着浮码头溜达，向水上巴士走过去，嗡嗡声在渐暗的涟漪上越来越近。桨板运动员们一晃而过。我感觉到眼前一亮，重心不稳。我们登上这趟水上巴士时麦克斯拉起我的手，然后，一切悲苦和磨难，我所有的恐惧和愤怒，都翩然舞过水面，消失不见了。

乌特恰维克：探索

北纬 71°17′26″

西经 156°47′19″

塞德娜是大海之母。她保护着海洋里的动物，并为所有因纽特人提供食物。从格陵兰岛到北美洲的中部地区都流传着她的故事，而且各地的说法不尽相同。在阿拉斯加西北部地区，她是身处大洋深处的女人，在油灯的灯碗里保管着海洋动物的灵魂[1]。最早是阿莱卡·哈蒙德给我讲述了塞德娜的故事，当时阿莱卡还是格陵兰的外交部长。她解释说塞德娜是最初的因纽特女神，也被称为 Sassuma Arnaa[2]，意为"深渊之母"。在一些故事版本中，她的名字叫作 Nerrivik[3]，意为"食用鱼"。在另一些版本中，她又被称为 Uinigumasuittuq[4]，意为"她永远不想结婚"；或是叫作 Takanaluk Arnaluk[5]，意为"海底的女人"。

塞德娜是一位美人，拒绝了所有追求她的男人。彼得·伊尔尼克儿时居住在努纳武特地区的科米蒂湾。在他讲述的故事里[6]，塞德娜的名字是 Nuliajuk，努利阿尤克。她爱上了一条狗，还生下了许多孩子。有些孩子成了因纽特人，有些成了 Qalblunaat——白人，有些成了 Qarnuktut——黑人，还有 Itqilik——中国人，Chipewyan——日本人，全世界各个地方的人。在一些故事里，包括 19 世纪 80 年代流传在巴芬岛上的故事中，塞德娜被一只从冰上飞来并化作人形的海鸟引诱[7]。这只暴风鹱变作的鸟人诱骗她，承诺给她无忧无虑的生活[8]。但是生活在鸟岛上，在鱼皮制作的帐篷里居住，以吃鱼过活的生活非常艰苦。塞德娜对父亲唱了一支表达痛苦的歌，于是她父亲来到此处杀死了鸟变成的丈夫。他们划船逃离，其他鸟紧追不舍，并用翅膀拍打出一阵巨大的暴风雨。塞德娜的父亲为了保命，把塞德娜扔下船去。她紧紧抓住船身，父亲为了迫使她松手，便掏出一把小刀砍掉了她的指尖，指尖落入海中变成了鲸鱼，指甲则变成了鲸须，然而她抓得更紧了。她父亲又砍掉了她的第二个指关节，最终连残余的部分也都砍掉了，创造出了海豹、海象和所有其他海洋生灵。现在塞德娜久居大洋深处，当动物被猎人杀死后，它们的灵魂会回到她的身边，她会赋予它们新的躯体。但若有任何人胆敢触犯狩猎的禁忌，杀死动物时没有给予其恰当的仪式和足够的尊重，塞德娜就会发怒，将灵魂扣在海底，造成岸上的食物短缺。这样的话，必须由萨满法师去拜访她才能解决问题[9]。

鼓声直击心灵，喧闹声仿佛在天边回响。舞者的身上都安装了鳍。他们的骨骼变了形，上臂融入了躯干，前臂摇摆着，手指并拢，手腕松弛。他们微微屈膝，身体随着一股看不见的电流扫向这里，又扫向那里，大家保持同步。歌曲中的长句被高亢的动物嚎叫打断。

在伊帕卢克溜冰场的健身房里，努武克米乌特舞蹈团正在活动，这个舞蹈团的名字意为努武克人，而努武克就是巴罗岬。杰弗里领导这个舞蹈团，他说我可以拍摄。我在后面坐了一段时间，不想贸然闯入。乐声回荡的大厅让我想起了小学时的舞蹈课，想起了我被迫穿上一件发出沙沙声的红色紧身健美操服笨拙地跳来跳去时那种不适和尴尬。

但是当鼓声响起时，整座大楼都被淹没了。

舞者们游走于空气之中，仿佛那就是水，他们的头仰起一个高高的角度。他们的四肢完全属于另外一种生物，当在音乐之中下潜并游走时，背部的弧线也是如此。动作和声音融合起来，宽大的白色手鼓成对挥舞，如同海浪一般。我在观看之后感觉到自己发生了变化。与之前内心的那种沉重的既定感不同，现在我感觉到了这个空间的无形和变幻莫测。

茉莉亚的小儿子JJ起身自顾自跳起舞来，他看上去既羞怯又骄傲。他的儿子小J3跑过来加入，JJ用力踏步、蹲伏、踢步时，J3的一只手还放在自己嘴里。JJ是船上的猎人，在寻找鲸鱼，他一边在地平线上搜寻，一边用手护住眼睛不受太阳直射。他正在做出划桨的动作，他的胳膊展示了鲸鱼身躯扫过、在周围浮出水面的样子。有一头鲸鱼游过来了，就在小船的旁边。舞者便短暂地化身为鲸鱼，跃身而起。接着他又变成了猎人，将鱼叉刺入。

歌曲结束的时候，女人们高呼"Arigaa，好"。她们用因纽皮雅特语窃窃私语，对手持相机蹲坐在那里的我指指点点，发出笑声。这里有不同年龄段的人，有一个小宝宝，还有老人。有些人穿着兜帽上衣，有些人穿着他们卡里克捕鲸队的捕鲸夹克。

"啊呀呀呀呀呀。"第一排的男人们敲打着皮鼓。那是缓慢、轻柔的敲击声。鼓槌握于鼓下，懒散地向上击打边缘。接着，鼓槌开始击打皮面，鼓声也开始隆隆作响。这是越来越快的心跳，越来越急迫。这是一场追逐。鼓被举起，鼓槌用力敲击。绷紧的皮面响彻空中。声音在房顶上散布开来。现在整个房间里满是男人随着节奏旋转、跺脚。J3 在中间站定，目不转睛地看着。

这是他们祖先的声音吗？那些生活在很久以前的先祖会如何看待我们所目睹的变化？我希望借鉴他们的智慧。今天的情况如此糟糕，而未来又如此凶险。可以让人聊感安慰的是想想过去的那些面孔，那个时代如此神秘，那时的他们说这里的人们能够变身为动物，再变回人形。我希望重新找回那个时代，那时，西方文化还没有给其他一切事物命名为"他者"，还没有在这里殖民，还没有将所有事物进行分类和统治。我听不懂这个大厅里的唱词，但是我理解它们是协调统一的。同时我也理解那些自在的欢笑和闲聊。这首歌是关于社区的，是与非人类世界的一场对话，也是关于给予和索取的。

舞者们将脸上的汗擦去。这也是一项十分激烈的锻炼，有大量的深蹲。我好奇跳这个舞的部分原因是否是为狩猎季保持体形。下一支舞的中间段出现了大声的"niġliġiġliġiġliġ"，整个房间里突然满是鹅在地上啄食。曲终时，舞者们俯身向地，双翅向后展开。

比利走进大厅找我。他们叫他一起加入。

"比利！来吧比利，快来吧。"他的阿姨罗达大声叫道。他又出去了。我不知道是什么阻止了他，我倒是很想看他跳舞。

腌渍的 maktak——鲸鱼皮和闪闪发亮的粉色鲸脂——现在已经成为我最喜欢的零食了。我怎么吃也吃不够，只要有人给我，我都会贪婪地接受。我都认不出自己了。我习得了耐心，变得更加圆润，也变得更重了。我比以前受到更多重力的约束，我真切地感觉到地球把我束缚在了一个地方，就是这个地方。

"如果我回来你会怎么样？"我问比利。

"可能会和你结婚。"他说。

我觉得我哪怕只是想一想这种可能就已经是在犯傻了，但是我还是会想，频频想起。虽然我并不满意答案只是"可能"。

"如果我留在这里，而且……你知道的……去学习怎么狩猎以及……嗯……也许结婚成家，你觉得怎么样？"我在电话里问我的母亲。

"我认为这对你来说一定非常有意思。"她毫不犹疑地脱口而出，平静地接受了几乎再也见不到我这个想法。我确实从未听到过她展露惊讶的情绪。就连我在十四岁时剃了光头回家，也不见她有任何表示。她曾经说过，她把我全都摸清楚了。我并没有告诉她与我谈婚论嫁的那名猎人住在只有一居室的小屋里。他的财产少得可怜，但是他在一些无法用金钱衡量的方面十分富有。

比利和我在聊天时仿佛我们拥有一个未来似的。他告诉我在结冰的路面上开车的事情，还说要带我去看驯鹿横跨冰原的迁徙之旅。你必须要特别注意扎营地点，看到这么多四处跑动的身影之后，这件事真的很重要。有一次在夏天，他说他觉得太热了就会爬到冰窖里来凉快一下。冰窖是在永久冻土层里挖出来的深坑，用梯子爬下去到达底部，这个坑大到能够储存足够一个家庭过冬的肉类。我记忆中一直有一个画面，比利坐在冰窖里，让自己接受大地的调适。

当我开始严肃对待任何问题，或者对话转到工作、气候问题或我将不得不离开这里时，他都会对我说别再想了。"如果你总是这样大惊小怪，会得动脉瘤的。"他打开收音机。史蒂薇·妮克丝正在唱着关于房间起火的歌。比利握住我的手。

我们会纠缠在一起，呼吸对方的气息。他重复着我的名字，每一次我都会在内心深处感觉到被召唤了。我们的手指交缠在一起很长时间，久到我已经察觉不到是谁的手了。

"你这里有我的宝宝了？"一天早晨，他看着我的肚子说。"他一定很聪明。就像他妈妈一样。"他从抽屉里找出他侄子侄女在学校的一些照片，并自豪地给我看。这让我很痛苦。我好奇我俩的孩子会是什么样子。比利是一个长相俊美的男人。

他把我介绍给他的母亲，一位仪态端庄优雅的女士。他父亲曾经在军队服役，几年前已经去世了。比利在他母亲身旁很恭敬，有点紧张不安，我也这样。他们都有看上去最为优雅的鼻子，但是除此之外几乎没有相似之处。她有一头波浪般卷曲的深色头发和一张鹅蛋脸，而比利的直发是墨玉般的黑色，脸也更圆一些。仅仅是在她身旁，就让他看起来像一个小男孩。

她后来终于对我热络了一些，告诉我她曾经有一只雪鸮。"它们是很好的宠物，安静得很。"她建议我们开车到不太远的地方，穿过雪地到城郊观赏野生猫头鹰。比利指出一只来，那只猫头鹰正停在一根柱子上，神情严肃。它目光锐利地密切注视着我们，有点像比利母亲敏锐观察我的样子。

每支成功捕获鲸鱼的捕鲸队都要在将船重新拉上岸时摆设Apugauti，即乡宴。我曾在一个成功捕获鲸鱼的家庭设宴时帮忙准备，在宴席结束之后刷洗大约几百位客人的碗碟。女人们笑话我的双手，和她们结实能干的手相比，我的手单薄纤弱，不堪大用。她们说："这双手没见识过多少活儿。"

"你和比利之间怎么样了？"一个我几乎没有见过的女人从人群里冒出来发问。她是捕鲸队里一名队员的女朋友。

我告诉她我们的情况不明朗。

"在巴罗这样做可不行。"她说，"那不是我们行事的风格。"

我问她是什么意思。她是一名混血，父母一个是白人，一个是因纽皮雅特人。或许是我无意中触犯了某种禁忌，但是她并没有详细说。我洗完了盘子，好奇城里的人们都在怎么谈论这件事。宴席上的人们沉浸其中，喝得不多，聚会很热闹。我希望比利能来参加，那样我们也可以一起小酌一下。捕鲸队队长的妻子给了我一罐装在小金属罐里的啤酒，还有几片鲸心下酒。鲸鱼心脏的肉很有嚼劲，不容易撕开或分解成纤维。很显然这就是整体的一部分，携带着其原本完整个体的一些特征。在吞下这几片心脏以后，我静静坐在一旁。它带着我潜入海洋之中，探测海洋的深度，潜到光的下方，到达那些和善的庞然大物游过的地方。

比利没有现身。我一连几天没有见过他了。当他在茱莉亚那边再次出现时，说他一直在聚会。他到底花了多少时间喝酒，到底是和谁一起喝酒？他怎么回事？这就是为什么他住在那么狭小的地方，处于社会底层的原因吗？

"我刚喝醉他们就把我的鞋子拿走了。"他这样告诉我，声音听起来很受伤。这突然让我觉得尤为残忍，在零下的温度里在别人喝醉的时候把人家的鞋子拿走。与茱莉亚同住的我是受到保护的，在当时还无法理解比利生活中承受的危险，直到几天后，一个衣衫褴褛的男人跌跌撞撞地闯进他的小屋。

"我要见比利。"他口齿不清地说，"好吗？"这其实不是一个问句。我离开了，但是我不能再对这个问题坐视不理了。

"如果我留下来你能不能别再喝酒了？"我问比利，"我需要你保证不再喝酒。"

"这对我来说会很困难。"

这不是我想听的答案。我要的是一句肯定。在外打猎时，比利熟知路线。在城市里，他就迷失了，而我在苦苦寻找他。

鲸鱼已经离开了，狩猎结束。我已经在这里好几个月了，津贴也花完了，但是茱莉亚说我可以继续住在这里不用付房租。我尽可能将返程的机票延期，用完了全部的年假。茱莉亚举行了一场聚会，标志着狩猎季的结束。她家里熙熙攘攘，非常热闹。比利按理说应当参加，但是过了几个小时他仍没有出现。我感觉疲惫不堪，喉咙有些哽咽。他在哪里？我需要他，这个事实重重压在我的双肺、我的心脏上。我从茱莉亚家悄悄溜走，走到北极熊街上，用他给我的钥匙打开了他的小屋，自己进去在床上睡着了。

"我可能会把你的护照藏起来，这样你就走不了了。"他在我启程前一周对我说，"你为什么无论如何也要回到外面那个地方？"他提议我在附近找一份工作。"一份文秘工作之类的。"他并不真的了解我，而我也意识到对他了解甚少，只知道我爱他。他一直是如此善良，他知道不能惊扰到我。在当时那个极为刺激且致命的环境中，我的生命仰赖他人，那种情况是我从小没有经历过的。那时候和他在一起让我觉得很安全。比利的身上散发着极强的同理心，也治愈了我的一些久远的创伤。

我的航班就在三天后。我想象出自己留下的图景：曾经建造过如此漂亮的皮艇的比利成了一名木匠。我们有了一个宝宝。在学区课本上，似乎已经明确定义了性别角色，所以如果这个宝宝是个男孩，他在成长的过程中就会学习天气和海冰形成的不同阶段、船只的构造、鲸鱼叉，还要为了宰杀鲸鱼学习鲸鱼的生理结构。如果是女孩，她就要学会准备食物，学会如何处理生皮，缝制海豹皮靴、衣物和船。或者，如果她想的话，也可以在卡里克营地，向她的父亲学习如何成为一名猎人。我可以预见比利一定是最棒的父亲，耐心又温柔，他会在陆地和冰面上对她进行训练。我们的女儿，学着把她的全部精力和注意力放在枪支、屠刀和鲸鱼叉的重量后面。我不能清晰地预见我自己会变成什么样子，但能预见比利仍会酗酒。海冰在消失，在外狩猎的危险在增加，随着抵御风暴的缓冲冰带消失，陆地也会受到侵蚀。所有这些情况如同恐怖电影一般缓缓展开。

比利在帮我打包行李。我试图把所有设备装回那些箱子里，他静静地坐在床上，为我重新整理物品。

"你带着那个东西，他们是不会让你过海关的。"他指着茉莉亚送我的一片鲸须说，"在上面画画吧，这样就成手工艺品了。"他给我找了一根钉子回来，我草草地画了一个鲸鱼尾。"你画得真好。"他说，"你可以拿这个去卖，以这个为生。"白人女性在因纽皮雅特社区出售鲸鱼艺术品可看不到前景，我挖苦道。

我们整夜都黏在一起。当清晨来临，我们拒绝松手放开对方，无视鸟儿们在屋顶抓挠，把窗帘紧闭不让外面的阳光照进来，也不让白天到来。

外面街道上的汽车鸣笛声标志着那一刻我们终于被时间打败。茉莉亚此前曾提议由她来开车送我赶飞机，因为比利醉驾被吊销了驾照。在乌特恰维克小机场里的值机处，一名男子正在将他步枪形状的行李箱往传送带上放。我用袖子在眼睛上轻轻擦拭时，茉莉亚揽住我给了我一个长长的拥抱。

"现在我是你的因纽皮雅特妈妈了。你最好给我保持联系。"

比利尴尬地站在那里，他的手放在身体两侧，我们的亲密程度无法应付这样在大庭广众之下道别。

"回来吧，哪怕是十五年后，哪怕只是回来看看，也一定要回来。"他说。

我不确定这是他的恳求，还是他在假装若无其事。然后他就沉默了，深深地注视我，仿佛在狩猎。当我过安检时，他的眼睛颜色那么深，身体那么沉稳，在涌动的人群中变得越来越小。我朝登机口走去，仍然能感觉他的目光在注视着我。转过身来，我看见他的眼睛望向最远的地方，仿佛我已经飞走、飞高、飞远了。我短暂地合上眼睛，再度睁开眼时，眼前只有停机坪和飞机了。比利的味道还残留在我的衣服上，让我聊感安慰。

我离开以后，他们总是能看见我，茉莉亚在电话里告诉我。有一次她看见我沿着冰封的潟湖行走，那是我以前去北极熊街时走的那条路。

"那是多琳！她还在这儿做什么？"茱莉亚把车驶到路边，但是近距离查看以后她说，那"只是另外一个白人"，不是我。

同样的事情也发生在我身上。回英国途经加拿大时，在机场，一个戴墨镜的男子靠近我。他比比利要高，有浅棕色的瘦削脸庞，他的棒球帽是朝前戴的，不是像比利那样反着戴。他喝醉了，走路跟跟跄跄。他走上前靠近我，用和比利一样的眼睛盯着我看。

"我爱你。"他说。

我看着眼前这个醉汉，他不是比利。我的嘴唇对出"我也爱你"的口型，但是没有出声。我转身穿过出境大厅逃走了。我知道这很离谱，但是我一直无法摆脱这种感觉，总觉得是我被拜访过，茱莉亚他们看见的是我在回访。

我在埃德蒙顿停留，看望我的姨妈和表哥表姐们。凯西姨妈是我母亲的姐姐。她又高又苗条，端庄优雅。在那个周末拍下的照片里，胖乎乎的我笑容满面地与表哥表姐们、他们的孩子，还有一只小狗坐在一起。凯西姨妈让我在曾经属于她大女儿的那间安静的小房间里休息。她给我讲述她在护士工作中与加拿大原住民孩子们的事情。那些孩子很多都有胎儿酒精综合征，会造成学习障碍。我见到过太多无家可归的原住民。每次我走在大街上，不公就展现在我面前。**爱斯基摩**或**土著**在这里听起来十分刺耳，因为我的乌特恰维克朋友们说这些话时并不骄傲。我对自己的白色皮肤有一定自觉，也因为自己是造成文化分裂的这一方而感到羞耻。这是事实，不过我未曾真正面对过。我去寻找过冰和鲸鱼，也曾在一个健康的阶层中与仍然和土地紧密相连的猎人们一起长途跋涉。我曾与一个拒绝酒精、不受酒精类疾病影响的家庭共同居住。我甚至几乎没怎么见过有人喝酒。喝酒是在室内进行的，因为外面太冷了。而比利，他将我与酒精隔绝开来。

我听着一些我买回来的因纽皮雅特语磁带，想着那些被赋予事物、人和地方的名字。茉莉亚将她自己的名字送给了我，让我感到十分荣幸，我也很爱比利的因纽皮雅特名字的发音，Uvyuaq（乌维阿克）。可是他不愿意用这个名字，而且他住的地方叫作巴罗。巴罗是一位探险家的名字，是英国海军部的约翰·巴罗爵士，他从未到访过巴罗。西方五花八门的错误观念、雄心壮志和浪漫情怀都投射在了这个地方，这个因纽皮雅特人的家园。巴罗这个地方过去曾经叫乌特恰维克，后来又将名字改回去了，它到底经历了什么？我一度会觉得自己是个骗子，不会说因纽皮雅特语，走在路上看见的东西都是用英文书写的。我无法想明白这一切。

回到伦敦，我已经发福到穿不下所有衣服了，而且我平时就吃花生酱和奶酪，避免吃沙拉和蔬菜，我还厌恶城市里的喧闹。我过去的生活习惯已经不再适合现在的我了。我对朋友们吐苦水，有些朋友会倾听，有些会笑话我。一位与英格兰男人结婚的日本同事则建议我以务实的态度面对跨文化恋情中的困难，劝我放手。另外一位同事则问，如果你有孩子以后出现问题了呢，到时候你又想回来怎么办？复杂得很，她说。

比利说他挺好的。他在午休时间打电话过来。他找了一份熟练工的工作，现在正在等待木工的职位空缺。这里的伙计们都彼此照应，就像一个捕鲸队一样。

"你错过了独立日（the Fourth of July）游戏的很多乐趣。"他周五会发工资，然后就有钱去划船了。"是时候振作起来了。"他的生日快要到了。我打电话给乌特恰维克的政府部门，询问我能否代他缴纳交通违规的罚款，好让他拿回驾照开车去上班。他们说不行，这笔钱必须从他这边支付，于是我给他转了一笔钱，足够购买一桶船用燃油了。他打电话向我汇报他和一群亲戚在水上度过的一天。我收到了一封他侄女发来的电子邮件，邮件中比利口述了一句话："我真的很想念你，多琳。"

"我可能应该说走就走，买上一张机票过来。在伦敦有什么地方适合打猎？"他在一次打电话时这样问我。我先想了一秒钟松鼠和鸽子是否合适，然后才告诉他这里没有什么值得打猎的，他笑得很大声。即使当我意识到他只是拿打猎来开玩笑，我也不确定伦敦能给他提供什么，我又能给他提供什么。

"你会喜欢住在城市里吗？"我问他。

他对我坦白说，他曾经与杰斯利还有茱莉亚一起去过西雅图，那次他特别庆幸能回到家里。有一次，他喝醉后打来电话，那时候的他已经神志不清，卸下了所有防备。

"我爱你。"他说。这是他第一次说出这句话。

我不愿意让他听见我的哭泣声，便直接结束了通话。为什么他非得喝醉了才能告诉我他爱我？而且隔着这么远的距离。后来，茱莉亚给我发邮件说比利因为肺炎飞去安克雷奇了。我早晨一醒来就看见了这条信息，之后一整天都在等待时间快点过去，好让我给医院打电话。

　　"请稍等。"一位护士说。

　　对面是一阵长长的等待。

　　我听见话筒又被重新拿起来了。

　　"多琳？"

　　"发生什么事了？"我瞬间就发起火来，"你得照顾好你自己。"

　　"有一件事情让我想要好起来，就是听见你的声音。"

　　我感觉到脑后一阵疼痛。我的房间开始漂移，话筒也感觉变得鳗鱼一样滑手，我只好紧紧抓牢才能保证它不会滑出我的手心。我告诉比利要快点好起来，家里每个人都在想念他。

　　我感觉自己就像是曾经降临过乌特恰维克的一个污染源，留下了有害的痕迹。我这样是在吊着他吗？这个男人已经因为本族文化被有意识地慢慢毁灭而受到伤害。我一直等他从医院回到家，才给他打去电话。

　　"这样是不会有结果的，比利。"我说，"我回不去的。"

　　"当然。"比利说，"我想你。"

　　我不再给他打电话了，也不再接听他的电话。我就看着电话一直响，铃声断了以后双手掩面。后来，他也不再打电话过来了。

工作上，我突破了之前难以冲破的信心壁垒，得到了一份主持工作。

"你一直不露锋芒。"一位主管这样对我说。我前往格陵兰去做人们蜂拥获取北极资源的相关报道，并采访了阿莱卡·哈蒙德，就是她给我讲述了塞德娜的故事。我连续一周每天提交一篇关于气候的新闻报道，而且不包含怀疑论的内容。我的事业节节攀升。

回到伦敦，我对一个捕鲸家庭进行了一次访谈，但是第二天去上班时，我才发现这个访谈没有播出，被撤掉了。

"他们是气候变化的见证人。"我提出抗议，"我们从来没有听到过他们的声音，这很重要。"这里发生了什么我不了解的事吗？某些观点正在占据主导地位吗？

我记得在 BBC 国际频道新闻编辑室工作之初，当时我得知将北爱尔兰的军队简称"军队"而非"英国军队"是 BBC 的惯例，就想起我的爱尔兰外祖父，他在我出生前很久就已经去世。他曾因在 1919 年的爱尔兰独立战争中与爱尔兰共和军一同和英军作战而被授予勋章。我想知道，当他的外孙女站在他当时眼中的压迫者和殖民者的角度播报时，他会如何看待我？

如果说在输出内容时，仅凭一个词语便可认定其中有政治立场出现——在我所举的例子里是"英国"一词的出现或刻意规避——那在我的播报中还有什么范例是我使用时甚至不曾察觉的？

"你不会是一个可以灵魂出窍行走的爱斯基摩人吧？"一个

晚上，一位主持搭档这样问我。我们那时候正准备开始广播，我给他讲了在冰上狩猎的事情。

"我们现在说因纽皮雅特，或是因纽特，不说爱斯基——"我开口说道。

然而他已经回去看他正在读的摘要了。

我不再谈论乌特恰维克了。我开始无法忍受想起乌特恰维克，想起正在消失的多年冰，想起让我如此思念的卡里克家族，还有比利，以及我不能和他在一起这个事实。

茱莉亚送给过我一幅黑白画，出自她住在波因特霍普的亲戚之手。我将这幅画挂在我的房间里。这是一幅弓头鲸游泳的画，有一名因纽皮雅特男子在弓头鲸的上方驾着船。鲸鱼的肚子里还有一名男子。这位因纽皮雅特的约拿不同于我儿时绝望的约拿，他正拍打着皮鼓起舞。

我拍摄的那张比利的皮艇停靠在冰间水道边的照片被我打印成了一张海报，装裱起来挂在这幅画旁边。在蓝色的光线之中，这艘小船放眼望去好像是要载着人们踏上最后的旅程，穿过水面，离开生者所在的陆地。与这张照片的因纽皮雅特标题"Uvyuam Umialiyya"一起，我又添了一个英语标题："我将渡你"。

冰河湾

北纬 58° 27′ 3″

西经 135° 49′ 21″

　　轮船鸣笛起航。最终，我们来到了公海。连续几个星期辗转于列车和公交车之间，只能匆匆瞥上几眼，现在我们终于来到了灰鲸迁徙的最后阶段，在它们的地盘上加入它们。我和麦克斯招手，码头上排成一排的人们也向我们招手。温哥华沿着天际线在我们眼前展开，然后又逐渐缩小，变得越来越遥远。

　　我们朝着阿拉斯加的方向进发。站在奢华的大型游船挪威太阳号上，我感觉到了一丝羞愧。我并不想在公海上颠簸劳顿，这已经远远超出了我们的预算。这艘轮船上甚至还有一个游泳池在顶层甲板上叮咣作响。但是阿拉斯加海上公路系统的轮渡在我们需要乘船的时候停运了，所以我谈下了一张便宜的船票，说我要为一本高端的、读者都是银行家的泽西杂志撰写关于此次旅行的文章。在船舱里，我研究了我们的线路地图。这条线路蜿蜒穿过拼图一般的小岛，在凯奇坎、朱诺、斯卡圭和冰河湾稍作停留。地图上画着的鲸鱼尾符号时不时出现在海上，这一定是个好兆头。我们的轮船将在平静且受到庇护的内水道停留，远离波涛起伏、粗野狂躁的外海岸。我们将在七天内到达惠蒂尔。我开始数起陆地碎片来，但是这样的碎片太多了，麦克斯的脑袋还挡住了我的视线。他爬到我身上，伸手拍在了对页一架水上飞机的照片上。

"飞机，我爱飞机。那些脚丫是什么？"他指着浮筒。

"那些是让飞机可以在水上着陆的东西。"

麦克斯惊奇地盯着之前从未听说过的运输工具。

我们醒来时透过阳台门看见了幽暗的汪洋。在楼上，来自巴厘省的服务员阿尤把淋着枫糖浆的松饼送到了我们桌上。我遇到的其他员工来自尼泊尔、菲律宾和印度。每年有九个月的时间，阿尤都会离开她的孩子到轮船上工作。她对麦克斯怎么看都看不够。阿尤和麦克斯透过橙汁高脚杯玩瞪眼游戏。阿尤说，她会用Skype和家人联系。她声音轻柔。那得是一种什么样的感觉，将你的爱拉伸到那样细，就像橡皮筋一样，跨越如此长的时间和如此遥远的距离？我没有胃口吃东西了，向窗外望去，看见了小小的深灰色背鳍在我们周围划破水面。它们如此迅速地现身又消失，让我以为那些是我想象出来的。我给阿尤留下了一笔可观的小费，然后带着麦克斯冲下楼回到房间。从阳台上，我们可以看见带有白色条纹的躯体浮出水面。

"鲸鱼，妈咪，鲸鱼！"麦克斯大叫。我开始上网搜索，最终分辨出在我们乘坐的船只附近嬉戏的这一群是白腰鼠海豚，是所有海豚和鼠海豚中游速最快的一种。散落在各层甲板上的电视屏幕将我们的坐标实时展示给我们。这是最激动人心的了。我们在地毯上闲逛，乘坐观光梯上上下下。我查看了泳池守则，发现儿童能够自行如厕才可以进入泳池游泳。当我告诉麦克斯时，他马上开始脱纸尿裤。我催促他去了最近的洗手间，并解释他需要连续三天自己上厕所，不准出意外才行。有传言说有人目击到一头鲸鱼，我赶紧冲过去收集情报，盘问目击者。她说，那是黑色的，亮出了有白色斑纹的尾部，数次跃出水面。她用胳膊俯冲下来比划出一头跃起的鲸鱼。我的心沉了下去，陷入失望之中。那是一头座头鲸，不是灰鲸。

第二天，我们到达了第一个停靠港凯奇坎。这座城市最初建立时是一座渔村，有"世界三文鱼之都"的美誉。我不想把钱花在和鲸鱼无关的观光上，所以我们只是四处走走。在帕尔纳索斯书店，我发现了一本配有插图的书——《灰鲸海洋社会图鉴》。光是触碰到这本书都让我感觉和灰鲸的距离又拉近了一些。我们沿着这条路继续走，上了一座桥，在桥上可以俯瞰到一片挤挤挨挨的游艇桅杆，接着偶然看见一家救世军慈善二手商店，我们进去好好淘了一番货。麦克斯发现了一个聒噪的芝麻街埃尔莫笔记本电脑，我试着和他商量把这个玩具放回去。那个东西不能跟我们回船舱。我和麦克斯讨价还价，提出给他买一个能发出一声"嘟"的塑料火车，又加上了一个蚀刻素描板，最后提出拿一套木屋组合积木。麦克斯拿不定主意了，仍然攥着那个笔记本电脑玩具。我向他强行推销，解释说这里的人们可以用树木建造房屋。最终，选择了木屋组合积木，他被挥舞斧头的拓荒人和忠实的塑料猎犬打动了。他昂首阔步地走出商店，手里堆满了新得的战利品。我不确定是否达成了一笔好交易。有人叫住我问路，当他们听见我的口音后，说他们以为我是凯奇坎人。现在麦克斯和我都高兴得昂首挺胸。

我一整天都把灰鲸抛在脑后，但是那天晚上我埋头细读新买的书，寻找线索——那温柔的嘴角弧线，充满智慧的眼睛。这种感觉仿佛我是在寻找独角兽。游轮手册上没有任何地方提及灰鲸。事情似乎很简单，鲸鱼每年都如此固定地在西海岸北上南下，所以如果我们差不多同一时间北上，就会在沿途遇上它们。如今我已经扫视了大海和地平线数千次去寻找喷水柱和斑驳的身躯，但只发现它们不在这里。失望已经累积起来，沉沉地堵在我的心头，让我倍感压抑。它们一定是在更远的地方，远离人群和我们的巨轮。不然还能到哪里去呢？我是有多愚蠢，竟然认为如此聪明的动物会主动与伤害它们最深的人类相遇。

现场播放着涅槃乐队的《你行你素》，圣赫利尔烟雾缭绕的郝特莲酒吧里正在热舞。我那时十七岁，把脸埋进三杯绿毛水怪鸡尾酒里。我看着酒保把苹果酒和拉格啤酒五五开混合起来，最后的一小杯波士蓝力娇酒魔术般地将整杯酒变成了沼泽绿。骑自行车回家的时候整个世界在我眼前轻轻颠倒过来。我仰面朝天躺在地上，用脚蹬着空气，而自行车压在我身上。我最终到达黑莓在旧猪舍里的窝时，她几乎没有抬起头。她现在变得纤弱了，但仍然像童话般美丽。我在一堆锯木屑上蜷起身子躺在她身边，我醉得太厉害而失禁了，感觉到一股暖流缓缓地将我的牛仔裤浸湿，然后变得冰凉。那天晚上我时醒时睡，一只胳膊整夜都搂着她。因为靠得太近，她的腿在黑暗中摇晃时踢到了我身上。

几个星期以前，我发现她躺在田地里对着我嘶鸣，她已经站不起来了。我照顾黑莓已有将近十年的时间。然而，上高二、高三时，我开始无暇顾及任何事情，学校、考试、早起。我频频醉酒。大多数日子里，我能设法为黑莓做的就是提着几桶水步履沉重地沿着小道一路走到田地里。我曾经找了一位同学代我骑她。黑莓把她甩到了路上，她的胳膊也因此用悬带吊了一个月。我甚至在一家当地报纸上刊登了一则广告——"租借小马"，然而我的背叛无人接手。

兽医用刀子在她的脚掌上切开一个口子。"这会管点用。"再一次被忽视的黑莓，又在春草上大快朵颐了。我最初发现她时她的马蹄叶炎卷土重来。她的前蹄热得发烫。"那是压力在释放。"兽医说。米黄色的东西从她的蹄子里渗出来。那味道如同噪音一般，震耳欲聋将我吞没。这股味道以某种让人愉快的调子钻进我的鼻孔，闻起来几乎是甜的，但是又在内心深处与一个角落共鸣，带着一些根源处腐败恶臭的东西升腾上来。黑莓的足部组织被封闭在角质中，无法生长来容纳血管中过度的营养和水分。整个结构如同被磕碰的水果一般已经崩塌，她承受着极大的痛苦。

从那时起，兽医说什么我都照做。我试着让她散步，并请铁匠过来为她钉上特制的蹄铁。当灼热的蹄铁钉在马蹄上之后，黑莓摇晃蹒跚，身子使劲向后朝臀部仰过去，几乎是坐着了。我把一袋又一袋的止痛药与她最喜爱的食物混合，然而她现在什么东西都不肯吃了。

我花了很长时间才承认我走投无路了，没办法找到一份工作来支付把黑莓送往英格兰治疗的费用。夜晚躺在床上的时候，我的脑海中浮现出发表在《大马与小马》杂志上的关于黑莓奇迹般康复的假想文章。但是一切都太迟了。黑莓已经逃不掉了。

"这事儿该有一个结果了。"母亲说。我希望她是错的，但是我已经看不下去了。我给诊疗室打去电话。我的父母度假去了，他们乘船去了法国。我注视着黎明到来，胳膊搂着她的脖颈。

兽医一大早就到了。他想要约束住她，因为他担心黑莓会一路冲出猪舍。我拒绝让他触碰黑莓。

"你养她多久了？"

"不知道，九年吧。"我含混不清地嘟哝。

"噢，天哪。"

我抱住黑莓的脑袋。两剂注射。兽医说，一剂是镇定剂，还有一剂则是致命的肌肉松弛剂。他必须用力去推针剂，才能刺穿黑莓脖颈上厚实的肌肉。她惊跃而起，然后一注细细的血流喷射到锯木屑上。这些日子以来，她第一次站立起来，浑身都在颤抖。我们目光相接，她的腿慢慢瘫下去，她倒下了，我也随着她一起倒下，将她的脑袋抱在自己怀里。

兽医用一根手指去捅她眼睛中间的一汪蓝色，来检查肌肉反应。我弓起身子护住她的脸庞，用后背挡住他。我抚摸着黑莓，试图抹去那最后一记可怕的触碰。我抚摸她的上眼皮，她的眉毛，她闪亮的面颊，她的紫色嘴唇和鼻子。我抚摸她下巴上和鼻孔周围短硬的毛发。我抚摸着她的身体，她的褥疮，她的腿，她完美的浑圆的足部。

一辆货车停在院子里。

兽医说："你现在应该进屋去了。"

他们一定是用绳索把黑莓拖上了货车后面。我从屋里出来，研究了碎石上的痕迹，然后开始奔跑。我跑到了五英里外的圣赫利尔，坐在商业大街的一条长凳上痛哭，我需要置身于熙攘的人流之中。当天色渐晚，我朝与家相反的方向走去，沿着海岸走向圣凯瑟琳湾，沿着防波提迎风而行，直到尽头，在那里灰色的恐怖海浪冲击着海鳗栖居的黑色岩石。我多希望变成这水。

那是音乐吗？是风吹在栏杆上的声音吗？我和乔希以前有时候会找一座渔民用花岗岩造的夏季小屋，寻找一件件闪闪发光的废弃渔具当成宝贝。现在，就在那座小屋中，一群年轻男人拿着一把吉他围坐在篝火旁。他们操着浓重的苏格兰口音邀请我加入，问我出什么事了。我咕哝着说我的小马死了。他们给我分享了他们的万宝路香烟就不再开口。黑莓现在自由了，从痛苦中解脱了。而她的死也切断了与我的联系，我也自由了。

"走出去。"我听到她说，"去寻求帮助，否则你就是下一个。"于是我便知道我终将离开这里。一个男人递给我一个香烟盒，上面写有他的电话号码。我沉默地坐在那里，双手抱膝，直至黎明，直至度过了她死去的那一天。

"她也是我的责任。"母亲几个月以后对我说。她说出口的时候已经尽力了，她清了清嗓子，说："你只是个孩子。"这并没有带走任何的痛苦或愧悔，因为我知道这就是我的错。黑莓将她的爱给予了我，而我也全身心属于她。无论我睁眼还是闭眼，她总是在我身边，看进我的心底，提醒着我永远永远不要担负起对另外一条生命的责任，永远不要。我必须与所有生物保持距离。

我轻轻地合上了这本关于灰鲸的书，将它放在床头，看向睡在我身旁的麦克斯。他几乎就是我的一部分。随着这份爱同时到来的还有对不足的恐惧，我怕自己给他的不够多。我意识到，我不可能将他放入我过去的生活里。我害怕搞砸，为此我不得不为他奉献一切。但是如今我达到了一个平衡。突然间，看不见鲸鱼也依然让我感到满足。我内心深知编写那本实地指南所倾注的细致观察和努力。因为这些，我才能够理解鲸鱼并欣赏它们的本来面貌。它们存在就足够了，不能看见他们也让我感到很高兴，这样它们就会在其他地方，远离人类的干扰，仅仅作为鲸鱼本身而存在，自由自在地生活。

我们到达了阿拉斯加州的首府朱诺，大约二十人坐上了一条小船。我们的向导埃米莉有特林吉特人的血统。特林吉特翻译过来是"潮汐之人"的意思。他们自古便与鲸鱼共同居住在这个地方，并且一直严禁食用鲸鱼[1]。

"在我们的创世神话里，人们是从动物变成人类的，之后会再变回动物。"埃米莉说。她所说的每一句话都因一种持存的沉醉感而让人振奋。她有一头长发，身上散发着某种来自海底的优雅。

麦克斯也听得着迷。"她是在说座头鲸吗，妈咪？"

我的小小科学家已经吸收了太多内容。我们距离陆地非常近，而水面十分平静，看起来仿佛是固体一般。这个海湾里充斥着成群结队的座头鲸和杀人鲸。埃米莉说，这些"居留型"虎鲸以鱼为食，与其他鲸鱼和平共处，与在蒙特利深水处袭击灰鲸幼崽的"过客型"虎鲸大有不同。公交车大小的座头鲸在近处嬉戏。

"看，一头虎鲸宝宝，妈咪！"

埃米莉对麦克斯的观察力报以赞赏的微笑。她走过来，麦克斯握住了她的手。

"那里还有虎鲸妈妈。"埃米莉对麦克斯说。母亲和宝宝一同利落地跃出水面，它们的黑白"套装"溅起银光闪闪的浪花。它们的身体节奏和谐，仅仅是一次吸气，它们惊心动魄的美就被瞬间驻留在了水面上。

接着，一头成年虎鲸径直游向小船。

它的背鳍无声地划破水面朝我们游来。那浓密的黑色吸收了所有颜色。它是来自虚无世界的使者，时刻准备好吞噬一切。即使我站在甲板上已经比水面高出不少，那背鳍的尖端也和我的胸部平齐。我握紧栏杆，能够看见那长长的身躯在专注地移动。我想象着灰鲸幼崽的无助。虎鲸行进路线的精准让我感觉自己像是一个被盯上的女人。我感觉自己居高临下，在虎鲸接近的时候俯瞰着自己，当它的头在几条船的距离外划破水面时，我的身体陷入了最原始的恐惧中而动弹不得。它是打算猛然撞向我们吗？

这几秒钟抻长、扭曲，出现了记忆的错乱。在感官封闭的关头，我，作为一个女孩，作为一个女人，在恐惧中凝固。

从上方，我看到了三个人物，埃米莉、麦克斯和我自己。灰鲸母亲在那些有牙齿的"鱼雷"逼近幼崽时不会僵在那里。她们会紧紧贴近幼崽，**移动起来**。我去够麦克斯的手，让自己动弹起来，在最后时刻虎鲸潜到船的下方去了。我记起南希船长告诉过我虎鲸有多么聪明。它是在玩耍吗？或许它们喜欢恐吓游客？这些外星来客游走了，几乎没有扰动水面。我挥舞胳膊，与空气搏击，跳上跳下，挥手送走那头虎鲸。麦克斯被逗得大笑，模仿起我来。

在我母亲的记忆开始出现问题大约一年之前，她来伦敦看我。她说她想谈谈我们两个的事。我们去了一家土耳其餐厅。她穿了一件粉色真丝塔夫绸上衣，我也为了她精心打扮了一番，穿上了我最喜欢的那套在欧拉·凯利样品甩卖时买回来的条纹羊绒针织套衫。母亲对着服务员笑容满面，他刚刚问了我们是不是姐妹。我妈妈把头往后一仰，开怀大笑，她有一头仍然乌黑的秀发，完美的皮肤以及充沛的精力，她和周围每个人都聊得来，所以她的确一直看起来比实际要年轻上二十岁。她开始吃她那份鲭鱼。

　　"好吃极了。"她对一位路过的服务员赞美道，然后又充满期待地看向我，微笑着说："那么，现在……"

　　我有点紧张，点了一杯红酒。

　　"我也来一杯。"母亲说。她几乎不喝酒。

　　我张口打开话题，我们两个天差地别，而这不是任何人的错，这也没什么问题。

　　"我无法像你那样谈论书籍和戏剧。"我说，"那些对话让我觉得愚蠢，很扫兴。"

　　她放下手中的叉子，考虑我刚才说的话，用手撕下一些薄面饼，拿着它在盘子上来回转动。我全神贯注地把一叉又一叉的茄子肉酱千层饼胡乱往自己嘴里塞。

　　"当你走进科学的世界，科学就将你带离了我的智识范畴。"她看向远处。一位服务员立刻出现在她身边。"有什么可以为您效劳？"

她摇了摇头，然后询问他是哪里人。他们展开了一段关于土耳其和爱尔兰的对话，伴随着这场对话我吃完了千层饼。

母亲的目光又回到了我身上。"我经常为你忧心，多琳。"

又是这一套。我努力克制自己不要眯起眼睛看她，不要生闷气，那是我十几岁时的自我保护措施。"但是你并没有真正了解过我，你只是把你的恐惧投射在我身上。狗屁！"红酒从我嘴里喷出来溅到了我的针织衫上。

"说脏话显得你语言匮乏，多琳。"她说。

"我他妈就是这么说话的。"我一边擦着污渍一边脱口而出。"你还骂过**我**狗屁，你不记得了吗？"我所扮演的理智成年人总共就维持了三秒钟。我去盥洗室清洗针织衫，洗了把脸，紧紧扶住洗手盆，做了几个深呼吸。当我再次坐下以后，母亲和我斯文又沉默地继续用餐。

"对不起。"我说。其实我想说的是**对不起，这就是我**。也许来点甜点能让情况有所好转，这里的甜点不错。我举起手对服务员致以微笑，结果他们没有注意到。

"多琳，每个人都尽力了。"她说，声音仿佛是从一个很高的地方传来。她用薄面饼精细地从盘子里蘸取了最后一点鲭鱼汁。

"我们可以结账了吗？"我说。不值得为了甜点换取一通说教。

我们朝公交车站走过去，妈妈凝视着晚间的人群来来往往，脸上洋溢着欣喜。我喜欢在她看起来高兴的时候注视着她，虽然我从来都不清楚她是否真的高兴。

"你知道的，多琳，我来之前在房子里四处看，"她说，"所有漂亮的东西都是你带回来的。"我每次出差回来都会带礼物：从加纳带回的彩虹玻璃珠，从布基纳法索带回的薄荷绿条纹黏土茶壶，从约旦带回的阿拉伯拼字游戏，从布拉格带回的玻璃海景画。我想把全世界都送给她。我们一起漫步穿过夜幕时我伸出手去牵起她的手。

回到公寓，我让她睡我的床，给自己在地板上并排的位置铺了垫子。我被一声像孩子发出的恐怖尖叫惊醒，妈妈的面孔扭曲，但是还在沉睡。她过去常说她睡得和石头一样沉。

我上床爬到她的身边轻抚她的前额。"你安全了。"我轻声说，"我在这里。"我整晚都搂着她。不管她过去遇到的什么鬼怪靠上前来，都休想越过我这一关。妈妈后来写信给我说，于她而言，我们的对话"驱散了挡在我们之间的妖魔"。但是直到那时，我才终于明白夜里尖叫的这个女人是受到了更加久远的妖魔的纠缠。

在随后几次的伦敦之行中，她反复询问我们要在哪一个地铁站下车，忘记我们头一天讨论过什么，忘记她上一句话讲过什么，后来连到嘴边的句子都忘记了。她头脑里的昂贵家具，她的引经据典，一点一点地全都被偷走了。

"我感觉你在渐渐离开我。"我告诉她。

她大笑起来。"我想要忘记。"在她每况愈下的这些年，她重复且坚定地这么说。她的愿望达成了。她过去一直遥不可及，现在更是永远都遥不可及了。

我和麦克斯对埃米莉道别，便下船了。麦克斯从甲板跳到码头上时我牵起他的手。他拉着我沿着木板奔跑。

"我赢了！"我们到达陆地时他大声叫道。我拥有我的儿子，我给予他开心，也因拥有他而开心。这已经远远超越母亲和我之间曾经所拥有的了。我们是幸运的，我和麦克斯。

我们乘船游览的下一站是斯卡圭，在特林吉特语里意为"美丽的女人"。

我们走进市区时，麦克斯指着街角一家洋葱形圆顶的商店说，"妈咪，看那个。"店里面陈列着一系列阿拉斯加风情的俄罗斯套娃。我被一组绘画精美的套娃吸引了。最外层是一个穿着皮草的因纽特妇女，她微笑着划着独木舟，胸前抱着一个女婴，女婴手里抱着一条粉色的大三文鱼，海豹和鱼在她周围的海里嬉戏。当我看向那个妇女时，因自己也在自力更生而感到自豪，对她回以微笑。那个妇女的里面一层，是一个骑着驯鹿穿过冰原的男子，他套着一个在麝牛群中手持弓箭的男孩，然后是第二个小女孩，手里抱着另外一条大鱼，在最中心的是一条小哈士奇。这组套娃价格不菲，但是在妇女的翡翠绿毛皮大衣正面下方有一道细小的裂纹，所以收银员允许我讲价。当她仔细地将这组套娃用软纸包裹起来时，我许了一个愿，希望我的家庭将来也能壮大到和这组套娃一样。又走过几个店门，我们发现了一顶毛茸茸的西伯利亚哈士奇帽子。我将这顶帽子递给店员时，麦克斯焦急地盯着看，当店员把帽子递给他时，他立刻戴在了自己脑袋上。

"麦克斯，你看起来棒极了，就像一只真的哈士奇一样！"我伸手去拉他的手。

他一口咬住了我的手。"我，不，麦克斯，妈咪，我，鲁弗斯。"他低声吼叫。

淘金热的幽灵开始出现了。基乐资金大亨店铺的招牌挂在那里，为自己打出广告语："大桶资金可供借贷，可大额预支。拿起你的旅行箱、筛金盘、鹤嘴锄。"我们一路走过一排长长的小木屋。教堂里的一幅画上展示了一行小小的人在雪中艰难向上攀爬。还有一个为缅怀在尝试翻越怀特关口途中罹难的人们而立的纪念碑。

在当地图书馆翻看一大摞传单和报纸时，一份1897年12月31日的《斯卡圭新闻报》复印件吸引了我的注意。这份报纸上刊有一份严格的实践指南，写给那些要踏上致命的北上之旅的女性。它让我瞬间穿越回了过去。

"妇人既然已经下定决心前往克朗代克，便不必枉费力气劝阻她们。"作者安妮·霍尔·斯特朗发出警告，"因为妇人既有志，便成事，而你或许需要仰仗于她。"

她继续写道："妇人中纤弱娇贵者便无缘奢盼此艰险之旅；若罔顾一切贸然行事，将一败涂地。"对于那些吃苦耐劳的女性，她列出了一张必备物资清单：

优质连衣裙 1 件

双排扣厚呢短衣、衬衫和灯笼衬裤 1 套

夏季薄套裙、衬衫和灯笼衬裤 1 套

穿于灯笼衬裤之上的厚帆布或牛仔布短裙 3 条

冬季内衣 3 套

御寒防水手套 2 双

室内拖鞋 1 双

厚底步行鞋 1 双

毡靴 1 双

德国长筒袜 1 双

厚实长筒橡胶靴 1 双

适于冰上行走的爬行鞋 1 双

……

　　清单还有很长。我很高兴看到她把巧克力列入必需食品里。在 1896—1900 年，上千名女性穿越了怀特关口步道，又名奇尔库特步道。安妮·霍尔·斯特朗自己也患上了她所谓的"急性克朗代克淘金热[①]"。

　　我允许自己想象一下我也是通往克朗代克关口的一位富有开拓精神的坚忍女性。接着我想起来我的戈尔特斯[②] 和这艘游轮，

---

① 克朗代克淘金热，出现于 19 世纪末 20 世纪初的美国淘金热。——编者注
② 防水、透气、防风的功能型面料，由美国戈尔公司发明和生产。——译者注

还有那些艰难地在山路上攀登的人们。我发誓再也不对任何事情发牢骚，再也不会了。即使是我们自从离开下加利福尼亚半岛以后，再也没有看见一头灰鲸这件事，也不会再让我抱怨了。

"妈咪，咱们快走。"鲁弗斯正朝着门口爬去。我本来是想在这里多待一会儿，读一读关于原住民女性方面的内容。在她们看来，那些开拓者是什么样的？一些原住民找到了运输补给或是充当向导的工作，但是淘金热给他们的河流和森林带来了长远的破坏。其中一支原住民部族汗是狩猎采集者，原本他们的生计依赖鲑鱼洄游，却在白人到来以后目睹了猎场和渔场被毁，自己也被迫搬迁到原住民保留区。他们当时的感觉一定像是到了世界末日一样。

从儿童游乐场可以将群峰尽收眼底，这里还有一尊莫莉·沃尔什的半身像。她独自走过了这个山口，并搭起一座餐饮帐篷，为过往的执着于淘金的运货人提供自己做的家常菜。她的故事结局并不好。莫莉结婚了，但是她离开了丈夫，带着襁褓中的儿子去和另一个男子一同生活。前夫纠缠她。她报了警，让他因醉酒以及恐吓要杀害她而被捕，但是她后来又撤销了指控，这是一个致命的错误。她的前夫追杀她，最终开枪打死了她。我希望莫莉没有回头，而是在她自己的人生道路上一往无前，逃出生天。这样一个故事从游乐场里听说，还是有些古怪，不过话说回来，斯卡圭这座城市就诞生于极端时期。这也在提醒我们，男性有多么频繁地为了自己的利益而书写女性的故事，决定女性的命运。我想知道我在泽西的妇女庇护所中见到的那些从家庭暴力中逃脱出来的女性现在怎么样了，她们是否重新掌控了自己的生活？我看着正爬上梯子准备去滑森林主题滑梯的麦克斯。我是一个男孩的母亲，这个男孩将会成为一个不一样的男人。

第二天早晨，我们醒来的时候被冰川包围了。走到外面的甲板上，那些冰川就在我们周围铺陈开来，仿佛一张全景明信片。水面是绿色的，看起来油乎乎的，有些冰块浮渣漂在上面。这里风平浪静，但是轮船的出现动摇了我们身后的冰和山的倒影，将它们震荡成了纵横交错的闪烁图像。海鸥尖叫着在空中飞过，水面与小船摩擦发出啾啾啾的声音。"咻咻咻"，下方的明信片重新组合起来。

麦克斯在甲板上大笑着跑来跑去，假装自己是托马斯小火车。"你是克拉拉·贝尔，妈咪。"他叫嚷着。这是在命令我跟在他后面。

我小跑着跟在他身后，意识到他到现在已经连续五天没有用纸尿裤了，而且没有意外发生。这一切是如此轻松自然。答应他可以游泳，于是他就训练自己上厕所。毋庸置疑他一定是个水孩儿。人们从下方涌现，来参加一位海上巡逻队队员的讲座。她就像是一个远足假日的活体广告，看起来如此健康，形象完美契合户外活动。我缓缓地挪到旁边，希望能听到她的一些见闻。

"特林吉特人是最早目击冰川变化的人。"她告诉我们。在过去一千五百万年，发生过两到三次进退。就在几百万年前发生的近代冰川期的周期性冻结和融化，也是鲸鱼五千万年演化史上的最后时刻，创造出了给海洋供能使其变得如此丰饶的条件。夏季大批涌现的浮游动物为如今我们所熟知的巨型鲸鱼的出现奠定了基础。聆听在久远的地质年代里发生的事情给予了我安慰。我们人类无足轻重，轻如鸿毛。镶嵌在高山周围的冰原就如同和蔼可亲的族中长辈，注视着我们人类蹒跚学步般的一举一动。我们终将离开，而它们将一直存在，它们的一呼一吸都塑造着地球。但是看着麦克斯，我又产生了疑问。北极正在变得面目全非。眼前的这片冰川，它们还能存在多长时间？世界范围内，大部分冰川都在后退，它们的融化也进一步助长了海平面的上涨。麦克斯在他的有生之年会看见什么？我不愿意想到他变老的情况，只想此时此刻陪伴他一起进行这段旅程，至少在这一程他是安全的。

"最剧烈的变动是在过去这五百年里发生的。"这位巡逻队队员说。胡纳特林吉特人在冰河湾的入口处目睹了这剧变，这里有年轻的北美云杉和成熟的河流，有鲑鱼可以捕捞，还有浆果可以采集。她描述了在小冰河期期间，特林吉特人如何在独木舟上目睹冰川如飞驰的猎犬一般向他们奔涌过来。我重新估量了一下眼前的冰川蕴藏的巨大能量，以及环绕我们四周的冰的重量。"特林吉特人是这个地方至关重要的伙伴。因为他们祖先的关系，这里对于他们来说具有特殊意义。"她正讲着话，一块冰川从冰河湾的尽头脱落，扑通一声落入水中。船上的乘客拥向栏杆，相机已经准备就绪。

"在冰川向前涌动之后，我们已知的最迅速的撤退便随之开始。"海洋巡逻队队员继续讲着。另一块冰也开始在我们面前坠落。我与其他人一起跑上前去，试图拍下坠落的过程。这块冰坠入了大海。

　　我们听着库克船长和温哥华船长如何乘船到达此地。后来许多人了解到冰河湾主要是因为苏格兰裔美国自然主义作家约翰·缪尔，他曾在 1879 年北上来过这里，按照这位巡逻队队员的话来说，还"强迫"一些特林吉特人为他做向导。缪尔相信他心爱的约塞米蒂山谷在很久以前曾由冰切割雕琢而成。他的到访为一连串的科学家和旅客铺平了道路。讲话的队员听起来好似一场戏剧里的旁白，介绍各个出场人物，这些人物主要是白人，仿佛这是一出可以预测的、经过编排的大团圆故事。我恍然发现我所听的讲座并非真正介绍冰川，而是讲述人类的历史，关乎探险、科学发现、帝国建设和殖民。其内容并非将地球视作家园，和特林吉特人一样对其报以爱和尊重，而是对它分门别类，占有它，滥用它，破坏它。现在，冰川在我看来已经不再友好，仿佛它们生气了，会乱扔东西。

　　巡逻队队员告诉我们当雪许久不化时，埋在下面的雪便会被压实，凝固成冰。冰川变薄后退或是变厚向前取决于这里有多少雪堆积起来。冰将山谷推平后，便着手对付岩石。麦克斯正在甲板上玩他的玩具火车，静静地在人们的双腿之间爬来爬去。我感受到零星不满的目光，但是大多数人无视了他的行为。和一个孩子一同旅行，便需要一直权衡当前的情况，检查他的安全，观察他的情绪。当我们全部蜂拥到船的另外一侧，去看又一次的冰川崩解时，我将他抱了起来，船上的人们捕捉到了冰块的滑落、劈啪作响，就像是一场变质岩坠落观赏运动。

我得知，在海湾中看起来油乎乎的水是淡水和海水的混合。讲话的队员并未提及气候变化，也没有提到北极，以及北极的人类和非人类居民在海洋变暖面前有多么脆弱。我猜她是不想毁掉我们一天的好心情。把冰河湾当作家园的座头鲸需要低温的水体。它们身躯如此庞大，并且食谱十分固定，这具有极大的风险。2013 年被称为"暖水团"的海洋热浪出现，从阿拉斯加延伸到了墨西哥，持续了六年之久，杀死了无数磷虾和鲸鱼。本来身处冷水域时会减少活动的鱼也完全清醒活跃起来，为锐减的食物展开竞争。座头鲸和其他鲸鱼会在离海岸更近的地方觅食，被捕蟹笼和渔具上的绳子缠住的鲸鱼数量之多创下了新的纪录。幼崽无法存活，它们的尸体被冲上阿拉斯加州和不列颠哥伦比亚省的海滩。在那些和温暖海水相关的大量原因中，其实最根本的原因就是它们没有食物可吃了[2]。

我在这条船上就像穿着隔离服一样。我们如此局限于自己狭小的消费主义泡沫之中，极可能录下了世界末日的景象却对此漠不关心。在应对科学家们过去几十年反复告诫我们的问题时，人类行为改变的速度如此缓慢，态度冷若冰川，也没有凝聚力量团结在一起。我心情沉重，疲惫不堪。月经来了，这是自三年前我怀上麦克斯以后的第一次月经。愤怒的不是冰川，而是我自己。

　　我们的船在移动，再次开始向北全速驶去。不过我不喜欢从远处看冰，我喜欢靠近它们。紧随迁徙路线向北前进，我们会更加接近乌特恰维克。那是我与冰近距离接触的地方，在那空无一物且极端恶劣的环境下，无边的白色让我放下一切，仅保留最基本的需求。我倚靠冰为生，仰赖冰呼吸，饮用冰解渴。在乌特恰维克，冰已经深入我的骨髓。

重返乌特恰维克

北纬 71° 17′ 26″

西经 56° 47′ 19″

麦克斯整个人向我扑来，扑棱着双臂呲牙咧嘴。

"亲爱的，听着，飞机上的人都系上了安全带。让我给你扣好。"

他发出刺耳的尖叫声，然后咆哮着要咬我。"不要，妈咪，妈咪。奶——奶——，妈咪。求求了，我不想起飞，我想下去。"

我们正前往乌特恰维克，这是我们此次旅行的倒数第二站，也是地理位置最靠北的一站。我们乘坐的飞机已经满员了。客舱内温度凉爽，但是汗水却从我的后背流下。我一边抵抗着小袭击者的攻击，一边试着安抚他让他平静下来。此时我的眼睛向上一扫，看到的都是男人，是不同程度的硬汉。笨重的工靴、牛仔裤、剃光头发的脑袋、带纹身的鼓鼓的肌肉。四下非常安静。一个穿格子衬衫的小伙子低声咕哝着什么，但是他与我们之间隔着几排座位，麦克斯的嚎叫让我根本听不见他说的话。

飞机开始滑行起飞了，几秒钟麦克斯就睡着了，我的心律也恢复了正常。这是飞往乌特恰维克的短途航班。我们在普拉德霍湾油田短暂经停，这也是这架飞机上满是男人的原因。油田工人排队从我身边经过时，我为起飞时的尖叫道歉。他们大多点了点头，或直接无视我继续从我身边走过。但是那位穿格子衬衫的男人停下了脚步。我紧紧贴在座位上，为接下来的一通抱怨做好准备。

"飞机上的每个人都和他是一样的感觉。"他微笑着说。突然间，我身边环绕的不再是陌生人，而是一群想回家的男孩，而麦克斯面对紧张做出的反应也就合情合理了。

刚过乌特恰维克的安检，我就看见了开怀大笑的杰斯利，我也止不住地咧着嘴笑。已经七年了。茱莉亚外出工作去了，明天才回来，所以他独自过来接我。

在我沿着西海岸北上的行程过半时，我给茱莉亚打了电话，她怂怂地说："就只有四天？你还能把时间安排得更糟糕一些吗？"我努力解释说这已经是允许范围内的极限了，我提到了灰鲸的迁徙，还有最长一个月的旅游限制。

杰斯利把我揽入怀中。"你好，你一定是麦克斯，要跟我一起回家吗？"他弯下腰与麦克斯握手。严格说来，我应该去附近的一个村庄来观赏这段迁徙，那是茱莉亚的老家波因特霍普，那边有一个灰鲸计数点。但是我承担不起去两个地方的费用，又不能不来乌特恰维克。我走出机场，试图将整个乌特恰维克的味道吸入身体。为什么我没有早一点回来？因为担心我的碳足迹，我尽量不乘飞机度假，其实我也担心比利。我们的关系给我带来的悲伤一直没有消散。

杰斯利开车载我们回到北极星街上的家中。我兴奋得头晕目眩，都有点歇斯底里了。我关注着每一样东西，就好像这是我初次到访。这里没有铺设道路，因为在永久冻土上放置任何东西都会将冻土加热，熔化，然后吞噬它表面的一切。我参观了架空的活动板房，散落着汽艇、雪地摩托、皮艇、卡车、鲸鱼骨和海象牙的院落。这里没有尖木桩围栏，也没有伪装的控制。

在北极星街上的房子里，杰斯利制作了榛果咖啡，给了麦克斯一包水手男孩牌饼干，还给我讲在邻近村庄目击到大脚野人的最新消息。他把我第一次来这里时一个关于 Iñuqułhigaurat（矮人）的故事重新讲了一遍，说矮人们救起了某个迷失在大雪中的人。这个猎人在能见度为零的大雪中被困住，他看见了一处光亮，并朝着光的方向走去，于是发现了一个身材矮小的人，这个人告诉他跟着他们的足迹走，然后领着猎人回到家。杰斯利说我得见一个宝宝。JJ 和他的妻子莉莲住在隔壁，他们的新成员是一个小姑娘，名叫杰莎。但是也有人缺席了。是伊莱，他和我曾是那么要好的朋友，却在两年前死于亚利桑那州的一次交通事故。杰斯利提到他去辨认儿子的尸体。杰斯利一直是个高大强壮的男人，我无法在脑海里轻易想象出当时的场景，杰斯利低头看向那副曾经承载着伊莱和他温柔嗓音的躯体，那副曾经作为伊莱欢笑过、畅想过的躯体。麦克斯和我睡在曾经属于他的卧室。

第二天早晨我们起床的时候，茱莉亚已经回来了。这一次我不是一位付费的客人，我是她久别重逢的伦敦闺女。我们聊天时语速很快。茱莉亚不紧不慢地在厨房里干活，时不时转过身来挑起眉毛，哈哈大笑或是为我提供一些最新消息。她为麦克斯做了麦片粥，还许诺带他坐一次她的卡车。我们开车去了商店，麦克斯沿着宽阔的通道奔跑。接下来，我们去寻找比利，我们去了我和他曾经打牌的搜救基地。我考虑过打电话告诉他我要来，但是最终没能打出这个电话。我太惧怕给他制造期待了，也不知道过了这么些年要说些什么。这一次我在救援基地的门口附近，大门没有对我敞开。女性通常不会走进去，而我肯定不能和麦克斯一同进去。茱莉亚把车停在外面，摇下了她的窗户。

"比利·卡里克呢？"茱莉亚对入口处的一个男人吆喝道。他走进去，然后又走出来，摇了摇头。茱莉亚必须去上班，于是我带着麦克斯去了一家图书馆，看他和其他孩子们还有北极动物雕像群玩耍。有猫头鹰、狐狸、熊、鲸鱼。在家的话，它们会是驯养的农场动物玩具，而在这里它们是野生动物。我们和莉莲还有她的四个孩子一起去的儿童游乐场里，甚至还有一头玻璃纤维材质的海象。宝宝杰莎被莉莲的毛皮大衣的兜帽裹得严严实实。凯特琳是长女，中间是两个男孩。我和凯特琳曾经在茱莉亚房子外面的雪地上一起玩过玩具小汽车。我还记得，在我离开的时候，她问茉莉亚我和比利要怎么见面，他步行到我所住的地方需要多长时间。她那时候是七岁，如今已经长成了一个漂亮的少女，还是篮球队的主力。

"妈咪，我们可以一直一直在这里吗？"麦克斯从一个卡车攀缘架的梯子上爬下来问道。他坐在一个男孩的膝盖上从海象滑梯滑下。我想说好。我不确定会在其他地方感到如此快乐。莉莲和我无话不谈：母亲的身份，工作与生活的平衡，我上次的到访，还有比利。比利和她丈夫是最好的朋友。

"我猜是他误会了，"她说，"以为你们两个的关系比实际上要更认真。"

"他没有误会。"我想起我是如何离开的——带走了他的心，也把我的心留下了。

从儿童游乐场可以看见海冰，它们仍然牢固地紧贴海岸。这对我们来说是个坏消息——没有船出海，没有观鲸活动。我深呼吸来调整心态。我们往冰上掷石块。当我们回到家，茉莉亚说比利要顺路看看我。我感觉很难受，不知道是紧张还是兴奋。我把注意力集中在灰鲸上，这也是我来到这里的表面上的理由，然后我给当地的野生动物管理部门打电话。一位专家比利·亚当斯接起电话。他实在是太慷慨了，主动提出在我们离开这里的前一天过来接我们，聊一聊灰鲸。当他告诉我越来越多的灰鲸来到弓头鲸的觅食地时，我稍稍振奋起来。他说，它们现在就在这片海域里，我们看不见它们仅仅是因为有冰面遮盖。我询问是否有可能租一架飞机。回答是肯定的，只不过我余下的银行贷款肯定负担不起。我在手机上查询了邮件。这里没有信号，所以没有办法接通电话，但是至少我可以连上茱莉亚家的无线网。科迪亚克岛是我们的下一站，也是最后一站，我已经给我能在科迪亚克岛上找到的每一位观鲸船长发去了连珠炮式的问题。他们说我已经错过了观鲸的季节，必须专门雇一艘船了。我回问那样要花多少钱。我给一个似乎深度参与过科迪亚克岛鲸鱼节的女人发去邮件，接着又在一个互联网社群页面上发布了消息，解释我们此次旅行的目的。有人能帮我们找到鲸鱼吗？我写道。

茱莉亚和我聊我们上次见面后发生的生活琐事，直到深夜。
"你是个坚强的女人。"她说。第二天她去上班，出差飞到附近的村庄，在那里过夜。我和麦克斯与莉莲度过了一天，我们晚上在安妮·詹森和格伦·希恩位于城外的美国国家大气研究实验室的家里吃比萨，这里也是前海军实验基地。最初正是格伦为我打开了通往乌特恰维克的大门，将科学家的小屋借给我度过第一晚，接着又将我推出去，让我得以自己找到进入社区的方式。
格伦说："我感觉那是你想要的方式。"与此同时，麦克斯正在探索客厅，仔细打量那团巨大的灰色毛球——那是他们的猫。安妮和格伦相遇时都还是年轻的考古学家。安妮因她在沿海站点瓦拉克帕湾的工作而备受关注，这个站点就在乌特恰维克的南边。她带领团队所做的工作对当地人来说尤为重要。因纽皮雅特人祖先的骸骨在这片区域随处可见，而且经常是在没有标记的墓地中。一次一架搜救直升飞机在海滩上降落时，安妮正在一处发掘现场。有一家人认为在一处人们想要钻孔打桩的区域可能有一个小孩的墓，他们需要安妮去查看这个地带。从四千年前至今，瓦拉克帕湾在历史上就一直作为扎营、捕鱼和狩猎的场地，然而现在它正在消失，不断地融化和风化。随着北冰洋不断地拍打在海滩上，安妮的挖掘是在与时间赛跑。

因为他们具备本土和国际政治的知识，了解历史、演化和深时[①]，我不禁希望安妮和格伦对气候变化会有一些真知灼见，可以合理解释这一切。最近他们在撰写文章抨击针对近海开发、运输和气候变化开展的西方形式的研讨会，这些研讨会要求因纽皮雅特人参与[1]。为了保持北坡镇居民自身在关键讨论中的席位，他们必须持续付出巨大的努力。他们不得不牺牲本来应该从事自给狩猎的时间，于是整个过程又与他们在文化和经济上的重要追求相互纠缠影响。然而在他们的牺牲和努力之后，各个机构在后续开展工作时仿佛本地居民从未发声一样。格伦谈到了一场针对当时的美国矿产管理服务局（MMS）举行的示威游行，正是由他们负责离岸活动。"MMS 不长耳朵"是其中的一条标语。因纽皮雅特人代表多年来就各种各样的活动给他们的社区带来的影响作

---

① 地质学的时间概念，是用来理解物种演化和地质过程的关键概念。与人类社会演化运作的时间尺度完全不同。——编者注

证，然而他们的意见总是被加上引号放进侧边栏。"各类机构和组织利用公开会议来阻挠任何努力。"格伦说。

我们开始聊我的旅行。

"灰鲸向北游得更远了，进入了弓头鲸的觅食地。"我自命不凡地说，乐于分享一个有趣的事实。

"或者说，它们也许只是回归了。"格伦说，"回到曾经的灰鲸觅食地。"詹森-希恩夫妇并不会做过度简化。"要有两个信誉良好的信息来源"是我在 BBC 国际频道新闻编辑室学到的新闻信条，不能因为是在这个国家大气研究实验室的小屋里就将它抛弃。他们的知识是基于有形的遗迹和数据，除了原始证据之外没有掺杂别的。

他们给我讲了代奥米德群岛的故事，这是位于白令海峡中央的两座岛屿，一座属于美国，一座属于俄罗斯。在苏联解体之前，美国的因纽皮雅特人能够从代奥米德群岛向楚科奇半岛的俄罗斯尤皮克人运送急需的物资。在夜深人静时分，他们会沿着历史悠久的贸易路线划着皮艇穿过大海。海豹皮制作的船只不会被苏联的雷达探测到，而且政府官员也无法区分穿着传统服饰的人们。听到夜半时分送过来的隐秘支援，我为之一振。支援行动中蕴含的勇气和智慧，以及对中央集权的不屑一顾，对我来说是罕见的魔法。因纽特捕鲸人之间的纽带似乎迅速清除了政治分歧和地理分隔。

格伦告诉我，苏联刚一解体，俄罗斯尤皮克人的经济安全网便消失不在。在北坡镇镇长的安排下，一台发电机被空运至一个尤皮克人的社区。此时狩猎对于生存来说变得至关重要，于是当局也安排了一位年轻时曾捕猎灰鲸的尤皮克长者从俄罗斯楚科奇自治区飞往美国进行手术，摘除他的白内障。他的视力一恢复，便有能力教后辈们如何捕猎灰鲸了。

克雷格·乔治曾经告诉我，灰鲸是如何在1988年10月的冷战时期在乌特恰维克建立起一个看似不可能的国际联盟的。"破冰行动"是一项为营救三头即将饿死的灰鲸而展开的行动。一位名叫罗伊·阿赫毛加可的猎人发现这三头灰鲸在一个冰窟窿里搁浅，于是打电话告诉了生物学家。这触发了全球媒体的狂热追踪。克雷格的办公室为此一天接到数百个电话。晚间电视的新闻镜头从冰面上播出，展示被困的鲸鱼。美国国务院向苏联求助，于是莫斯科派出了两条破冰船。因纽皮雅特猎人切开一条由呼吸洞组成的水道，通向用苏联的破冰船在冰面上开凿出的通道。三头鲸鱼中有两头在通向自由的道路上至少成功了一半。这项行动的花费超过一百万美元，赞扬声和批评声此起彼伏。我们无法确定这些衰弱的动物是否存活了下来，但是这个行动显示了世界各地的人们对鲸鱼有多么强烈的感情，也显示出这些惹人喜爱的海洋生物甚至能让敌人团结到一起。

格伦一路开车送我们回到城里。我不知道我在这里到底有何用武之地，不过还是请他帮我想想，这里有没有我能做的工作。

格伦说不太可能有，但是他会考虑一下。我们早早睡下，明天一早还要和野生动物管理部门的比利·亚当斯会面。

"奶——奶——，妈咪。"麦克斯几秒钟的工夫就睡着了。我扭动着起身去查邮件。科迪亚克鲸鱼节的组织者谢丽尔回复了，说她可以借给我一台双筒望远镜，这样我可以从陆地上观鲸。我发布在科迪亚克社群页面上的信息收到了一条回复。一位宝妈给我留下了她的邮箱。我不能保证我们能找到鲸鱼，但是我们可以带孩子们去海滩试试。我给她们二人都回复了信息。祈祷能够看到几头灰鲸，我在键盘上敲出这几个字，试着让自己的语气看起来充满希望，而不是绝望。我把手机放在床头柜上，在麦克斯的身旁躺好。当我告别白天陷入睡梦之时，思绪并没有游荡到鲸鱼身上，而是飘到了比利那里，我的比利。他的深色眼睛，他的手指和我的紧紧相扣。

比利，我在这里。我漂洋过海来到这里就是为了见你。我的时间不多，你什么时候过来呢？比利，我们该怎么办？

我和麦克斯第二天起了个大早，收拾停当等待比利·亚当斯的到来。一辆卡车驶到 JJ 和莉莲的房子外面。我去查看了一番，卡车的发动机在转，但是没有看见司机的踪影。天气冷得刺骨，所以过了几分钟我就回到屋内去了。我不想表现得过于着急，于是等了四十五分钟才给管理部门的办公室打去电话。办公室里的秘书接了电话。她说比利·亚当斯今天包了一架飞机前往波因特霍普。他原本是要带上我们一起的，但是他过来接我们的时候没有看见我们的踪影。一时间我搞不清楚到底是什么情况。那辆卡车，没有出现在车里的司机，那一定是他。一定是几秒钟之差我便错过了他。我对秘书用小得可怜的声音说了谢谢。

我想象我们在海冰上翱翔，在我的灰鲸上方翱翔。我们已经近在咫尺。我在沙发上蜷起身子，试图用袖子捂住自己的啜泣声。我追鲸都是在干些什么？我以为自己是谁，见鬼的杜立德医生 ①吗？我希望能够向麦克斯展示我们与灰鲸的联系，但是一无所获，空有一趟安排糟糕的旅行。我放弃了，现在我只想回家。要么回家，要么永远在这里住下去。

"出什么事了，妈咪？"麦克斯丢下他的海豚拼图来看我。他把一只手放在了我肩膀上。"不用担心，妈咪，你马上就会感觉好起来，一切都会变好的。"他的话音坚定。他的安慰让我震惊，也因为让两岁大的宝宝照顾我而感到惭愧，我或多或少振作了一点。

刚下飞机的茱莉亚走了进来，看见了我的脸色。"你还好吗？"

"挺好的。"我擦了擦眼睛，"你出差怎么样？"

她故作夸张地叹了口气："挺好的？这就是为什么你的眼睛全红了？"

---

① 儿童小说《杜立德医生》中的主人公，医学博士，是世界上唯一一个可以与动物说话的人。——译者注

"只不过就是……鲸鱼。我们已经走了这么远了。"我朝着麦克斯打手势。茱莉亚面无表情。我看向别处，长长地颤抖着吸了口气。"我以为我们会看见他。"我哀怨地看着地板。

"他？"

"我是说它们。它们——那些鲸鱼。"

我们和茱莉亚待了一整天，我把灰鲸暂时抛到脑后了。卡里克家以我们的名义在外面的甲板上举办了一次烤肉大餐，给我们烹制了最棒的三文鱼。莉莲的孩子们给麦克斯展示了他们的玩具雪地摩托。我们都很欣赏凯特琳的紫色运动鞋。

"我们必须要买篮球鞋，妈咪。"麦克斯说。

"你真是太招人爱了。"莉莲说，"你是不是喜欢凯特琳的篮球鞋？"然后莉莲转过来对我说："也许你能发现一些他喜欢的东西。"我想我们已经发现了我两都喜欢的所有东西，就在这个地方。茱莉亚给麦克斯也起了一个因纽皮雅特名字，就像我第一次到这里她给我起名字一样。我得到了她的名字，麦克斯得到了杰斯利的，叫作 Akootchook，阿库卓克。麦克斯现在有了一位因纽皮雅特外婆，我看见了我的因纽皮雅特妈妈。这一切是这么美好，这就足够了，必须如此。

我们慢慢清理收拾。比利仍然没有出现。我考虑了几个选择，我无法要求茱莉亚带着我四处找他，也无法像以前那样在他的小屋里等他。

那个拥有沙发和粉色地毯的客厅仍像是温暖的拥抱一样，在这个客厅里，茱莉亚打开了玻璃藏珍阁，我为她雕刻的鲸鱼仍然守在架上。我对这个作品深感自豪，那块骨头非常难以驾驭，但是这头鲸鱼在我的手中完成了。茱莉亚拿出了一些东西，给我展示了一头弓头鲸的耳骨。"这是送给你的。"她说。

这个东西拿在手中真是太不可思议了，像一枚巨大的宝螺壳一样重重地压在我的手掌上，这块骨头围绕着中耳呈现出保护性的弯曲弧线，内侧的边缘上具有繁复的褶皱。这个结构是从鲸鱼形似小鹿的祖先那里继承下来的。它在不同区域增厚和分隔的方式有助于最大限度地增强在水下的共振。我拿起它放在耳边，在耳语中寻找一个信息。最深的海洋将我包裹。我已然词穷，只能一遍又一遍地说着谢谢。我觉得我无法带着这个鲸鱼耳骨通过海关，极有可能得需要一个许可证，只好极不情愿地请求茱莉亚帮我保管。

"能见到你真好。"她说，"下次记得停留的时间长一点，好吗？"

电话响起时，茱莉亚、麦克斯和我已经在各自的房间准备睡觉了。我马上就知道了是谁的电话，以及她为什么要打这通电话。

我听见杰斯利接起电话。"慢点说，我搞不清楚你在说什么……她已经睡觉去了。"是凯特琳从隔壁打电话过来找我。比利去看她父母了，我凭直觉就知道是这样。她仍然记得我们在一起，一直认为我们在一起。我紧紧地闭上眼睛。他怎么会这么晚才离开？我应该过去吗？带上麦克斯和我一起吗？不过也许比利喝醉了呢？我不能带上麦克斯，也不能把他自己留在这里。我必须要见比利。我不能去。我脑袋里响起了巨大的搏斗声，听起来就像是海浪拍打在卵石上，让我很难听清杰斯利的谈话。

"对的，你的 aaka 也已经去睡了。好了，晚安。"他说。他所说的 aaka 是奶奶的意思，就是指茉莉亚。那一定是凯特琳打过来的了。杰斯利没有敲门叫醒我。这个房间瞬间变得如此冰冷。我在颤抖，我要起身。我是要起身吗？现在就好像我已经不在自己的身体里了。与其说我是感觉到自己在流汗，不如说是我闻到了自己在流汗。我动弹不得。我能够听见自己的心脏，就像马蹄踏过一般怦怦直跳。

我不能说再见。

我们睡过了。我一定是把闹铃设错了。我们只剩一个小时的时间赶到机场去乘坐飞往安克雷奇的飞机了。茉莉亚给麦克斯穿衣服的同时，我在疯狂地把衣服塞进我俩的帆布背包里。

"凯特琳昨晚给你打电话了。"杰斯利说。"比利昨晚去隔壁串门了。我告诉她那个时间打电话太晚了。"在夜里的某一刻，比利离开了莉莲和 JJ 的家，走回到北极熊街道上，也远离了我。

在出发大厅，茉莉亚抱住麦克斯。麦克斯大笑，反复高喊着他的因纽皮雅特名字。"阿库卓克，阿库卓克。"他们的笑容在我拍摄的照片中间几乎要挤到一起了。一时间我想起了比利的脸，这张脸在六年前认真地注视着我穿过同一个机场的安检通道。

我第二次离开了乌特恰维克。这个家庭，卡里克一家，再一次在我迷茫绝望的时候慷慨地接待了我。这个地方通过在这里所发生的一切事情重塑了我。我握住麦克斯的手，跟随着队伍走到外面上了飞机。我想到灰鲸在海洋中一点一点地移动。

这一次我和比利不应该见面。麦克斯太小，我们还不能外出打猎。现在才刚过了六年。我会在十五年的时候回来，就像他之前说的那样。到那个时候我再来见他。不论何时我抬头望天看见一片白茫茫时，他都在那里，这片白茫茫就像我们一起旅行时一路上都笼罩着我们的白色天空。不论何时我看见太阳透过蓝色的天空照耀我们，他都在那里，就像在北极的晴朗日子里外出到海冰上一样。不论何时我看见星星，他都在那里，独自在卡里克营地里注视着它们。每当我抬头，他一直都在那里，因为我知道天空可以同时看见我们二人。我仍然爱他，而且我确定他知道。当我离开人世时，比利和他的小船将会在那里等候我。我希望临终时能与鲸鱼一同滑入大海。或许那时候我们就可以在一起了。我一直想象当我们变老时，仍然会与对方相识相知。

科迪亚克岛

北纬 57° 47′ 24″

西经 152° 24′ 26″

当我们到达最后一站科迪亚克岛时，在追赶灰鲸的旅途上已经乘坐过公交车、船、火车和飞机，沿着墨西哥、美国和加拿大的西海岸，到达阿拉斯加境内北极地区的最北端。在洛杉矶，它们已经先行离开，虽然仅有一天之差。在蒙特利，那里只有座头鲸。在迪波湾，暴风雨让我们无法出海。在西雅图到温哥华之间的海上，有一头座头鲸出现。在温哥华至惠蒂尔的船上，看见了座头鲸和虎鲸。在乌特恰维克，我们因为冰封而无法观鲸，我也因分秒之差错过了野生动物管理部门的包机。

我们最后的机会就藏在阿拉斯加湾的偏远小岛上，我们将在那里度过最后两天的旅程。当挤得满满当当的飞机嗡嗡作响地降落时，科迪亚克岛渐渐显露真身，在朴素的蓝色海洋中一片野性的绿色蔓延开来。那里有足够多的沿海遮蔽处和缝隙可供鲸鱼觅食。我们不是第一批，也不是唯一一批前来寻找它们的人。每年4月，本地人和来自世界各地的生态游客都会聚集一堂欢庆迁徙灰鲸的归来。我们迟到了两个月，但是鲸鱼节组织者谢丽尔在邮件中向我保证这里仍然有鲸鱼出没。当然，前提是我得有一条船出海寻找它们。我现在余下的资金刚刚好够解决两天的吃喝问题。租一条船要花费一千美元，这个方法行不通。

机场很小，却挤满了数量惊人的人。一行长条形的箱子滑上了行李传送带，我猜里面装满了狩猎和捕鱼工具，也可能是装满了这些秘密致命武器的零件。在飞机上阅读的一本指南丰富了我的想象力。科迪亚克是美国一处主要军事基地的所在地，历来是俄罗斯和美国的战略前哨。这里隐藏着谜团，而我也有一个小小的谜团需要解决。我在邮件里收到了指示：就去寻找两个相互追逐到处乱跑的小女孩，还有一个到处追着她们跑的妈妈，那个妈妈就是我了。数学教师亚力克丝主动提出带我们到海滩和悬崖处观鲸。我一看见她就认出来了。她在喧闹的到达大厅里波澜不惊，与此同时，她的孩子们在一个长凳上玩耍。我们几乎没有时间说话。麦克斯、五岁的塔蒂亚娜和三岁的艾里森，再加上折叠婴儿车、车载安全座椅和我们的一系列包袋和玩具，都要在穿过人群时整理好，放上亚力克丝的旅行车。我们很快就步调一致，引导孩子们的同时抓住行李穿过停车场。我感到如释重负。这一定是预示着我们的旅行最终走上了正轨。

亚力克丝开车把我们送到了我们预订的经济型旅店，这家旅店位于市中心往外一点的一座小山丘上。透过窗户，正好可以看见大海在落日的余晖下闪闪发光。不过我并不敢冒险出去，担心遇到岛上的明星居民科迪亚克棕熊。科迪亚克棕熊是棕熊的亚种，体形大得非同寻常，有时会攻击人类，并且喜欢人类的食物和垃圾。

我和麦克斯相互讲述鲸鱼宝宝们听到麦克斯的歌声后游到我们船边的故事，直到睡着。

第二天早晨，我起得很早，盼望着去见当地一位名叫布里·维特文的生物学家。我满心期待她能够分享一些内幕消息——在哪里可以看见灰鲸。麦克斯和我去了我们约定的港边地区的那家咖啡馆。布里出现的同时，带来的大海气息随她一起穿过了大门。她穿着破洞牛仔裤，一头乱蓬蓬的短发。我想要她那样的生活。

"我是座头鲸女孩。"她几乎是立刻开炮，指出灰鲸没有那么富有魅力，不太跃身击浪，在公海上一般会远离船只。我忠实地捍卫了它们，指出它们标志性的坚忍品质，而且我们在墨西哥的潟湖里见到的灰鲸母子嬉戏的样子令人吃惊。重新开始谈论鲸鱼是多么激动人心，也让人感觉更接近鲸鱼了。在分别之前，布里给了我一条宝贵的建议。我猜想，我是在针对"海洋泰坦"的碰撞交锋中赢得了她的尊重。她说，开车穿过群山，我就会来到帕萨沙海滩，灰鲸藏身在那里躲避掠食者虎鲸或者布里口中的"蠢蛋"。她说，她有一次就在港口这里目睹一头杀人鲸袭击一头幼崽，鲸鱼母亲发出了难以描摹的声音。

她告诉我："我最近看见一头年幼的灰鲸在帕萨沙那边的海浪中翻滚。"一头鲸鱼宝宝在海滩旁翻滚！我迫不及待地想带麦克斯去看一看了，于是赶忙告诉亚力克丝，她几分钟就到了，并把我们推上她的旅行车。我们出发了，一车的孩子、玩具和衣服，只在爪哇浅滩咖啡馆短暂停留了一下购买食物补给。麦克斯选择了巨大的曲奇，标签上写着"猴子最爱的电力香蕉"。我们都整装待发。

我们根据布里的指导，朝着帕萨沙前进，帕萨沙是一个宽阔的避风湾，两侧都有峭壁耸立。我们驶出群山时，一个急转弯便朝着海岸驶去。我简直无法相信眼前的景象，整个视野全被雾笼罩了，这种情况不应该发生。从谢丽尔那里借来的双筒望远镜感觉就像是个笑话。这一切原本看起来是那么有希望。

我们踩着卵石走下去到沙滩上，在离海水更近的地方查看能见度。我们连海都看不见，更别说灰鲸了。孩子们制造出酷似鲸鱼歌声的声响，试图将鲸鱼召唤过来。我转向海浪的声音。这片迷雾吞噬了我最后的希望，就连呼吸都觉得生疼。

"咱们走吧。"亚力克丝轻柔地说。我们步履沉重地回到旅行车上，蜿蜒驶上小山远离海岸。当我们驶出这团鬼雾时，一个不祥的迹象出现了——"欢迎来到科迪亚克发射中心"。灰色的建筑蹲伏在地平线上，在道路旁边还有巨大的卫星天线。我们竟有幸近距离观看这座小岛上最为机密的地点之一。亚力克丝告诉我，美国政府在那里将火箭和卫星发射到太空。北极星、白羊座火箭、雅典娜系列运载火箭、米诺陶运载火箭都是从科迪亚克岛上发射出去送入极地轨道的。我们驶过发射基地时，我不禁思考我们对那里测试的东西真正了解多少，以及那些活动是否会影响到鲸鱼。后来我得知我们到访之后的一次高超音速测试导弹的发射结果十分糟糕。推进的火箭在升空几秒钟后爆炸了，几个海滩不得不关闭了一段时间，因为不知道会有什么东西坠落下来。这在部分当地人中引起了恐慌。如果人们连去海滩都十分危险，那么海里的情况又会是什么样呢？

我们驾车赶路时，孩子们一个接一个地睡着了，亚力克丝委婉地试探我。

"为什么是灰鲸，是什么促使你来到这里？"

我一时语塞。我无法证明我为这项愚蠢的任务付出的代价和努力是合理的。于是我对她和盘托出。我这样做也无妨，我看起来实在是蠢到家了。我描述了麦克斯的出生经历，以及我如何召唤鲸鱼，我认为是它们帮助了我，也希望对它们表示感谢。接着，我的话又被全部推翻，因为我最终向我自己，也向亚力克丝承认那些鲸鱼本是要带我回到比利身边的。然而它们没有成功，因为我太害怕再次失去他了。

"这是我们看见它们的最后机会。让麦克斯看到我们一路跟随着它们，向他展示它们的力量。"

亚力克丝听进了这一切，沉默着开了一会儿车。

她最终说:"我真心希望这次旅行对你而言是圆满的。"我们正向市中心驶去。"你愿意过来参加我外甥的生日聚会吗?"她问。

　　我大吃一惊。我一直要求苛刻,还是一个糟糕的同伴。傍晚时分,夕阳中的麦克斯在亚力克丝的亲戚之中疯狂跳舞。亚力克丝对她的亲戚们介绍了我们的此次旅行,而我也开始发现我的期待之中可笑的一面。**我要去海上,并按下"启程"按钮,海水便会平静,鲸鱼就会出现供我瞻仰崇拜。**

　　"跳舞,妈咪!"

　　很难拒绝和麦克斯跳舞的邀请。我们品尝了堆成小山一样的酸橙纸杯蛋糕,然后又跳了一会儿舞。亚力克丝向她的丈夫克里斯介绍了我。克里斯曾经一出海就是几个星期,捕捞举世闻名的阿拉斯加帝王蟹。这个职业极其艰苦且危险。面对他这样拥有如此丰富的海上经历的人,我在承认希望鲸鱼能够按照我的行程表行事时感觉十分尴尬。

　　"你大老远一路到这里来看灰鲸,然而连影子都没看见?这太扯淡了!"克里斯大声说道。这个深谙大海之人当然知道他自己在说什么。亚力克丝告诉我有一次克里斯出海捕捞时受伤了,他自己缝合了伤口。他走到一旁,在电话里聊天去了。我决意不再去想鲸鱼了,环顾这个欢迎我的社区,我只是一个完完全全的陌生人。我们还被介绍给了这家人养的鸡认识。

　　克里斯再次出现了。"我们有一个计划。"这个计划具体说来就是利用一艘小快艇，长约 25 英尺，属于克里斯的老朋友布赖恩。他们安排了一个说走就走的短途旅行，出海去钓大比目鱼，当作他们父亲节给自己的犒劳，就在明天。克里斯告诉我，亚力克丝和姑娘们以及我和麦克斯也一同前往。他补充说："去的路上，我们先稍微绕道去灰鲸的觅食地看看。"灰鲸的觅食地，如同圣杯一般，为了寻找这个觅食地，鲸鱼和它们的幼崽，我和麦克斯，跋涉了数千公里之远。眼前这个男人也许可以直通大海之神塞德娜，而他是站在我这一边的。

第二天清晨，我们的一天在渔船之间早早开始了，天气很冷。我们驶出港口时，我一直在小快艇"渡鸦 II 号"的后面着迷地审视着每一寸海水。麦克斯一直在前面避开大风，在克里斯开足马力时坐在他的膝盖上。我们在寒风之中绕过科迪亚克岛的最东端奇尼亚克角。我紧紧抓住船舷，我的关节都发亮发白了。我想起了塞德娜的故事，她在逃离她的鸟人丈夫时用手指尖紧紧抓住小船。我想象她正在下沉，带着受伤的身体和绝望的心情，坠下海水，鲸鱼从她的手中流出。数千头鲸鱼扫过海底，搅起淤泥，重建海洋的平衡。塞德娜向上"坠落"，在鲸鱼向上升起，撕开大洋表面并冲入空中时，被困在鲸鱼周围的气流之中。当鲸鱼们击破海面时，大团大团移位的水体在它们的身后相遇，爆发出一声雷鸣，回荡在陆地的轮廓线上。

小船啪地从一个海浪上摔下，当我睁开眼睛，眼前是一片黑暗的大海，如褶皱般起伏。没有鲸鱼，毫无疑问。接着，在远处，在那张开大口在水中咆哮的悬崖附近，我看见了两个巨大的黑色后背在海浪之间升起。

"你的鲸鱼在那里！"克里斯欢欣鼓舞地喊了出来。虽然这很扫兴，但是我无法掩饰失望，因为它们是座头鲸而非灰鲸。小船在科迪亚克岛和小小的尤加克岛之间向西南方向移动，驶向同名海湾的出海口。船的右舷处猛然喷出一记水柱，还是座头鲸。它们没入水中，接着空气仿佛凝固了一般，我发现这些座头鲸还有同伴。在不远处，一对石板灰颜色的疙疙瘩瘩的后背轻轻划破水面。我吃惊地张大嘴巴，屏住呼吸，试图将此情此景永远地印刻在我的脑海里。我又重新审视了我眼前的世界，但除了海浪一无所有。是我的眼睛在欺骗自己吗？或许这只是我的一厢情愿，这不过是一场海市蜃楼。几秒钟后，又来了一道水柱。我匆忙地翻找望远镜。错不了，我那些挂满藤壶的灰鲸就在这里。是它们，真的是它们，是一位母亲和它的孩子，和座头鲸一同在这里觅食。突然间满世界都是标志性的心形水柱，灰白斑驳的后背。它们成功了，它们就在这里，它们从墨西哥千里迢迢来到这里，就像我们一样。

"鲸鱼尾巴。"麦克斯喊了出来。

大家异口同声地叫了出来。

"那里！"

"看，鲸鱼！"

"那里，妈咪，那里！"麦克斯数到了五，塔蒂亚娜接着又继续数到三十九，之后就再也数不清了。我们的小船缓缓向东颠簸驶去时，灰鲸就陪伴在我们两侧。我的身子向船外倾得过头了，以至于要尽力控制自己别落入水中。我的双眼被海水的盐分刺得生疼，但是我仍然硬挺着尽量不要眨眼，眼前的景象我一刻都不愿错过。我不敢相信它们竟然成功了，我们竟然成功了。这堪称世界的奇迹，独一无二的迁徙。我的身体已经没有知觉了，也说不出话来。每一波水流，每一对划破浪花的翻滚后背，每一次都喷出水雾划破空气的呼吸，都在难以想象的距离和挑战中歌唱生命和生存。这便是全部海洋本应有的模样，它曾经的模样。众多生灵栖息于此，是充满野性且生机勃勃的动物种群的家园，也是最不可思议的生命、旅途和生态的发祥地。我试图召唤出一个标志，证明我们最初在墨西哥对其唱歌的那对灰鲸母子也在这里。通过望远镜，我看见一头成年鲸鱼侧身翻转九十度，翻转到一个可以将我们一览无余的姿势。我看见了她的眼睛，她正在观察我们。

过了大约一个小时，克里斯带我们慢慢驶离。我笑得太开心，脸颊都发疼。通过这次旅行，鲸鱼给我带来了如此多的朋友。他们向我展示了一个温情世界，这个世界里只要我开口求助，就永远有人伸出援手。即使之前已经不抱希望了也是值得的，这样我就可以体会到重拾希望的感觉。

那天晚上，我们站在一个崖顶的紫色杂草花丛之中，与克里斯、亚力克丝，还有他们的姑娘们一起眺望大海，沉浸在蓝色的隐隐波光之中。

"再见了，灰鲸的迁徙。"麦克斯重复着他听过了一遍又一遍的"真言"，我对我们遇见的每一个人都是这样解释这次旅行的。"再见了鲸鱼。"他轻声说，"谢谢你来到这里。"他对大海挥了挥手，然后他想起来我也在这里，便转过身来。"妈咪，你想不想对鲸鱼说再见？"

我们在清晨四点钟离开了科迪亚克岛。肯尼科特轮渡甲板上的天色破晓时，我和麦克斯在带着咸味的寒冷空气中散步。我们睁着睡眼望向大海，向港口打过去的海浪之间出现了一个个形状，似乎径直向着我们而来。到如今，它们在一英里之外的地方我也能够发现。那是一对灰鲸。我确信这对灰鲸就是我们在旅行之初遇到的那对灰鲸母子。

"看，麦克斯！"我大声喊，手指向那里。我们一同跳上甲板挥手致意。"你对着唱歌的鲸鱼，它们跟着我们，来道别。"

有谁能说服我们并非如此呢？

当它们接近我们的船舷时，齐刷刷地向空中喷出了亮晶晶的心形水雾。我喘了口气的工夫，它们便沉到渡轮下方消失不见了。

家

在我们追寻灰鲸之旅结束六年后的一天早晨，我看到茱莉亚发来的一封邮件。我们将近一年没有和对方通过电话了。"多琳，我确实需要尽快和你通话。请回电。"现在在阿拉斯加已经太晚了，我必须等到晚上。一整天里我说话的音调都比平时要高出一点，我一定是要感冒了。孩子们一睡着我就立刻给茱莉亚用 Skype 打去电话。

"多琳，我们一个星期前埋葬了比利。"她说。

有那么一瞬间，我不存在了。没有动作，没有声音，没有思绪。我恢复得过于迅速了，被困在了得知此事的那一刻。我一动不动。

"噢，天哪。"我低声说。

"最奇怪的事情是，"茱莉亚继续说，"他就在两天前给莉莲用短信发了你的照片，就好像他知道似的，看起来他真的像是已经知道自己时日无多了。"

大滴大滴的眼泪接连从我的右眼落下。我的左眼完全干燥。通话的线路有延迟，我必须说点什么，但是我已经不在这里了。我在比利的小屋里，发现这里已经空空荡荡。

"他们找到了那枚鲸鱼吗？"我终于问出了这个问题，"我用鲸鱼骨为他做的小鲸鱼，还在那里吗？"

"我不知道有谁去过那里。"茱莉亚说，"没人见过他，于是他的家人给警察打了电话，他们破门进去的。"他之前在遗产中心当保安。那是1月初，是整年里最黑暗的时候。在他死后一个星期，他们发现他躺在床上，捂住胸口。恰好也是在我写下他的故事的那几天。

他因为胸痛去看过医生。他们打发他回家了。

"噢，天哪。"我重复说道。我本应该在那里的。我本应该阻止这一切的发生。我想起他生活在这个世界上，呼吸着这个世界的空气的日子，在那些日子里没有我。

"我以为我还能再见到他。"我说，"我以为他永远都在。"

"他总是谈到你，多琳。"茱莉亚说，"他一直都在说关于你的事情，直到最后。"

在海冰之下，在那里透下来的光线仿佛是穿过了浓重的云层一般，弓头鲸正在此聚集。一群弓头鲸向开阔的水域游去，它们冲破冰面。在它们的中央，一头鲸鱼与其说是在游泳，不如说是漂浮。这头弓头鲸移动着，仿佛仍然活着，实际上是由其他弓头鲸支撑着，为它掌控方向。我在一本阿拉斯加的杂志上读到过这种弓头鲸的葬礼。如今比利已经离去，我再次呼唤鲸鱼来帮助我道别。

弓头鲸抬起至亲的尸体，沿着冰间水道向开阔的海洋游去。鲸鱼的队列在空气和水的交界处吸气、起伏。这群鲸鱼彼此紧紧挨着，在离开陆地的路途上轻柔地推动着中间的同伴。因生存中的战斗留下累累伤痕的躯体被带到很远的地方，然后同伴们才肯放手。鲸鱼同伴翩翩起舞，俯冲向下，沉到光线褪去的地方，在那里，五彩斑斓的颜色统统让位于黑色。它们在低频声音传播的水层里将他铭记。声音从遥远的海洋盆地附近传来，歌唱着道别。回到海洋表面，弓头鲸群最后一次跟随这个躯体。然后便在音乐的包围下离开了他，在黑暗的海水中徐徐游走。他缓缓地移动、滑行，身躯被海浪带走，仿佛向家的方向飞去。比利并不孤单。

孩子们围坐在厨房的桌边吃着松饼，发出嘘声大喊大叫。他们联合起来对付我，拒绝了我准备要做的燕麦粥早餐。

"下不为例。"中间的那个孩子说，说的时候叹了一口气还翻着白眼。

麦克斯跳出来支援他们。"我来做松饼。"

上一次我们在爱尔兰的时候，我最小的孩子占据了舅舅帕特里克的膝盖，当时舅舅对我说，"这一个和你妈妈这么小的时候一模一样。"

"我完全相信。"我的表姐莎莉说,"她就是活脱脱的一个小头目。"我感慨我的孩子们这么可爱,这么伶牙俐齿,这么无拘无束,这么不怕我。或许麦克斯真的是那个带来改变的人,就像我母亲和我们在迪波湾遇见的那位女士所预言的那样。也许所有孩子都是带来改变的人。也许是因为鲸鱼,谁知道呢。在我的抹香鲸护身符旁边的架子上端坐着因纽特套娃一家,我的愿望几乎实现了。我的家庭只有一点和套娃一家不同,我们不像套娃一样有一条哈士奇犬在中间,我们养了两只猫。

我和麦克斯去游泳了。他十岁了,身材高挑,活泼好动。我注视着他曲体、聚拢、漂浮的动作,与动物在水里的动作如出一辙。今早我没让他去学校,这样我们可以有点时间过来游泳,只有我们二人,没有他的弟弟妹妹们,他们还太小,不会好好游泳。

"看我。看我在水下游泳,看我潜水!"

我看着他。我的眼睛无法从他身上挪开。我太乐于见证他的喜悦了。

把他送到学校后,我坐在厨房餐桌前浏览在我第一次北极之旅时拍摄的录像,寻找有助于帮我回忆的对话和图像。起初我以为这些录像带丢失了,实际上它们十多年来一直都被藏在了一个盒子里。拍下这段影片时,我正坐在冰间水道旁边的冰面上。整个屏幕都是白色的,被一道深色的流水斜切开来。沿着水道向下看,水里倒映的天空就像一缕从远处火堆里冒出来的烟,它飘散在我们上方炫目的白色中,逐渐消散成一抹灰色的温柔爱抚。这还是在狩猎刚开始的时候，那时还没有鲸鱼，连白鲸也没有出现。我拍摄了不同的角度，把摄像机放在小道上拍摄捕鲸队队员们在营地和屏障之间走动时来来往往的靴子，那道屏障是用来挡住鲸鱼视线的。小道亮晶晶的，稍稍落了一点微薄的雪。赖夫给一只沿着小道蹦蹦跳跳的羽毛凌乱的小麻雀丢面包屑。

"也许是一只鲸鱼鸟。"他说。我心里暗自嘀咕，它在这个鬼地方做什么。这小鸟是一个彻头彻尾的机会主义者，为了一星半点的面包屑要付出如此多的努力，从陆地穿过荒芜的冰面飞翔数英里来到这里。食物安全是我最近一直在思考的问题。

"天气发怒了。"长者在八十年前对沃伦·马图米克说。看看小鸟和那些面包屑，我意识到自己在啃拇指。我啃出了一个齿印。小鸟跳出了视野，在我仍然看着那片冰面，心里想着那只小鸟的时候，我听见了比利的声音。

"你想要上去吗？"他问。他当时正站在我的身后，在镜头之外，仿佛他就在我的肩膀上方，在我的厨房里面，对我说着话。仿佛他从茫茫白色中、从冰和鲸鱼的世界里到我家来看看我。

"我不能去，免得错过了鲸鱼。"

他一定是要回城里取什么东西。

"你应该休息一下，到帐篷里去。"他说。

我被这景色迷住了，被眼前的风景淹没，我从未想过休息。他一直在观望，已经洞悉了我的一切动作。我那时还没真正注意到他，但是他已经开始照顾我了。

"我会的。"我说,"我先录完再说。"

他轻轻地离开了。十三年后,我突然为此痛哭。我想告诉他,我这就过来了。

我期盼着见到茉莉亚还有她的一大家人。她、莉莲和我在电话里分享了我们的近况。我发过去了孩子们的照片。凯特琳得到了一个篮球的奖学金,杰莎长大了。我听着茉莉亚温柔悦耳的声音,感受她说话的缓慢节律,这些使我平静下来。

"现在已经 12 月了,但是还没有结冰。"她告诉我。这无需多言。现在已经 2019 年了,不能再佯装我们不知道这一切正在到来。"昨天,好像,有零上十六度①。"秋天里就几乎没有看见一头弓头鲸。整个社区到了 11 月 16 日才捕到一头,比所有人记忆中捕到弓头鲸的时间都要晚。这些鲸鱼改变了迁徙模式。正如因纽皮雅特长者所知,如海洋所知,如我们的全球天气系统所知,如鲸鱼所知,冰消失了,比利不在了,杰斯利现在也不在了。伊莱、范、沃伦和杰弗里都不在了。就在我和茉莉亚聊天的时候,我看见比利站在那里对我微笑,我看见他的脸变得严肃,然后看见他耸了耸肩膀。

爸爸曾经说过:"回首往事,我发现一段关系的结束并不重要,重要的是这些关系曾经真实发生过。"毕竟,悲伤贯穿了人

---

① 这里指华氏度,约合零下八点九摄氏度。——译者注

的一生，这意味着我们彼此之间紧密相连。我无法阻止死亡。我只能在面对死亡和我的生活时尽量开放和包容。

对于一些人来说，世界末日早已降临：被迫迁居到克朗代克保留区的汗部落的原住民，19世纪数次瘟疫爆发时的因纽皮雅特人。我仍然记得灰鲸母亲们为了幼崽一直抗争到生命的最后一刻。我想到在哈利·布劳尔梦中对他说话的鲸鱼幼崽。我想到猎人昂哥，他被浮冰困住并最终被卷入水底，他如何能在离去的时候仍然保持微笑。

我和比利在一起相处的时间如此短暂。我们甚至没有一起度过一个我所习惯的夜晚，我们在一起的时候只有一个长长的白昼。我们之间的频繁联系仅仅维持了一年。但是他对我的温柔和慷慨在我之后遇到的所有人中都是无与伦比的。

我好奇在某个地方是否会留有关于我们俩的回忆，在遥远的海冰上，在苔原上，或是在海洋下某处灰鲸和弓头鲸相遇的地方[1]。我好奇是否有一头鲸鱼的某一处记忆中会记得我俩的声音在冰面上方交融。

我仍然能够清楚地看见比利宽大而勤劳的棕色手掌，仿佛他的双手正握住我的双手。

"情况总是在变化。"他温柔地说，"小心裂缝，随时准备好移动。还有别想那么多，你会得动脉瘤的。"想到这个仍然让我发笑。"你在冰上做得很好，多琳。"他说。我保留着关于他的记忆，以及那些我身为多琳·卡里克的转瞬即逝的时光，那个时候世界裂开了一条缝，爱如潮水般涌入。

由于认识到了虚假平衡，关于气候问题的媒体报道已经开始慢慢发生变化。2018年，英国广播监管机构英国通讯管理局裁定国内BBC广播节目《今日》的主持人未能充分质疑气候怀疑论者和前英国保守党财政大臣尼格尔·劳森男爵所发表的错误言论，节目中他在阿尔·戈尔的访谈之后出场。劳森声称全球温度已经在近十年里有所降低，将戈尔的言论蔑称为"一成不变的老套路"。BBC为违反了编辑指南而道歉，并且在英国通讯管理局做出裁定后不久，管理人员发布了气候报道相关指导，其中承认"我们犯错过于频繁"[2]。

2020年秋天，我回到工作岗位。一位同事问我一篇关于气候变化如何加剧飓风的文章里是否需要一个怀疑论者来平衡观点。我对其明确保证，不需要。对话结束时，我感觉内心沉重。这本应是很简单的，虽然如今机构的立场如此鲜明，但有时即使最充满善意的人也会理解错误。

几周之后，我和一群新闻学校的老同学共进午餐。我们谈论各自的工作，有人提到极端天气事件增加以及气候变化的问题。我以前的同班同学罗伯说当前的争论不在于气候变化是否仍在继续发生，而是导致气候变化的原因。罗伯一直很擅长讲故事，吸引了整桌人的注意，但是没有人去反驳他。我盯着菜单看，这里是吃墨西哥玉米卷的。最近我在工作中发生过几乎一模一样的对话。我不想重新再来一遍了。我起身去了洗手间。但是接着有些事情让我重新坐回了桌上。我想到三十年前，石油公司的高管们在董事会会议室里开会，而整片海洋以及海洋里的全部生命都没能发声。我说，事实上无需争论气候变化的原因，因为科学界早在几年前就有定论了。罗伯起初并不同意。当我解释政府间气候变化专门委员会是如何运作时，他勉强承认了。

"或许你有比我更新的前沿消息。"

桌上不少人点头。

我想，改变一直以来都是一个过程。想要发生改变，就要投入大量的工作，发起缜密的对话，即使这样有时还是会感觉没有变化发生。我还记得那些冰川，冰川的活动有时缓慢得难以察觉，有时却又快得像脱缰的野马。

如今，气候变化带来的恶果已经不乏目击证人。野火、洪水、热浪、灾难性的风暴时有发生。全世界最著名的两百多家医学期刊联合呼吁采取紧急行动，他们表示世界领导人若未能实施减排，将全球气温升高控制在一点五摄氏度以下，并恢复大自然，便将迎来"全球公共健康的最大威胁"[3]。有科学家在电视上落泪。

"我是一个父亲。"其中一位科学家嗓音沙哑地说。而远在亚马逊地区，另外一位原住民雨林保护者被发现在他所在的村庄附近遭枪杀[4]。

现在，谈论气候变得容易。有时在办公室，这个话题让我感觉自己有用武之地而心满意足。有时在家，当一天的忙碌结束后，孩子们都上床睡觉去了，气候科学也会让我伤感落泪。

我在 2021 年完成了这本书，这一年，迁徙路途沿线更容易看见灰鲸了，因为灰鲸在死后被冲上了海滩。从 2019 年开始，大批灰鲸相继死去。人们发现了消瘦憔悴的幼鲸和成年鲸鱼。白令海的食物短缺被怀疑是造成这个现象的原因，此外还可能叠加了灰鲸种群数量增长这一因素 5。探测者们仍然还在。捕食幽灵虾的先驱埃尔哈特于 2017 年在惠德比岛附近遭到一艘船的撞击。她身上留下了伤痕，但是看起来似乎康复了。

新冠病毒疫情期间的封控措施带来了所谓的"人类活动暂停" 6——人类的活动显著减少 7，人们暂时部分放弃了对海洋的殖民活动。这也给了科学家们一次机会，聆听一个不太受到干扰的海底世界，并听见那里恢复正常。海洋哺乳动物们开始表现出与以往不同的行为，它们出现了在过去几十年里不常到达的海域。研究人员称，有一个代际的鲸鱼从不知道海洋能如此安静。

带领这项研究的卡洛斯·杜阿尔特说："在我们放低音量的那一刻，海洋生命的回应瞬间发生，令人惊叹。"海底观测站记录了水下噪音显著下降。科学家们仔细研究了声音信号来寻找新的对话，然后意识到他们可能再也没有机会听见一些动物的对话了。随着我们变得愈发聒噪，海洋生命的声音则变得愈发安静。而有些物种，它们被彻底噤声了。

化石告诉我们：灰鲸从时间伊始便出现了。它们也提出了一个问题：这一切你都知道，现在该怎么办？人类的想法和意图是全球生态系统的一部分，是让变革发生的最强大的驱动力，同时也是我们和鲸鱼数千年来遭遇的最强大的障碍。我们正在谱写地球全部生命故事的下一篇章。

我在一个炎炎夏日里送所有孩子去学校和托儿所。马路上热浪蒸腾，而且尾气很重。我的双手在自行车把手上已经捂出汗来，我在想英国气象局已经证实英国的气候正在发生改变[8]。他们的文章中引用的那位作者提到了更加温暖潮湿的冬天，更强的夏季降雨，更多热浪。农民预测小麦将减产三分之一，英国将会成为谷物的净进口国，不再是净出口国。

我们身上会发生什么？

在炎热的天气中骑行时，我想起了鲸鱼鼓舞人心的耐受力、恢复力以及适应力。我想起鲸鱼帮助白令海峡两边的因纽皮雅特和尤皮克社区建立起关系，想起鲸鱼在破冰行动中帮助美国和苏联政府达成合作。我的脑海中出现了斑驳的浓雾一般的颜色浮出水面的画面。我目不转睛地盯着正前方的水面，寻找亮光。我记得鲸鱼不会应付希望或绝望，甚至都不会焦虑不安。它们应对的是生存问题，该吸气的时候便吸气。它们一直勇往直前。它们为了自己和孩子长途跋涉到世界的尽头。我记得它们的眼睛、它们的呼吸，以及麦克斯和我那一年是如何分享它们的旅程的。我记得它们看见我们，听见我们，还有当我绝望时帮助我们重新书写了自己的故事。

"你还记得我们的鲸鱼之旅吗？"我后来在家问麦克斯，"我们和它们一起旅行了多远？"

他举起正在画的一幅铅笔画让我看。那是一头座头鲸，身上有阴影，还长着藤壶，有一双洞穿人心的眼睛。他画的灰鲸贴满了整个冰箱，贴满了一面面墙壁。在麦克斯的房间里有一张茱莉亚在机场抱着他的照片，还有一张他在墨西哥抚摸鲸鱼幼崽的照片。

"有时我会想到它们在和我一起游泳。"他说，"我喜欢想象和它们一起游泳。"

纵观因纽皮雅特和西方工业化的历史，鲸鱼承载了这些人类文化，而纵观我的生活，从某种意义上来说，它们也承载了我，它们载着我和儿子来到了一个新的开始。我是女人，是人类，也是动物。我在水中产下了我的孩子。我们对鲸鱼歌唱。我们聆听它们呼吸，我们聆听海洋的声音。这本书便是我所听见的内容。

作者注

这本书所描述的人物关系和事件都是我基于自身的经历和记忆，尽我所能如实地表述出来的。部分人物的身份有所隐藏，使用了化名，更改了外貌特征和其他代表性的特征。

如果你想要了解更多因纽皮雅特文化，可以从乌特恰维克的民族学院伊利萨维克学院（Itisagvik College）开始，这绝对非常具有因纽皮雅特特色。因纽皮雅特研究学系开发并提供全日制和非全日制项目，旨在将课程本土化，融入因纽皮雅特历史、价值观、传统和知识。你可以在官网上了解学院工作的更多信息：https://www.ilisagvik.edu/we-are-ilisagvik/，并通过以下网址了解什么是"绝对非常具有因纽皮雅特特色"：https://www.ilisagvik.edu/about-us/unapologetically-inupiaq/。

参考文献

序幕

1 Sue E. Moore, Kate M. Wynne, Jaclyn Clement Kinney and Jacqueline M. Grebmeier, "Gray whale occurrence and forage southeast of Kodiak, Island, Alaska," *Marine Mammal Science*, 23:2 (February 2007), 419–28.

洛杉矶

1 Neela Banerjee, Lisa Song and David Hasemyer, "Exxon Believed Deep Dive Into Climate Research Would Protect Its Business," *Inside Climate News*, 17 September 2015.

2 Neela Banerjee, Lisa Song and David Hasemyer, "Exxon's own research confirmed fossil fuels' role in global warming decades ago," *Inside Climate News*, 16 September 2015.

3 M. S. Glaser, "CO$_2$ 'greenhouse' effect," internal briefing material, Exxon Research and Engineering Company, 12 November 1982, pp. 1, 4, 5. Available via ClimateFiles.com.

4 Joseph M. Carlson, "Internal memo on the greenhouse effect," Exxon spokesperson, 8 March 1988, pp. 2 and 7. Available via ClimateFiles.com.

5 Geoffrey Supran and Naomi Oreskes, "Assessing ExxonMobil's climate change communications (1977– 2014)," *Environmental Research Letters*, 12:8 (2017).

6 "Testimony of Sharon Y. Eubanks, former director, US Department of Justice Tobacco Litigation Team, before the Subcommittee on Civil Rights and Civil Liberties," p. 8. Available via Congress.gov.

7 Joe Walker, "Draft global climate science communications action plan," American

344

Petroleum Institute, 3 April 1988, pp. 5 and 4. Available via ClimateFiles.com.

8 "Understanding the #ExxonKnew controversy," ExxonMobil.com, 10 February 2021.

9 Martin Hoffert, written testimony to Civil Rights and Civil Liberties Hearing on 'Examining the Oil Industry's Efforts to Suppress the Truth about Climate Change,' p. 4. Available via Docs. house.gov.

乌特恰维克：弓头鲸

1 K. M. Stafford et al., "Extreme diversity in the songs of Spitsbergen's bowhead whales," *Biology Letters*, 14:4 (April 2018).

2 "Sea ice decline intensifies," *National Snow & Ice Data Center press release*, 28 September 2005.

3 Melanie Phillips, "Global warming or global fraud?," *Daily Mail*, 28 April 2004.

4 David McKnight, "A change in the climate? The journalism of opinion at News Corporation," *Journalism*, 11:6 (December 2010), abstract.

5 Phoebe Keane, "How the oil industry made us doubt climate change," BBC News, 20 September 2020. 'Episode 9: Deep pockets; useful allies,' How They Made Us Doubt Everything, BBC Radio 4, 6 August 2020.

6 Ted Koppel, "Is Science for Sale?," ABC's Nightline, 24 February 1994. Available via Climatefiles.com.

7 "Ripe for Change," *Guardian*, 30 June 2005.

8 Naomi Oreskes and Erik M. Conway, *Merchants of Doubt: How a Handful of Scientists Obscured the Truth on Issues from Tobacco Smoke to Global Warming* (London: Bloomsbury, 2010), p. 6.

9 "Climate Basics. Climate Science. IPCC Fifth Assessment Report. Growing Certainty on the Human Role in Climate Change," Center for Climate and Energy Solutions website.

10 Ewen MacAskill, Patrick Wintour and Larry Elliott, "G8: hope for Africa but gloom over climate," *Guardian* 9 July 2005.

11 Karen Brewster (ed.), *The Whales, They Give Themselves: Conversations with Harry Brower, Sr.* (Fairbanks: University of Alaska Press), p. 41.

12 Ibid.

13 Knut Bergsland (ed.), *Nunamiut Unipkaaŋich. Nunamiut Stories* (Barrow: North

Slope Borough Commission on Iñupiat history, Language and Culture, 1987).

14 R. Fortuine, "The health of the Eskimos, as portrayed in the earliest written accounts," *Bulletin of the History of Medicine*, 45:2 (March–April 1971), 113.

15 "Native Peoples' Concepts of Health and Illness," Native Voices: Timeline, National Library of Medicine website.

16 Robert J. Wolfe, "Alaska's Great Sickness, 1900: an epidemic of measles and influenza in a virgin soil population," *Proceedings of the American Philosophical Society*, 126:2 (April 1982), 98.

17 Richard Gray, "The places that escaped the Spanish flu," BBC Future, 24 October 2018.

18 Anne Keenleyside, "Euro-American whaling in the Canadian Arctic: its effects on Eskimo health," *Arctic Anthropology*, 27:1 (1990), 11.

19 引自与芭芭拉·博登霍恩于 2021 年 6 月的私人通信。

20 Harold Napoleon (ed. Eric Madsen), *Yuuyaraq: The Way of the Human Being* (Fairbanks: Alaska Native Knowledge Network, 1996), p. 11.

21 Ibid.

22 Ibid., pp. 2, 11, 14, 15.

23 Samuel Z. Klausner and Edward F. Foulks, *Eskimo Capitalists: Oil, Politics and Alcohol* (Totowa: Allanheld, Osumun, 1982), p. 115.

24 Barbara Bodenhorn, *Documenting Family Relationships in Changing Times*. Volume 1: *Family Portraits: Oral Histories; Sharing Networks* (120 pp). Volume 2: *Sources of Stress; Loss of Autonomy in Relation to Land and Animal Resources, the Court System, Education, Alcohol* (247 pp) (Barrow: North Slope Borough Iñupiat History Language and Culture Commission), p. 329.

25 E. Burch, "Property rights among the Eskimos of Northwest Alaska," paper delivered at the Fourth International Conference on Hunter/Gatherers, London School of Economics, 1986.

26 J. Hamer and J. Steinbring (eds), *Alcohol and Native Peoples of the North* (Washington DC: University Press of America, 1980), introduction.

27 Bodenhorn, *Documenting Family Relationships in Changing Times*, p. 316.

28 William R. Hunt, *Arctic Passage: The Turbulent History of the Land and People of the Bering Sea, 1697–1975* (New York: Charles Scribner's Sons, 1975).

29 Wendell H. Oswalt, *Eskimos and Explorers* (Novato: Chandler and Sharp, 1979),

p. 293.

30 Bodenhorn, *Documenting Family Relationships in Changing Times*, p. 330.

31 Ibid., p. 331. H. Brody, "Indians on skid row: Alcohol in the life of urban migrants," in Hamer and Steinbrig (eds), *Alcohol and Native Peoples of the North,* pp. 210–66.

32 Bodenhorn, *Documenting Family Relationships in Changing Times*, p. 317.

33 引自与芭芭拉·博登霍恩于 2021 年 3 月的私人通信。

34 Captain C. L. Hooper, *Report of the Cruise of the US Revenue Steamer Thomas Corwin, in the Arctic Ocean, 1881* (Washington DC: Government Printing Office, 1881).

35 Robert Fortuine, *Chills and Fever: Health and Disease in the Early History of Alaska* (Fairbanks: University of Alaska Press, 1989), pp. 296–7.

36 Bodenhorn, *Documenting Family Relationships in Changing Times,* p. 318.

37 Ibid.

38 Ibid., p. 319.

39 Ibid., p. 299.

40 Ibid., p. 303.

41 Ibid., p. 301.

42 Ibid., p. 300.

奥霍德列夫雷潟湖

1 Dick Russell, Eye of the Whale: *Epic Passage from Baja to Siberia* (New York: Simon and Schuster, 2001), p. 46.

2 Erle Stanley Gardner, *Hunting the Desert Whale: Personal Adventures in Baja California* (New York: William Morrow & Company, 1960).

3 "The surprisingly social gray whale," NPR, 13 July 2009. Transcript available at NPR.org.

4 Charles Siebert, "Watching whales watching us," *New York Times Magazine,* 8 July 2009.

5 D. Toren et al., "Gray whale transcriptome reveals longevity adaptations associated with DNA repair, autophagy and ubiquitination," *bioRxiv* (1 September

2019), abstract. Published in Aging Cell, 19:7 (July 2020).

6 Quoted in Robert Sanders, "Gray whales likely survived the Ice Ages by changing their diets," *Berkeley News*, 6 July 2011.

乌特恰维克：如何等待

1 Tom Lowenstein, *Ancient Land: Sacred Whale: The Inuit Hunt and Its Rituals* (London: Bloomsbury, 1993), p. 148.

2 Glenn W. Sheehan, *In the Belly of the Whale: Trade and War in Eskimo Society* (Aurora: Alaska Anthropological Monograph Series, 1997), p. 20.

3 Anne M. Jensen, "The archaeology of north Alaska: Point Hope in context," in Charles E. Hilton, Benjamin M. Auerbach and Libby W. Cowgill (eds), *The Foragers of Point Hope: The Biology and Archaeology of Humans on the Edge of the Alaskan Arctic* (Cambridge: Cambridge University Press, 2014), pp. 11–34.

4 Charles D. Brower, *Fifty Years Below Zero: A Lifetime of Adventure in the Far North* (London: Robert Hale, 1948), photo no. 14.

5 Hugh Brody, *The Other Side of Eden: Hunter-Gatherers, Farmers and the Shaping of the World* (London: Faber & Faber, 2001), p. 242.

6 Ibid., pp. 246, 248.

7 Frank Darnell and Anton Hoem, *Taken to Extremes: Education in the Far North* (Oslo: Scandinavian University Press, 1996).

8 Angayuqaq Oscar Kawagley, *A Yupiaq Worldview: A Pathway to Ecology and Spirit* (Prospect Heights: Waveland Press, 1995).

9 Barbara Bodenhorn, *Documenting Family Relationships in Changing Times.* Volume 2: *Sources of Stress; Loss of Autonomy in Relation to Land and Animal Resources, the Court System, Education, Alcohol* (Barrow: North Slope Borough Iñupiat History Language and Culture Commission), p. 121.

10 Ibid., p. 122.

11 Ibid., p. 129.

12 Eben Hopson, "Inupiq Education," in Ray Barnhardt (ed.), *Cross-Cultural Studies in Alaskan Education* (Fairbanks: University of Alaska Fairbanks, 1977). Available at Alaskaskool.org.

13 Brody, *The Other Side of Eden*, p. 189.

14 Diane Hirshberg and Suzanne Sharp, 'Thirty Years Later: The Long-Term Effect

of Boarding Schools on Alaska Natives and Their Communities,' Institute of Social and Economic Research University of Alaska Anchorage report (September 2005), pp. 11, 12, 14.

15 Harold Napoleon interviewed in History of the Iñupiat: Nipaa I!itqusipta/ The Voice of Our Spirit (by Rachel Naninaaq Edwardson [Iñupiaq], 2008). Available at <https:// vimeo.com/126341194>.

16 Jasmine Clark and Randy Hobson, "PC(USA) leaders issue apology to Native Americans, Alaska natives, and native Hawaiians," Presbyterian Church USA website, 9 February 2017.

17 Stephen E. Cotton, "Alaska's 'Molly Hootch Case': high schools and the village voice," Educational Research Quarterly, 8:4 (1984). Available via Alaskaskool. org.

18 Bodenhorn, Documenting Family Relationships in Changing Times, vol. 2, p. 132.

19 Hirshberg and Sharp, 'Thirty Years Later,' pp. 7, 8.

20 "Message to students of the North Slope Borough from Mayor Jeslie Kaleak," 'Impact of ANCSA in the Arctic Slope: Taking control: fact or fiction? A curriculum unit plan by Pat Aamodt' and 'Unit reading: taking control – the story of self-determination in the Arctic by Bill Hess, North Slope Borough, 1993'. Available via Alaskaskool.org.

21 "Health Alaskan Volume II: Strategies for Improved Health," Alaska Department of Health and Social Services Division of Public Health (November 2002), pp. 51, 49.

22 Bodenhorn, Documenting Family Relationships in Changing Times, p. 287.

23 Jana McAninch, 'Baseline Community Health Analysis Report,' North Slope Borough Department of Health and Social Services (July 2012), p. 24.

24 Charles P. Wohlforth, The Whale and the Supercomputer: On the Northern Front of Climate Change (New York: North Point Press, 2004), p. 9.

25 "Who we are. Alaska Operations. Alpine," ConocoPhillips Alaska website.

26 "Nuiqsuit subsistence users speak out against court decision," Trustees for Alaska press release, 26 May 2015.

27 "Sustainable Development. Environment. Air Quality," ConocoPhillips Alaska website.

28 Sabrina Shankman, "Surrounded by oil fields, an Alaskan village fears for its

health," *Inside Climate News*, 2 August 2018.

29 Rosemary Ahtuangaruak speech at Ken Salazar's public meeting on Outer Continental Shelf energy development, 14 April 2009. Available at <https:// www.youtube.com/ watch?v=zRsjTuNMHY8>.

30 引自与罗斯玛丽·阿赫图安加鲁克于 2021 年 6 月 3 日的私人通信。

31 Vetta Stepanyan, "The Danger of Industrialization. Air Pollution in Alaska's North Slope and its implications for the community of Nuiqsut," Alaska Community Action on Toxics (February 2019).

32 Wei Yan et al., "NO_2 inhalation promotes Alzheimer's disease-like progression: cyclooxygenase 2-derived prostaglandin E2 modulation and monoacylglycerol lipase inhibition-targeted medication," *Scientific Reports*, 6 (1 March 2016).

33 Chen Xu et al.,"The novel relationship between urban air pollution and epilepsy: a time series study," *PLoS ONE*, 11:8 (2016).

34 Lesley Fleischman et al., "Gasping for breath. An analysis of the health effects from ozone pollution from the oil and gas industry," Clean Air Task Force, 14 August 2016.

35 Noah Scovronick (lead author), "Reducing Global Health Risks: Through Mitigation of Short-Lived Climate Pollutants," World Health Organization Climate and Clean Air Coalition scoping report, 2015.

36 引自与罗斯玛丽·阿赫图安加鲁克于 2021 年 5 月 15 日的私人通信。

37 "Investigation into a Report of Increased Respiratory Illness in Nuiqsut due to Possible Exposure to Gas from the Repsol Gas Blowout and Smoke from the Alpine Fields Facility," State of Alaska Department of Health and Social Services (June 2012), p. 7.

38 Ibid., p. 3.

39 Shankman, "Surrounded by oil fields, an Alaskan village fears for its health".

斯卡蒙潟湖

1 Jonathan Amos, "Whaling's 'uncomfortable' scientific legacy," BBC News, 25 June 2017.

2 Lyndall Baker Landauer, *Scammon: Beyond the Lagoon – A Biography of Charles Melville Scammon* (Pasadena: Flying Cloud Press, 1986), p. 17.

3 本段引语出自 Charles Melville Scammon, *The Marine Mammals of the North-*

Western Coast of North America, Described and Illustrated; Together with an Account of the American Whale-Fishery (San Francisco: J. H. Carmany, 1874)。

4 "Commercial Fishers: Whaling," On the Water, Smithsonian National Museum of American History website.

5 Wesley Marx, "The scene of slaughter was exceedingly picturesque," *American Heritage*, 20:4 (June 1969).

6 Roy Chapman Andrews, *Whale Hunting with Gun and Camera: A Naturalist's Account of the Modern Shore-Whaling Industry, of Whales and their Habits, and of Hunting Experiences in Various Parts of the World* (New York: D. Appleton and Company, 1916), chapter XV.

7 S. Elizabeth Alter, Eric Rynes and Stephen R. Palumbi, "DNA evidence for historic population size and past eco-system impacts of gray whales," PNAS, 104:38 (September 2007), abstract.

8 Andrew J. Pershing et al., "The impact of whaling on the ocean carbon cycle: why bigger was better," *PLoS ONE* (26 August 2010), abstract.

9 Nick Pyenson, *Spying on Whales: The Past, Present and Future of Earth's Most Awesome Creatures* (New York: Viking, 2018), pp. 205, 208.

10 Ralph Chami et al., "Nature's solution to climate change," *Finance & Development*, 56:4 (December 2019).

乌特恰维克：鲸雪

1 Kim Murphy, "US–Japan whale feud playing out in Alaska," *Los Angeles Times*, 17 June 2002.

2 Mark Sweney, "BBC Radio 4 broke accuracy rules in Nigel Lawson climate change interview," *Guardian*, 9 April 2018.

3 Fiona Harvey, "BBC coverage of IPCC climatereport criticised for sceptics'airtime," *Guardian*, 1 October 2013.

4 "BBC Trust Review of impartiality and accuracy of the BBC's coverage of science," BBC Trust (July 2011), pp. 55, 66.

5 Dominic Ponsford, "'BBC News sticking two fingers up to management' says prof behind Trust's science impartiality report," *Press Gazette*, 26 March 2014.

6 Océane C. Salles et al., "Strong habit and weak genetic effects shape the lifetime reproductive success in a wild clownfish population," *Ecology Letters*, 23:2 (26 November 2019).

7 D. Laffoley et al., "Evolving the narrative for protecting a rapidly changing ocean, post-COVID-19," *Aquatic Conservation: Marine and Freshwater Ecosystems*, 31:6 (25 November 2020).

8 "Acidification: Effect on Plankton," Earth 103: Earth in the Future, Pennsylvania State University OER Initiative.

9 S. Uthicke, P. Momigliano and K. E. Fabricus, "High risk of extinction of benthic foraminifera in this century due to ocean acidification," *Scientific Reports*, 3 (2013), abstract.

10 Karen Brewster (ed.), *The Whales, They Give Themselves: Conversations with Harry Brower, Sr.* (Fairbanks: University of Alaska Press), p. 41.

11 J. E. Zeh et al., "Current population size and dynamics," in J. J. Burns, J. J. Montague and C. J. Cowles (eds), *Special Publication 2: The Bowhead Whale* (Lawrence, KA: Society for Marine Mammology, 1993).

12 Thomas F. Albert, "The Influence of Harry Brower, Sr., an Iñupiaq Eskimo Hunter, on the Bowhead Whale Research Program Conducted at the UIC-NARL Facility by the North Slope Borough," in D. W. Norton (ed.), *Fifty More Years Below Zero: Tributes and Meditations for the Naval Arctic Research Laboratory's First Half Century at Barrow* (Alberta: Arctic Institute of North America, 2000), p. 268.

13 Bill Streever, "Science and emotion, on ice: the role of science on Alaska's North Slope," *Bioscience*, 52:2 (February 2002), 183.

科尔蒂斯海

1 Joe Roman, "Of whales and war," *San Francisco Chronicle*, 14 February 2008.

2 Shane Gero, Hal Whitehead and Luke Rendell, "Individual, unit and vocal clan level identity cues in sperm whale codas," *Royal Society Open Science* (1 January 2016), abstract.

3 引自与霍尔·怀特海于 2021 年 2 月的私人通信。

4 Debora Mackenzie, "Seismic surveys may kill giant squid," *New Scientist*, 22 September 2004.

5 Bernd Würsig et al., "Gray Whales Summering off Sakhalin Island, Far East Russia: July-October 1997. A Joint US-Russian Scientific Investigation," Sakhalin Marine Mammal Monitoring and Research Program final contract report for Sakhalin Energy Investment Company and Exxon Neftegas (3 February 1999).

6 Jeff Tollefson, "Air guns used in offshore oil exploration can kill tiny marine life," *Nature*, 546 (2017), 586–7.

7 J. Semmens et al., "Are seismic surveys putting bivalve and spiny lobster fisheries at risk?," Oceanoise 2017 Conference Presentation, Vilanova i la Geltrú, Barcelona, Spain. R. D. Day et al., "Assessing the impact of marine seismic surveys on southeast Australian scallop and lobster fisheries," FRDC final report (2016).

8 Linda S. Weilgart, "A brief review of known effects of noise on marine mammals," *International Journal of Comparative Psychology*, 20 (2007).

9 Marilyn E. Dahlheim, H. Dean Fisher and James D. Schempp, "Sound production by the gray whale and ambient noise levels in Laguna San Ignacio, Baja California Sur, Mexico," in Mary Lou Jones, Steve L. Swartz and Stephen Leatherwood (eds), *The Gray Whale Eschrichtius robustus* (New York: Academic Press, 1984), 511–41.

10 Anne E. Simonis et al., "Co-occurrence of beaked whale strandings and naval sonar in the Mariana Islands, Western Pacific," *Proceedings of the Royal Society B* (19 February 2020). Weilgart, "A brief review of known effects of noise on marine mammals".

11 NOAA and US Department of the Navy, "Joint Interim Report: Bahamas Marine Mammal Stranding Event of 15–16 March 2000" (Washington DC: US Department of Commerce, 2001).

12 Feature Sound: Acoustic Thermometry of Ocean Climate (ATOC), Discovery of Sound in the Sea website.

乌特恰维克：归属

1 J. C. George et al., "Age and growth estimates of bowhead whales (Balaena mysticetus) via aspartic acid racemization," *Canadian Journal of Zoology*, 77:4 (January 1999), 576.

2 J. C. George and J. G. M. Thewissen (eds), *The Bowhead Whale: Balaena mysticetus: Biology and Human Interactions* (London: Academic Press, 2021), p. 316.

3 J. C. George, S. E. Moore and J. G. M. Thewissen, "Bowhead whales: recent insights into their biology, status, and resilience," Arctic Report Card: Update for 2020, NOAA Arctic Program.

4 M-V. Guarino et al., "Sea-ice-free Arctic during the Last Interglacial supports fast future loss," *Nature Climate Change*, 10 (2020), 932.

5 *Agviqsiugnikun. Whaling Standards for Barrow and Wainwright: Honoring the Learning of our Young Whalers* (North Slope Borough School District, 2002). Prepared by Jana Pausauraq Harcharek.

6 "Species Directory: Bowhead Whale," NOAA Fisheries website.

7 Kaj Birket-Smith, *The Eskimos* (London: Methuen, 1959), p. 100.

8 Aaron L. Crowell and Estelle Oozevaseuk, "The St. Lawrence Island famine and epidemic, 1878–80: a Yupik narrative in cultural and historical context," *Arctic Anthropology*, 43:1 (2006), 1–19.

9 引自与克雷格·乔治于 2021 年 2 月的私人通信。

10 Barry Lopez, *Arctic Dreams* (New York: Scribner, 1986), p. 4.

11 Ibid.

从帕洛斯弗迪斯到蒙特利湾

1 Dick Russell, *Eye of the Whale: Epic Passage from Baja to Siberia* (New York: Island Press, 2001), pp. 242, 243.

2 Peter S. Ross et al., "High PCB concentrations in free-ranging Pacific killer whales, Orcinus orca: effects of age, sex and dietary preference," *Marine Pollution Bulletin*, 40:6 (June 2000).

3 "Health Effects of PCBs," Learn about Polychlorinated Biphenyls (PCBs), United States Environmental Protection Agency website.

4 Lauren J. N. Brent et al., "Ecological knowledge, leadership, and the evolution of menopause in killer whales," *Current Biology*, 25:6 (16 March 2015).

5 Robert L. Pitman et al., "Humpback whales interfering with mammal-eating killer whales attack other species: mobbing behavior and interspecific altruism?," *Marine Mammal Science*, 33:1 (20 July 2016).

6 Nan Hauser, interviewed by Al Shapiro, "How a whale saved a marine biologist from a shark," All Things Considered, NPR, 12 January 2018. Transcript available at NPR.org.

7 For further reading on this, Frans de Waal, *Mama's Last Hug: Animal Emotions and What They Teach Us about Ourselves* (London: Granta, 2018).

乌特恰维克：多琳·卡里克

1 E. W. Kenworthy, "Judge orders Hickel to delay permit for Alaska pipeline, road,"

New York Times, 2 April 1970.

2 Hugh Brody, *The Other Side of Eden: Hunter-Gatherers, Farmers and the Shaping of the World* (London: Faber & Faber, 2001), pp. 12, 14.

3 Karen Brewster (ed.), *The Whales, They Give Themselves: Conversations with Harry Brower, Sr.* (Fairbanks: University of Alaska Press), pp. 156–9.

4 Ibid.

5 David Mikkelson, "Did Disney fake lemming suicide for the nature documentary 'White Wilderness'?," Snopes.com, 27 February 1996.

6 Jenny Diski, *What I Don't Know about Animals* (London: Virago, 2010), p. 34.

7 Riley Woodford, "Lemming suicide myth: Disney film faked bogus behaviour," Alaska Fish & Wildlife News, Alaska Department of Fish and Game, September 2003.

从迪波湾到圣胡安群岛

1 Dick Russell, *Eye of the Whale: Epic Passage from Baja to Siberia* (New York: Simon and Schuster, 2001), p. 339.

2 S. Elizabeth Alter, Eric Rynes and Stephen R. Palumbi, "DNA evidence for historic population size and past eco-system impacts of gray whales," PNAS, 104:38 (September 2007), abstract.

3 S. Elizabeth Alter, Seth D. Newsome and Stephen R. Palumbi, "Pre-whaling genetic diversity and population ecology in Eastern Pacific gray whales: insights from ancient DNA and stable isotopes," *PLoS ONE* (9 May 2012).

4 The City University of New York, "Climate change may draw gray whale back to Atlantic," Phys.org, 11 March 2015. S. Elizabeth Alter et al., "Climate impacts on transocean dispersal and habitat in gray whales from the Pleistocene to 2010," *Molecular Ecology*, 24:7 (2015), 1510–22.

5 T. T. Waterman, *The Whaling Equipment of the Makah Indians* (Seattle: The University, 1920), p. 38.

乌特恰维克：探索

1 Tom Lowenstein, *Ancient Land: Sacred Whale: The Inuit Hunt and Its Rituals* (London: Bloomsbury, 1993), p. 148.

2 引自与阿莱卡·哈蒙德于 2007 年 9 月的私人通信。

3 Knud Rasmussen and W. Worster, *Eskimo Folk-Tales: Collected by Knud*

Rasmussen (London: Gyldendal, 1921), p. 113.

4 Piita Irniq, "The story of Nuliajuk," History Hall, Origins, Canadian Museum of History.

5 John F. Fisher, "An analysis of the central Eskimo Sedna myth," *Temenos – Nordic Journal of Comparative Religion*, 11 (1975).

6 Irniq, "The story of Nuliajuk".

7 Rasmussen and Worster, *Eskimo Folk-Tales*, p. 113.

8 Franz Boas, *The Central Eskimo. Sixth Annual Report of the Bureau of Ethnology to the Secretary of the Smithsonian Institution,* 1884–1885 (Washington, DC: Government Printing Office, 1888), pp. 583–5.

9 Edward Moffat Weyer, *The Eskimos: Their Environment and Folkways* (n.p.: Archon Books, 1932), pp. 355–9.

冰河湾

1 Ryan Tucker Jones, "Running into whales: the history of the North Pacific from below the waves," *American Historical Review*, 118:2 (April 2013), p. 349.

2 引自与克雷格·乔治于 2021 年 2 月的私人通信。

重返乌特恰维克

1 Glenn W. Sheehan and Anne M. Jensen, "Emergent Cooperation, or, Checkmate by Overwhelming Collaboration: Linear Feet of Reports, Endless Meetings," in Rebecca Pincus and Saleem H. Ali (eds), *Diplomacy on Ice: Energy and the Environment in the Arctic and Antarctic* (New Haven: Yale University Press, 2015).

家

1 K. M. Stafford et al., "Gray whale calls recorded near Barrow, Alaska, throughout the winter of 2003–04," *Arctic*, 60:2 (June 2007), 167–72.

2 Leo Hickman, "Exclusive: BBC issues internal guidance on how to report climate change," Carbon Brief, 7 September 2018.

3 Lukoye Atwoli et al., "Call for emergency action to limit global temperature increases, restore biodiversity, and protect health," *The Lancet*, 398:10304 (11 September 2021), 939–41.

4 "Amazon Guardian, indigenous land defender, shot dead in Brazil," *Survival International*, 1 April 2020.

5 Fredrik Christiansen et al., "Poor body condition associated with an unusual mortality event in gray whales," *MEPS*, 658 (2021), 237–52.

6 Christian Rutz et al., "COVID-19 lockdown allows researchers to quantify the effects of human activity on wildlife," *Nature Ecology and Evolution*, 4 (2020), 1156–9.

7 Carlos M. Duarte et al., "The soundscape of the Anthropocene ocean," *Science*, 371:6529 (5 February 2021).

8 Fiona Harvey, "UK facing worst wheat harvest since 1980s, says farmers' union," *Guardian*, 17 August 2020.

致　谢

　　我要感谢让这本书得以问世的杰茜卡·乌拉德女士，她在阅读了开头几页后便对此书抱有信念，这也让我同样相信这本书。我要对罗斯·托马舍夫斯卡所做的努力和用心表示感谢。感谢瓦莱丽·斯泰克，她的温暖和倾听给予了我莫大的勇气。感谢莎莉·豪针对定稿提出的精确思考，并感谢佐伊·古伦对细节的敏锐观察。

　　十分感谢卡里克一家和卡里克捕鲸队，其中特别感谢比利·乌维阿克·卡里克、茱莉亚·新佳佳乌璐·卡里克、杰斯利·阿库卓克·卡里克和莉莲·图伊甘·卡里克，感谢他们所做的一切。

　　对达米安·勒巴斯、拉米塔·纳瓦伊和皇家文学学会2021年度吉尔斯圣奥宾奖的其他评委表示感谢，这个奖给予我了难以想象的精神和经济激励。感谢作家协会慷慨的基金会补助，感谢埃克尔斯中心和海伊节作家奖对入围终选名单的作者所给予的鼓励和经济帮助。对皮埃尔·维卡里致以最深切的感谢，他在许多场合都给予了我最坚定的支持，感谢蕾拉·优素福和新闻从业员职工会的全体人员在我最困难的时期帮助我维持生计。

感谢所有专家、科学家和学者如此耐心慷慨地花费时间帮助我澄清事实，解释说明。感谢 J. 克雷格·乔治博士的所有阅读，感谢他"读到头晕眼花"，感谢芭芭拉·博登霍恩博士、休·布罗迪教授、格伦·希恩博士、安妮·詹森博士、黛比·达尔·爱德华森和乔治·萨甘·爱德华森、埃塔·帕塔·富尼耶、杰森·霍尔-斯宾塞教授、凯特·斯塔福德博士、阿莉莎·舒尔曼-詹尼格、苏·摩尔博士、琳达·魏加特博士、约翰·卡伦博基迪斯、弗兰克·菲仕博士、霍尔·怀德海教授、帕特里克·霍夫教授、迪克·拉塞尔和斯帆·乌蒂克博士。书中如有任何不准确或疏漏之处都是我的过失，我欢迎随着科学的发展就其进行澄清和更新。

感谢在整个过程中提供了建设性反馈、建议和鼓励的作家和读者：埃莱娜·科森蒂诺、约翰·W、沙拉·奥斯汀、斯特夫·皮克斯纳、嘉莉·格雷西、朱迪斯·基尼、埃莱娜·赛门利斯卡、佩妮·温瑟尔、凯特·波尔斯、安娜·维克瑞、莎拉·戴维斯、安德烈亚·梅森博士、戴恩·谢尔登、玛丽亚·Y、艾玛·B、马维斯·古利弗、和佐伊·雅各布。感谢伦敦大学金匠学院的布雷克·莫里森教授、艾丽卡·瓦格纳博士、汤姆·李博士和阿尔都·瓦齐尔。还有伦敦大学金匠学院 Isolatin 研讨会的全部成员，其中特别感谢克里斯汀·马歇尔和妮基塔·巴克沙尼。

感谢曾经效力于 BBC 亚历山大·奥纳西斯补助信托基金的莫林·贝伯，让我踏上了 2006 年的北极之旅。感谢斯科特极地研究中心的弗朗西斯·马什和埃莉诺·皮尔斯，帮助我在封控期间获取资料。

感谢各地的专业人士和志愿者，让妇女庇护所、收容所和食物银行得以实现。

感谢父亲将大海带给我，充当我强有力的后盾，并告诉我按照自己的意愿写作最为重要，这赋予了我书写的自由。谢谢我的母亲和姐姐、弟弟。感谢我在泽西岛、爱尔兰和加拿大的庞大家庭对我的爱和支持。并感谢朋友们和邻居们，包括康沃尔郡的卡罗丽娜·S-B和安·T，以及凯西·C、芭芭拉·B、杰奎和丽贝卡，在我写作时，她们善良慷慨的帮助让我和我的家庭正常运转。

图书在版编目（ＣＩＰ）数据

如我如鲸 ／（英）多琳·坎宁安著；涂艾米译．——
海口：南海出版公司，2024.2
ISBN 978-7-5735-0611-5

Ⅰ．①如… Ⅱ．①多… ②涂… Ⅲ．①纪实文学－英
国－现代 Ⅳ．①I561.55

中国国家版本馆CIP数据核字(2023)第235890号

著作权合同登记号 图字：30-2024-005

Soundings: Journeys in the Company of Whales
by Doreen Cunningham
Copyright © Doreen Cunningham, 2022

如我如鲸

〔英〕多琳·坎宁安 著

涂艾米 译

出　　版　南海出版公司　（0898）66568511
　　　　　海口市海秀中路51号星华大厦五楼　邮编 570206
发　　行　新经典发行有限公司
　　　　　电话(010)68423599　邮箱 editor@readinglife.com
经　　销　新华书店

责任编辑　张　苓
特邀编辑　康腾岳
营销编辑　吴泓林
装帧设计　@muchun_木春
内文制作　贾一帆

印　　刷　河北鹏润印刷有限公司
开　　本　850毫米×1168毫米　1/32
印　　张　11.5
字　　数　230千
版　　次　2024年2月第1版
印　　次　2024年2月第1次印刷
书　　号　ISBN 978-7-5735-0611-5
定　　价　59.00元